PAOLA MENDOZA

Es una autora, directora de cine, activista y artista que lucha en la línea de frente por los derechos humanos. Cofundadora de la Women's March [Marcha de las Mujeres], también se desempeñó como su directora artística. Textos suyos han aparecido en *The New York Times*, *Huffington Post*, *Glamour*, *Elle* e *InStyle*. Paola, además, es cofundadora de The Resistance Revival Chorus, The Soze Agency y The Meteor.

ABBY SHER

Es una escritora y actriz galardonada. Es autora de *Miss You Love You Hate You Bye* [Te extraño te amo te odio Adiós], *All the Ways the World Can End* [Todas las formas en las que el mundo puede acabarse], *Breaking Free* [Liberándome], *Amen, Amen, Amen: Memoir of a Girl Who Coulnd't Stop Praying* [Amén, amén, amén: Memorias de una chica que no podía dejar de rezar] y *Kissing Snowflakes* [Besar copos de nieve]. Uno de sus ensayos fue incluido en la primera temporada de *Modern Love*, serie de Amazon TV. Abby ha escrito y actuado para Second City, Upright Citizens Brigade, HBO y NPR.

SANTUARIO

SANTUARIO

PAOLA MENDOZA & ABBY SHER

Traducción de María Natalia Paillié

VINTAGE ESPAÑOL

Título original: *Sanctuary*

Primera edición: octubre de 2025

Publicado por Vintage Español®, marca registrada de
Penguin Random House Grupo Editorial USA, LLC
8950 SW 74th Court, Suite 2010
Miami, FL 33156

Traducción: María Natalia Paillié

Impreso en Colombia / *Printed in Colombia*

Información de catalogación de publicaciones disponible
en la Biblioteca del Congreso de los Estados Unidos

ISBN: 979-8890-9-8468-5

A los migrantes, refugiados e inmigrantes indocumentados que me han confiado sus historias durante años. Este libro es para ustedes. El poder de su amor, coraje y dignidad habita estas páginas.

Para mi hijo, Mateo Ali, mi luz, guía y esperanza.

Paola

Para Sonya, Zev y Samson. Son maravillosos, brillantes y valientes. Me ilusiona verles avanzar con amor por el mundo.

Abby

CAPÍTULO 1

Le bastaron quince pasos para morir.

Quince. Uno por cada año de vida antes de que se la extinguieran.

Se suponía que yo tenía que hacer las tareas. *Estaba* haciendo las tareas, pero mi teléfono no dejaba de vibrar. Abrí las notificaciones y ahí apareció.

Nunca me aprendí su nombre. En los reportajes la llamaban "una ilegal de quince años" o "una inmigrante de quince años", dependiendo de quién hablara.

Los periodistas clandestinos la llamaban *valiente*, *desafiante*, *intrépida*.

Y los medios gubernamentales la llamaban *plagada de enfermedades*, *ilegal*, *criminal*.

PERO cuando la vi con mis propios ojos, me di cuenta de que era solo una niña de mi edad, con una camiseta de Mickey Mouse y unos *shorts* de *jean* que, aunque estaban enrollados en la parte superior, parecía que se le fueran a caer de la delgada cintura. De alguna forma había traspasado la línea de columnas de concreto y la cerca de malla metálica que se extendía por el campo quemado entre Tijuana y San Diego. Esa barrera corroída y destrozada que se suponía que mantendría a la gente en el lado de Tijuana. Estaba todavía ahí, como una cicatriz; un recordatorio; una advertencia. Su único propósito era avisar:

NO SE ACERQUE. NO PERTENECE AQUÍ.

Pero la niña de la camiseta de Mickey Mouse no tenía tiempo para advertencias, no le interesaba que la intimidaran. Parecía no tener miedo al alejarse de la cerca y entrar a la tierra de nadie que separa México de Estados Unidos. Estaba sola, no tenía armas. Tenía el pelo oscuro recogido en una cola de caballo y un arañazo rojo brillante bajo el ojo izquierdo. Aparte de eso, se le veía la cara despejada, incluso tranquila, mientras cruzaba la polvorienta franja de matorrales entre Tijuana y la muralla.

O, en realidad, el *muro*. El Gran Muro de América.

No tenía nada de grandioso, era más bien grotesco. Bloqueaba el cielo con listones de acero reforzado de quince metros de altura y una gruesa malla metálica. Cada pocos metros había bobinas de alambre de púas y encima había un laberinto de cables que escupían electricidad. El Gobierno había gastado millones de dólares y convocado a todas las reservas para que ayudaran a construir esta monstruosidad, aislándonos del resto de Estados Unidos.

¡Quédate quieta! gruñó una voz a través de un altavoz en el muro.

Técnicamente, la niña ni siquiera estaba en suelo estadounidense, pero, como le gustaba decir al presidente, América era la mejor nación en la historia de las naciones y teníamos que hacer lo que fuera necesario para proteger nuestras sagradas fronteras. Por eso había un pelotón de agentes de la Patrulla Fronteriza alineado a lo largo del muro. Zombis verdes, les decía yo. En posición de firmes, con los uniformes color verde oliva y las caras pálidas y sin expresión. Tenían los últimos modelos de la AK-87 atados a la espalda y pastores alemanes que les daban vueltas en los pies mientras miraban fijamente a la niña.

Porque esta era su tierra.

Porque era su deber conservar y defender a los Estados Unidos de América.

Porque fuera lo que fuera que esta niña de quince años pretendiera, caminando con sus chanclas y *shorts* caídos, se había convertido ahora en una amenaza nacional.

x

ESTABA TAN asustada y asombrada por los pasos lentos y deliberados de la niña. Hasta podía oírme jadear mientras la miraba.

—Mija, ¿qué estás haciendo? —me preguntó Mami—. Si ya terminaste las tareas, alístate para dormir.

—Espera. Tienes que ver esto.

—No, no *tengo*.

—Sí, Mami, sí *tienes* —dijo mi hermano pequeño, Ernie, mientras salía del baño en pijama.

Lo último que supe es que estaba viendo fútbol en su teléfono, pero debió recibir la misma notificación que yo.

—Algo raro está pasando en el muro —informó.

Mami odiaba todas las notificaciones e interrupciones de nuestros teléfonos, aunque los hubiéramos pagado después de ahorrar nuestro propio dinero. Cuando Ernie entró haciendo aquel anuncio, Mami dejó de limpiar el mesón de la cocina y se paró detrás de mí en la mesa.

—¿Qué es eso? Ni siquiera veo. La pantalla es muy pequeña —suspiró.

A Mami le encantaba contarnos que cuando nuestra familia llegó a este país, veíamos el mismo programa todos juntos en un solo televisor. Por supuesto, eso fue antes de que el Gobierno tomara el control del sistema de radiodifusión. Antes de que censurara a los locutores que no estaban de acuerdo o decían demasiado, y a las películas o programas que sonaban antipatrióticos. Si queríamos ver algo sincero u original hoy en día, teníamos que ver la transmisión en vivo de alguien en la *dark web*. Que es lo que estábamos haciendo. Los tres juntamos las cabezas, mientras la imagen parpadeaba por culpa de la mala señal. La cámara se movía y mostraba caras atrapadas entre la esperanza y el pánico.

—No me gusta esto —dijo Ernie.

A mí tampoco, pero no podíamos quitar los ojos de la pantalla. No podíamos movernos. Solo podíamos quedarnos boquiabiertos ante las imágenes estáticas, mientras la valiente niña plantaba cada pie en el suelo: uno, dos, tres.

La multitud de tijuanenses que se agolpaba tras la barricada gritaba:

¿Qué estás haciendo? ¡Cuidado!

Sonó una bocina. Otro zombi verde gritó por los altavoces:

¡Regresa al otro lado del muro! No estás autorizada a entrar en suelo estadounidense. Repito, ¡no estás autorizada a entrar en suelo estadounidense!

La niña hizo una pausa y levantó ambas manos para demostrar que no quería hacer daño. Entrecerró los ojos bajo el sol de la costa oeste con una media sonrisa. Tenía los brazos flojos y torpes. Me pregunté si había nacido con esa valentía salvaje o si ya había perdido demasiado como para que le importara.

Volvió a dar un paso adelante.

—¿Por qué está haciendo eso? —susurró Ernie—. ¿Por qué no les hace caso?

Intenté musitar algún tipo de respuesta, pero sentí que mi lengua era demasiado grande para mi boca. Escuché otra transmisión en directo desde Tijuana: ahora todos filmaban a esta niña. Algunos desde tan lejos que parecía una mancha que se arrastraba por el encuadre, entre las columnas de concreto. Otros se acercaban tanto que juro que podía ver los pelos en la nariz de esa niña. Sí, la estábamos viendo en una pantalla a innumerables millas, en la seguridad de una noche oscura en Vermont, pero me temblaba todo el cuerpo por ella. Deseé tener una pizca de su coraje.

¡Se prohíbe entrar en la zona desmilitarizada!, volvieron a ordenar los zombis. *Repetimos, ¡se prohíbe entrar en la zona desmilitarizada!*

—Dios mío —dijo Mami en voz baja, chasqueando la lengua.

Se persignó y yo tragué saliva. Mami era muy resistente. Las arrugas de sus ojos guardaban todas sus preocupaciones y dolores para que pudiera enfrentarse al mundo con serenidad. Si le estaba pidiendo ayuda a Dios, esta era sin duda la hora de la verdad.

Mientras tanto, la niña dio otro paso hacia adelante. Y otro más. Ahora parecía sonreír de oreja a oreja. Al menos, así es como quiero recordarla.

¡Esta es la última advertencia!, rugían los zombis.

¡Eres una heroína! ¡Cuidado!, gritaba la multitud detrás de ella en Tijuana. Podía oír a las personas detrás del muro, en San Diego. Parecía que decían: *¡Déjenla pasar! ¡Déjenla pasar!*

Se alzaron voces de todos lados y la levantaron como si flotara en esos últimos pasos. Once, doce.

Contaba en la cabeza.

Acababa de apoyar la chancla por decimoquinta vez cuando el suelo explotó debajo. Las repentinas llamaradas color naranja, amarillo y rojo la atravesaron. La volaron en pedazos. La convirtieron en polvo.

Todo tembló a mi alrededor. Sentí como si esa bomba hubiera detonado en mis entrañas, las ondas expansivas retumbaron a través de mí. La feroz ráfaga de llamas era del color más nítido que jamás hubiera visto. Y lo más aterrador de todo, no hubo sonido. O, en realidad, solo hubo *ausencia* de sonido. Como si todo el mundo acabara de ser perforado y tuviera que aspirar el aire que quedaba en un enorme jadeo, reteniéndolo el mayor tiempo posible.

Ernie fue el primero en exhalar.

—¿Qué pasó? ¿Adónde se fue? ¿Por qué no la podemos ver? —dijo aterrado.

—Está... está —balbuceé.

No sabía cómo explicarle lo que acababa de pasar, ni a él ni a mí misma.

—¿Mami?

Mami estaba ahí, mirando fijamente la pantalla, mientras Ernie y yo soltábamos mil preguntas sin respuesta. Necesitábamos llenar todo el espacio entre nosotros. Seguir hablando, porque hablar era respirar y respirar era vivir. Vivir significaba que seguíamos existiendo, aunque fuera en un mundo loco, inventado, donde se volaba a una niña de quince años por intentar cruzar la frontera.

—Mami, ¿viste lo que pasó? —le supliqué.

Cuando no pude aguantar más el silencio de Mami, la agarré por la muñeca y apreté.

—Sí, claro que sí —murmuró Mami.

Ver a Mami así de alterada lo hacía más horrible, más real. Exhaló lentamente, el aire produjo un silbido entre sus dientes. Luego cerró los ojos, como si intentara borrar lo que acababa de ver en mi pantalla.

—Es una mina, una quiebrapatas, mija. Como en Colombia.

—¿Qué? —grité.

Como si mi ira pudiera cambiar lo que acababa de ocurrir. Tal vez lo hizo, porque la imagen de la niña en llamas se oscureció. La conexión se cortó.

Me cambié a una transmisión en vivo diferente. La primera que encontré era de alguien que estaba del lado de San Diego. Oí que la gente gemía y gritaba: *¡La mataron! ¡La mataron!*

Entonces vi una avalancha de cuerpos, abriéndose paso a empujones hacia el muro. Se lanzaban contra los listones de acero, arañando y pateando la malla que los separaba.

Una estampida de zombis verdes se lanzó a la carga. Parecía que había tantos en el lado de San Diego como al otro lado del muro. Quizás más. Ahora soltaban los pastores alemanes del lado estadounidense. Los caninos gruñían y mordían.

Hubo una explosión blanca.

Quienquiera que estuviera grabando comenzó a temblar y a correr mientras gritaba: *¡Cúbranse la boca! ¡Corran!*

Parecía que los agentes de la Patrulla Fronteriza del lado estadounidense estaban lanzando cartuchos de gas lacrimógeno contra la multitud que se arremolinaba en San Diego.

—¡Dios mío! —volvió a jadear Mami.

Había cuerpos retorciéndose y contorsionándose en el suelo. Se arañaban unos a otros, desesperados por respirar aire fresco. Entonces se oyó un golpe seco. Lo único que podíamos ver en mi teléfono era el suelo polvoriento: un torrente de zapatillas deportivas, chanclas y pies descalzos que pasaban corriendo.

—¡No! —supliqué.

Quería atravesar la pantalla y salvar al que acabara de caer, pero tenía que buscar otra transmisión para entender qué estaba pasando. Hice *scroll* de una imagen a otra. La multitud a ambos lados del muro se multiplicaba a cada segundo. Llena de rabia y angustia, gritaba a las pantallas o a los helicópteros de la Patrulla Fronteriza que sobrevolaban.

En Tijuana, había gente escalando la malla metálica, tropezando mientras corría hacia los restos de esa niña desgarrada.

¡Era una niña!, gemían. Las madres se aferraban a sus hijos, lágrimas les corrían por sus mejillas.

En San Diego, había gente que golpeaba con piedras en el gran muro grotesco. Golpeaban y martillaban los lastres, como un trueno que crece.

¡No más muros! ¡No más muertes!, gritaban.

Miles de manos agarraban y arañaban, trataban de romper el acero, el alambre de púas, el odio con el que se logró la construcción del muro. Los helicópteros verdes sobrevolaban como una nube venenosa.

—¿Para qué son los helicópteros? ¿Van a herir a más personas? —preguntó Ernie con un hilo de voz.

—No creo. No, no pueden —dijo Mami, agarrando mi teléfono, tal vez para apagarlo y evitar que viéramos más.

Pero, al hacerlo, un nuevo y aterrador sonido resonó en la pantalla.

¡Ta-ta-ta-ta-tá!

Los helicópteros le disparaban a la multitud a ambos lados.

—¡No! —grité.

—Dios mío santísimo...

Los gritos y gemidos se amontonaban. No importaba el idioma que hablaran; todos gritaban *¡Ayuda!* Ernie hundió la cabeza en el pecho de Mami.

—¡Espera! ¿Y si... si la tía Luna está ahí? —balbuceé.

Mami se abalanzó sobre el mesón de la cocina para coger su teléfono.

—Todo va a estar bien. Tranquilos —fue lo único que dijo mientras marcaba el número de su hermana.

—¡Llama a la tía Luna! —le grité a mi teléfono.

Pero no me reconocía la voz porque sonaba tan frenética y chillona. Entonces traté de escribir su nombre, los dedos me temblaban y titubeaban de una tecla a otra.

Al otro extremo del teléfono se escuchó una grabación gastada:

Su solicitud no puede ser procesada en este momento. Por favor, cuelgue e inténtelo de nuevo.

Mami caminaba de un lado a otro por el linóleo, colgaba y volvía a intentar. Colgaba y volvía a intentar.

—¿Crees que está allá? —pregunté—. Ella no iría allá, ¿verdad?

—No. No creo —dijo Mami, con la cara destrozada por el dolor y la ira.

Dejó el teléfono un momento y juntó las manos frente a la ventana de la cocina como si le pidiera que le dijera algo más.

—No entiendo —gimió Ernie—. ¿Qué está pasando?

Ahora salían tantos disparos de mi pantalla que ya no podía contarlos. No podía hacer nada. La distancia entre nosotros y lo que fuera que estaba pasando en la frontera se ensanchaba como un agujero gigante.

Nos dividió en aquí y allá.

Antes y después.

—No sabemos nada —nos dijo Mami—. No sabemos si la tía Luna está ahí o si...

Y entonces todo se cortó.

Se apagaron nuestros teléfonos. No había sonido ni imagen. No había conexión con lo que estaba sucediendo al otro lado del país. Solo una pantalla negra. Contuvimos la respiración y esperamos, aterrados por el miedo.

Y entonces, unos momentos después, apareció una nueva e inquietante imagen. Nunca había visto algo parecido en ninguna transmisión. Había un gran escritorio en medio de una habitación vacía. Detrás había paredes de bloques de cemento de un gris austero, interrumpidas solo por un retrato del presidente y una silla de madera vacía.

Pasé a otro *feed* y a otro. Todos mostraban lo mismo. El mismo escritorio, la misma pared, el mismo retrato.

Como para borrar todo lo que había acabado de pasar.

Como para borrarnos a *todos*.

CAPÍTULO 2

Mami ni siquiera fingió dormir esa noche. La sentía a mi lado en el sofá cama, dando vueltas, levantándose y volviéndose a acostar. A las tres de la mañana fui a buscar agua y la encontré en la cocina preparando una olla grande de ajiaco. Su pelo largo y ondulado se escapaba de su moño, generalmente apretado. Picaba y revolvía muy lentamente mientras miraba por nuestra ventana del tamaño de una palma de la mano. El cielo afuera estaba fresco y acerado, con un pequeño destello de la luna menguante.

—¿Mami? ¿Por qué estás cocinando? —pregunté.

—¡Mija! —dijo, dándose la vuelta.

Parpadeó rápidamente para borrar cualquier señal de miedo o sorpresa por mi voz. Luego se acercó y me aplastó las mejillas con fuerza entre sus gruesas palmas.

—Vali, vete a dormir —me dijo.

—No puedo dormir —dije.

—Tienes que dormir —insistió.

Mami era apasionada y dura como una roca. Incluso con su metro y medio de altura, estaba segura de que podría sostener el mundo, o cargarme a mí y a Ernie en el apocalipsis, lo que ocurriera primero. Tenía los hombros anchos, la cintura abarrilada y una piel curtida color café con leche. Sus ojos oscuros siempre brillaban con determinación. Trabajaba en la granja lechera McAuley, a las afueras de nuestro pueblo Southboro, Vermont. Unas semanas antes, ayudó a parir a un ternero que venía de nalgas. Intentó contarme la emoción de coger la placenta, pero me dieron náuseas. Absolutamente nada hacía que Mami se sintiera nerviosa o asustada. Sus reglas para sobrevivir eran:

1. Ama a todas las criaturas, grandes y pequeñas.
2. Deja de preocuparte y alaba a Dios por estar vivo.
3. Protege a tu familia a toda costa.

—Mija, a dormir —dijo con voz baja y ronca.

Sus labios gruesos solo lograban formar una sonrisa si de verdad lo sentía. Ahora los fruncía en un ceño apretado.

Le devolví el ceño; nuestras caras eran casi idénticas. Me encantaba parecerme tanto a mi mami. Teníamos el mismo color de piel, el mismo pelo largo y oscuro, incluso las mismas caderas. Compartíamos brasieres, delineadores de labios y una obsesión por el reguetón clásico. Sobre todo, sentía que Mami podía ver directamente dentro de mí, atravesar toda mi confusión y miedo, y aferrarse a mi corazón para protegerlo.

Cualquier otro día, no me hubiera atrevido a discutir con mi mami. Me hubiera devuelto a la cama como me dijo. Era una chica bastante respetuosa, pero no podía ignorar lo que sentía e ir a acostarme. Dijera lo que dijera Mami, este no era un día normal. Solo habían pasado unas pocas horas desde que habíamos visto a esa niña volar en pedazos frente a la frontera entre México y Estados Unidos; desde que la gente en San Diego corrió hacia el muro y luego escuchamos disparos que atravesaron la multitud. Esta era la mañana siguiente, o tal vez solo una continuación de ese aterrador instante en el que estábamos aquí y la Costa Oeste ardía, y nadie nos decía qué era lo que pasaba.

Sabía que, si trataba de dormir un minuto más, lo único que vería al cerrar los ojos sería la cola de caballo de aquella niña, tan animada y llena de vida, y luego tragada por las llamas en el mismo instante. O tendría otra pesadilla de ella pisando una quiebrapatas y su cuerpo estallando en tripas y ojos y jirones de la camiseta de Mickey Mouse.

Y yo, corriendo por ese campo, desesperada por reconstruirla, sabiendo que nunca podría.

—¿Mija? —Mami me apretó las mejillas—. Vete.

—Pero ¿y qué pasa con la tía Luna? ¿Ya has hablado con ella?

Mami negó con la cabeza, volviendo a su olla en la estufa.

—¿Sigue todo caído? —pregunté.

Mami no respondió. Un vistazo a mi teléfono bastó. El Gobierno había cortado todo: el internet, el servicio celular. No había nada que ver aquí; nada que hacer. Solo nos daba esa silla vacía y un retrato en una habitación de bloques de concreto.

Aquí estábamos ahora: en la oscuridad total.

—Todavía tenemos el informe de *Noticias nacionales* —dijo Mami, resignada—. Dicen lo mismo una y otra vez. La economía va tan bien que ganamos las guerras comerciales. ¿Y sabías que hay una nueva sandalia con... cremallera? Es muy popular esta temporada —informó.

—¿De qué hablas? —repliqué, un poco duro.

—Shhh. Por favor, Ernie sigue dormido —susurró—. Esto es lo único que nos dicen. Estas son todas las noticias que te tengo.

Cogí el teléfono de Mami del mesón. Lo sentía caliente en la mano. Vi que había marcado el número de la tía Luna cincuenta y tres veces desde anoche. Lo intenté por quincuagésima cuarta vez, pero lo único que logré fue recibir ese mensaje sin sentido: *Su solicitud no puede ser procesada en esta ocasión.*

—Vali, por favor —dijo Mami, quitándome el teléfono antes de que pudiera volver a marcar.

—¡Quiero saber qué está pasando!

—Yo también, mija, pero no nos están diciendo nada. Así que duérmete —dijo.

Me apretujó contra su pecho en un abrazo vigoroso y luego me empujó hacia la puerta de la cocina. Y no había nada más que decir.

Intenté dormir. De verdad que sí. Fui a la sala y me acosté, primero en mi lado de la cama, luego en el de Mami, luego horizontalmente. Había demasiadas cosas dando tumbos dentro de mí. Claros destellos de esa niña que avanzaba. La tierra en erupción, la transmisión en vivo fallando, la estampida de pies y polvo. Los disparos descontrolados.

Agarré mi teléfono y busqué posibles fotos o reportajes sobre la noche anterior. No había nada. O, en realidad, estaba el programa matutino de *Noticias nacionales*, con presentadores llenos de maquillaje pastoso, que señalaban los mapas del clima y bebían café de sus tazas vacías. Montando esta farsa patrocinada por el Gobierno sobre los Estados Unidos despertaba a un nuevo y fantástico día, a pesar de que sabía con certeza que estábamos en medio de la peor crisis económica de la historia del país. Aquí no crecía nada. La sequía estaba acabando con toda la vegetación y el ganado, vivíamos con raciones de agua estrictas y teníamos suerte de que Mami tuviera un trabajo.

Los dientes de los presentadores de la televisión se veían blancos y rectos mientras parloteaban sobre hechos inventados, como:

¡La economía estadounidense está en auge!

¡La sequía casi termina!

¡Y miren estas adorables sandalias nuevas!

Lo entendía. Entendía cómo los estadounidenses podían quedar hipnotizados por estas insulsas cabezas parlantes. Yo también quería dejarme adormecer por ellas. Probablemente hubiera sido mucho más fácil así.

Pero yo sabía lo que significaba vivir una mentira. Una mentira que me hacía sentir incómoda y tímida frente a desconocidos. Una mentira que me ponía nerviosa cuando oía sirenas o me asignaban un proyecto en la escuela que involucraba historias de familia. Una mentira que se alimentaba de todo mi miedo.

Para mí, la mentira empezó cuando salimos de Colombia.

Me llamo Valentina González Ramírez, pero quienes me conocen de verdad me llaman Vali. Nací en un pueblo llamado Suárez, incrustado entre las montañas del norte del Valle del Cauca. Viví allá hasta los cuatro años, entonces solo lo recuerdo en destellos de color y sonido...

El resplandor anaranjado del sol filtrándose a través de la puerta de madera.

El jadeo rápido de Papi mientras subía por un sendero empinado y fangoso, cargándome en su espalda.

El polvo que se volvía rojo oscuro cuando tropecé con una excavadora minera y me abrí el labio inferior.

La dulzura de Mami cocinando plátanos en nuestra estufa.

Sin embargo, no entendía todos los hilos que conectaban esos detalles. No sabía que, cuando era pequeña, había grandes corporaciones intentando apoderarse de nuestro pueblo. Que la gente recibía amenazas de muerte y moría al tratar de impedir que las corporaciones se llevaran el oro bajo nuestras montañas. Ciertamente no sabía que mi abuela y mi abuelo habían muerto quemados en su propia casa ni que cinco niñas habían sido torturadas y ahogadas en el río donde aprendí a nadar.

Todos ellos fueron víctimas de este conflicto armado no declarado en Colombia. Ya no era la guerra civil de cincuenta y dos años, sino una guerra más silenciosa. Casi más mortal, por lo sigilosa y cruel. Una guerra camuflada entre las sombras de la paz.

Mami me contó todo esto después de que llegamos a Estados Unidos. Dijo que extrañaba Colombia cada segundo de cada día, pero que las montañas y los ríos estaban cubiertos de sangre. Por eso tuvimos que dejar nuestro hogar y construir uno nuevo aquí.

Tú naciste en Colombia, pero también eres de acá, me decía Mami todas las noches antes de irme a dormir.

Y yo repetía:

Nací en Colombia, pero también soy de acá.

Era como mi plegaria, mi súplica. Siempre sería colombiana.

Justo como siempre sería estadounidense. Al menos, me sentía estadounidense después de vivir aquí doce años.

Mami, Papi y yo cruzamos a San Diego dos semanas después de mi cuarto cumpleaños. Recuerdo ese día porque vi a Mami llorar por primera vez y no supo decirme si era de felicidad o tristeza. Tuvimos que dormir en un albergue para desamparados por un tiempo y nos separaron a Mami y a mí de Papi, lo que me enojó y me asustó. Entonces ella decidió que dormiríamos en los parques; así podríamos estar juntos. Papi encontró una granja donde él y Mami podían recoger tomates durante el día. Yo tenía que sentarme calladita detrás de una caseta para que nadie se enojara. Me dolía la barriga de comer tantos tomates y me picaban muchas abejas.

San Diego era hermoso y horrible a la vez. Las carreteras eran anchas y pavimentadas. El sol se volvía rosado antes de ocultarse cada noche. Había un parque de diversiones con delfines saltarines y montañas rusas. Incluso después de empezar a ir al kínder y a pasar tiempo con niños de mi edad, la sensación de soledad no desaparecía. Sabía que era diferente. Sabía que la mayoría de las familias no tenían que hacer planes por si Mami o Papi no llegaban a casa del trabajo porque ICE se los llevaba. Sabía que no era normal sobresaltarme si oía unos golpes inesperados en la puerta del salón.

Memoricé el juramento a la bandera e intenté recitarlo en clase, todos los días y en voz alta. Me hice amiga de una niña rubia llamada Rosie en el patio de la escuela. Me dijo que deberíamos ser mejores amigas y que podía quedarme a dormir en su casa cuando quisiera. Pero cuando lo intenté, su papá me preguntó de dónde era y me puse tan nerviosa que dije: *¡De ninguna parte!* y salí corriendo a casa. Rosie dejó de hablarme después de eso.

Mami, Papi y yo nos mudamos a un apartamento. En realidad, era una oficina encima de un concesionario, así que olía a gasolina y teníamos una nevera portátil en lugar de una normal. Pero era nuestro. Me acuerdo de que, cuando empecé el primer grado, me regalaron un cuaderno plastificado y escribí mi nueva dirección en la parte superior, por si se perdía. Y porque estaba muy orgullosa.

Le rogaba a Mami que me comprara *jeans* con cremallera y diademas elásticas para parecerme a las niñas populares de mi clase, pero no me parecía a ellas. Nunca lo haría. Era más ancha y oscura. Una niña dijo que era del color de su caramelo favorito. Otra me preguntó por qué tenía los pelitos de los brazos tan largos y si podía enseñarle a pronunciar la erre.

Solo quería que la escuela se terminara. Quería trabajar como Mami y Papi. Les dije que algún día sería cardióloga o una cantante famosa, y que ganaría suficiente dinero para comprarles un carro lujoso en el concesionario, a precio regular. Mami se rio y Papi dijo que no veía la hora de poder manejarlo. Pensé que un carro era lo que más necesitaban. Ambos se rompían el lomo con dos o tres trabajos cada uno para tratar de pagar cosas como la comida y el alquiler, y ahorrar para la llegada del nuevo bebé. Mami estaba embarazada de mi hermanito, Ernesto, que nació el mismo día que el presidente reemplazó al gobernador de California por un miembro del gabinete que promovía "la unidad y la integridad".

Para entonces, las redadas de deportación se estaban volviendo cada vez más intensas. Había disturbios y protestas a diario. La noche después de que el presidente ganara la reelección para su tercer mandato, Mami y Papi me dejaron quedarme despierta viendo la televisión con ellos. Mirábamos fijamente los fuegos artificiales rojos, blancos y azules que estallaban mientras se levantaban las primeras columnas de acero justo al norte de la frontera.

De verdad estaba sucediendo. Se estaba construyendo El Gran Muro de América entre México y California.

Las leyes de censura entraron en vigor poco después de eso. Papi tiró nuestro televisor y dijo que de ese momento en adelante solo escucharíamos noticias independientes y reales. No obstante, el Gobierno invadió nuestro espacio como pudo. El presidente comenzó a transmitir su visión a través de hologramas gigantes y titilaba como un profeta intergaláctico. Habló de *limpiar* este país para que no hubiera más indigencia ni más plagas, ni más opioides ni amenazas a nuestra democracia.

Lo que realmente quería decir era: no más inmigrantes sin papeles. No más nosotros.

De ahora en adelante, explicó, todos los que vivían en Estados Unidos debían implantarse un chip de identificación en la muñeca. Los chips tendrían toda nuestra información: número de identificación, lugar de nacimiento, tipo de sangre, historial médico e incluso alergias. Los chips simplificarían todo mucho más, nos dijo el presidente. Con un simple escaneo, sabríamos quién pertenecía aquí realmente.

Si no tenías un chip, claramente eras "ilegal".

La implantación de un chip era gratuita e indolora, pero obligatoria. Solo teníamos que ir a una clínica con nuestros certificados de nacimiento o prueba de ciudadanía. Cada chip era tan pequeño que se podía inyectar con un pequeño espray anestésico y una jeringa. Vi cómo Ernie recibió el suyo cuando no era más que un bebé y apenas chilló. Fue fácil, pues había nacido en Estados Unidos.

Mami, Papi y yo éramos otra historia, claro.

Mientras el presidente seguía parloteando frente a esos fuegos artificiales, Mami comenzó a pedirles ayuda a todos los conocidos en San Diego. Consiguió contactar con un tipo que implantaba falsos chips de identidad en su cocina. Cobraba cinco mil dólares por cada uno, mucho más de lo que tenían mis padres, incluso si pagábamos a plazos. Papi dijo que conseguiría un chip más adelante; que era más importante que Mami y yo lo tuviéramos. Prometió que tendría cuidado, que estaría bien.

Recuerdo que el chip era casi del tamaño de un grano de arroz, pero me dolió mucho cuando el hombre me cortó la piel (la anestesia costaba más) y me desmayé. Intenté con todas mis fuerzas ser valiente por Mami. Le apreté la mano y clavé mis ojos en su mirada firme, en busca de fuerza. Ella le había dado a este tipo literalmente cada centavo que teníamos. Cuando desperté, ahora era:

Amelia Catherine Davis
Número de identificación: 072 54 3998
Nacida el 22 de julio de 2016 en Arcata, CA
Tipo de sangre: A+, ojos cafés, sin alergias

No sabía quién era realmente Amelia Catherine Davis. No sabía si estaba viva o muerta. Solo sabía que me había dado una nueva identidad, una nueva oportunidad de estar a salvo. Recité estos datos una y otra vez. Se los dije a mis papás, al bebé Ernie, a las paredes, al cielo. Los repetía diez veces antes de acostarme, diez veces antes de lavarme los dientes y diez veces con cada zapato que me ponía por la mañana. Me froté ese pequeño trocito de tejido cicatricial en la muñeca derecha hasta que se puso rojo y en carne viva. Porque tenía que asegurarme de que seguía ahí y que yo seguía aquí.

Poco después, el Gobierno instaló los primeros escáneres de identificación en California. Parecían esos dispositivos que se usan para leer los códigos de barras de los supermercados. Solo que, en lugar de cajeros, había agentes de ICE vestidos de combate, a la espera de que todos pasáramos. Cuando me detuvieron para mi primer escaneo en la escuela, vi la delgada luz azul iluminar mi muñeca abultada y pensé que me rompería en mil pedazos.

Soy Amelia Catherine Davis. 072-54-3998, repetía en mi mente. *Nací en Estados Unidos.*

Cuando terminaron de escanear, oí un clic suave y el oficial de ICE asintió, pidiéndome que siguiera mi camino. Estaba tan enferma por contener los nervios que tuve que ir al baño y presionar la mejilla contra la baldosa fría para calmarme. Sin embargo, cuando les conté a mis papás esa noche durante la cena, asintieron con orgullo. Papi incluso me llamó su pequeña guerrera.

—No soy pequeña —le dije, sacando pecho.

Él se rio y se acarició la barba. Siempre lo hacía.

Hasta que se la afeitaron.

En mi último día de tercer grado, antes de las vacaciones de invierno, mientras colgaba mi maleta y trenzaba el cabello de mi amiga en la escuela, ICE se llevó a mi Papi. Fue esposado y conducido a un camión de ganado. Detuvieron a todos los que trabajaban en el huerto de tomates (más de trescientos en total) y los llevaron a un centro de detención en un lugar desconocido. Mami estaba en la casa ese día porque Ernie tenía fiebre, pero cuando se enteró de la redada, se amarró a mi hermano al pecho y corrió al patio de la escuela para recogerme durante el recreo.

Recuerdo que, en lugar de saludarla con una sonrisa o notar las ojeras de preocupación bajo sus ojos, lo único que le dije fue: *¿Qué haces aquí? ¡Estoy jugando a la lleva!*

Papi estuvo en ese centro de detención durante los siguientes seis meses. Lo despojaron de todas sus pertenencias y lo raparon. Me mordía el interior de las mejillas para no llorar cada vez que nos llamaba por videollamada. Nos llamaba en momentos inesperados, cada pocos días, y nos preguntaba sobre todos los pequeños detalles de nuestra vida. Le conté que Ernie gateaba y que comía un montón de aguacates. Me aseguré de que supiera que yo era la única soprano de nueve años en el coro de la escuela y de que saqué un 92 % en mi examen de ortografía. Me parecía tan estúpido contarle todas estas cosas, pero él actuaba como si quisiera oírlas. Como si quisiera saber que estábamos bien sin él.

Pero no estábamos bien. Yo no, al menos. Esta fue la parte más difícil de esos largos meses: fingir que todos estábamos bien y felices, y sonreír a mis profesores en la escuela o al dueño de la tienda cerca de la casa y preguntarme si quería que me fuera también.

Tenía miedo de todo y de todos. De las estaciones de escaneo y de los camiones vacíos y de las preguntas *¿Qué pasa?* o *¿Estás bien?*

Me volví callada, brava y pequeña, como un puño. Me estremecía si pensaba que alguien me miraba raro, si pensaba que alguien me miraba. Solo quería pegarle un puño al mundo, agarrar a mi Papi y correr, correr, correr.

Tuvimos que irnos del concesionario y vivir en los albergues otra vez. Mami no pudo volver a trabajar. Los dos huertos donde había sido jornalera estaban contratando otra vez, pero le parecía demasiado arriesgado, incluso con un chip falso. Oyó hablar de una red de niñeras que ganaban bien, pero también le parecía peligroso. No teníamos idea de dónde serían las próximas "limpiezas" ni en quién podíamos confiar. Cada vez que hablábamos con Papi, nos decía que pronto volvería a casa, pero su voz sonaba cada vez más cansada y poco convincente.

Y entonces, dejó de llamar. Esperamos durante días que se convirtieron en una semana, luego en dos y después en un mes. Ni la abogada que Mami pagó con lo que logró empeñar pudo responder a nuestras súplicas. Nunca supimos cuándo ni cómo ni por qué desocuparon el centro de detención, obligando a todos los inmigrantes a subir a aviones para ser deportados. Nunca supimos dónde estaba Papi cuando la guerra lo alcanzó en Colombia.

¿Había regresado a nuestra casa en Suárez?

¿Se estaba bajando del avión?

¿Alcanzó a ver quién le disparó por la espalda nueve veces?

Mami nunca quiso que viera la foto de los restos de mi padre. Ningún niño de nueve años debería tener que ver algo así, pero una de nuestras primas, que todavía vivía en Suárez, le envió un mensaje de texto a Mami una noche mientras cenábamos. Dejó caer el teléfono y soltó un gemido desgarrador. Cuando fui a recogerlo ella intentó quitármelo, pero, por primera vez en su vida, estaba demasiado débil.

La foto era del cuerpo de Papi tendido al borde de un sendero empinado entre las montañas. El mismo cuerpo que solía subir cargándome en su espalda cuando yo era demasiado pequeña para apreciarlo. Tenía la cara destrozada por la paliza y los ojos congelados de dolor. Había sangre por todas partes.

Cuando recibimos esa foto, no pude dejar de mirarla. Trataba de reorganizarla, darle la vuelta o ponerla al revés para que pudiera ser otra persona, pero indudablemente era él. Tenía la misma camiseta amarillo pálido con la que lo había visto por última vez hacía casi un año. Los pelos nuevos de su barbilla se le asomaban en finos mechones.

Veía esa imagen de Papi constantemente, todo retorcido y frío, muerto. Lo veía cuando cerraba los ojos por la noche y cuando los volvía a abrir por la mañana, cuando me peinaba o escuchaba una guitarra en la radio o con el olor a cebolla frita o cuando caminaba, hablaba, reía o respiraba.

El domingo después de que recibimos esa foto, Mami nos llevó a la iglesia a rezar por él. Quería gritarles a todos los presentes: *¡Mi Papi ha muerto! ¡Se lo llevaron y a ustedes no les importa!*

En cambio, me quedé ahí sentada, sin llorar.

Esperando a que se apagaran todas las velas.

x

—¡NIÑOS, VALI, ERNESTO! —gritó Mami desde la cocina, sacándome del sueño mientras lloraba por Papi una vez más.

Por eso no quería ni intentar dormir, sobre todo sin Mami a mi lado. Era demasiado fácil dejarse llevar por esos brutales recuerdos.

—¡Vengan! ¡Rápido!

Ernie salió a tropezones del clóset que Mami había convertido en una pequeña habitación para él. Era una morada reducida, pero al menos era suya. Lo cual era una bendición, aunque apestara a medias sucias.

—¿Qué pasa? —preguntó.

Parpadeaba con sus largas pestañas rápidamente mientras intentaba entender por qué yo estaba llorando. Estaba abrazando al Señor Cebra, la cebra de peluche de rayas moradas y blancas con la que dormía desde que nació. A veces olvidaba que mi hermanito solo tenía ocho años. Era fácil, pues tenía los genes de Papi y ya me llegaba a la quijada. Ernesto Palmero, lo llamaba Mami, porque crecía como una palmera.

—Nada. Está bien —le dije.

No estaba bien. Nada en este mundo estaba bien.

Pero quizá estaba demasiado acostumbrada a vivir una mentira como para decir otra cosa.

CAPÍTULO 3

Ángel de Dios, mi querido guardián, me presento hoy ante ti para agradecerte y pedirte que siempre estés a mi lado, para que guíes, ilumines y gobiernes mi vida.

Apenas habían pasado unos minutos desde el amanecer. El ajiaco de Mami todavía hervía a fuego lento en la estufa y yo seguía ardiendo con preguntas, pero teníamos que seguir adelante. De alguna manera, era un día entre semana y podía oír que la gente en nuestro edificio apagaba alarmas y abría puertas. Nosotros teníamos que hacer lo mismo para seguir con la farsa de nuestra vida aquí.

Ernie y yo estábamos junto a Mami mientras ella rezaba su oración matutina frente al altar. Más que un altar, era un estante de madera que había clavado en la pared sobre la mesa de la cocina. Ahí estaban todas las personas que Mami más quería: una fotografía amarillenta de mi abuela y mi abuelo, unas ridículamente vergonzosas fotos escolares mías y de Ernie, un retrato de la Virgen del tamaño de una palma de la mano.

Mi foto favorita estaba en un marco ovalado más pequeño, escondido detrás de un crucifijo de marfil. En ella, estábamos Papi y yo en la playa, justo después de llegar a California. A Papi le encantaba entrar al mar, aullándole al viento. La foto estaba un poco borrosa, pero todavía podía verle las uñas, anchas y planas como conchas desgastadas. Su barba desgreñada le daba paso a una sonrisa y la camiseta se le pegaba al pecho por el sudor. Entonces yo no tenía más de cinco años, engalanada con mi vestido de baño de puntos azules y blancos. Papi me sostenía sobre su hombro como un trofeo cuando, en realidad, el premio era él.

Hoy, al mirar esa foto, me estremecí por dentro. Los cirios de Mami parecían estar demasiado cerca de la barba de Papi y la Virgen ni siquiera lo cuidaba.

—¿Y si San Diego sigue bajo ataque? ¿O todo California? —susurré.

Mami me ignoró y continuó con sus oraciones. Tal vez yo sí tenía un espíritu rebelde o solo un dolor punzante e imparable porque me robaron y asesinaron a mi papi hace tantos años.

—Podrían deportar a la tía Luna —dije más duro—. Podrían venir aquí después.

—Shhh. Debemos tener fe —dijo Mami.

Te imploro desde el fondo de mi corazón que, por favor, protejas a nuestra querida tía Luna. En tu dulce nombre, Amén.

Al terminar sus oraciones, me clavó sus desgastados nudillos en la parte superior de los hombros, en un intento por masajear todas mis preocupaciones, pero tuve que zafarme de ella. Sentí que si hacía demasiada presión desataría una tormenta de lágrimas y terror que jamás podría superar.

—Está bien —nos dijo—. Desayunemos.

Empezó a cocinar una sartén de huevos pericos. Tenía que admitirlo, el olor me reconfortaba. Y era consciente de que teníamos mucha suerte por tener huevos, tomates, cebollas y el ocasional bloque de queso de la granja McAuley, sobre todo cuando no había productos frescos ni lácteos a la venta por aquí. Los tres nos sentamos y nos abalanzamos sobre la comida. Parecía como si llenáramos todos esos vacíos y preguntas sin respuesta con la comida. Mientras Mami masticaba, veía cómo los músculos de sus mejillas se contraían y relajaban; su mirada estaba fija en la comida. No sabía cómo mantenía la calma. Cómo nos alimentaba y vestía mientras nuestro mundo se derrumbaba. No podía decidir si era resiliencia o insensatez.

—¡*Okay*, al colegio! —dijo Mami mientras tragaba el último bocado de huevo.

Apagó las velas, se apartó de la mesa y nos miró comer unos bocados más antes de darnos las órdenes del día.

—Sequen los platos antes de irse. Asegúrense de que la puerta quede con llave. Manténganse erguidos, respeten a sus profesores.

Mientras hablaba, nos daba besos en la cabeza y luego se echó tres bolsas diferentes al hombro. Contenían su uniforme, su almuerzo, su cepillo del pelo y probablemente otro crucifijo.

—¿Vas a ir a trabajar? —pregunté, totalmente confundida.

—Sí y tú vas a la escuela —instruyó Mami—. Estamos a salvo. Vamos a estar bien. ¡Ah! Ernesto, después de la escuela, vas a fútbol y esperas a que Vali vaya a recogerte, ¿bueno?

—*Soccer*, Mami —la corrigió.

—Fútbol —insistió ella—. ¡Adiós! Y tranquilos que todo va a estar bien.

Creo que ella de verdad lo creía. Lo pronunció todo en su inglés imperfecto, con voz clara y firme, para que pudiera oír su determinación.

—¡*Love you*, Mami! —le gritó Ernie, aunque ella ya había salido por la puerta.

Luego se volvió hacia mí y dijo:

—El baño es mío.

Por el racionamiento de agua, cada gota contaba. La persona que se duchaba primero se duchaba más tiempo. Cualquier otro día me habría peleado con mi hermanito por esas gotas de más, pero, de nuevo, este no era un día cualquiera. Seguía sentada a la mesa, atónita por el ciego optimismo de Mami.

—Adelante —le dije.

Aunque después de esperar diez minutos a que Ernie saliera del baño, mi vejiga y yo nos arrepentimos de esa decisión. A través de una grieta en el marco de la puerta del baño, pude ver a mi hermanito posando frente al espejo, mirándose fijamente.

—¡Oye! —gritó cuando abrí la puerta—. ¿Me das un poco de privacidad?

Tuve que apretar muy bien los labios para no echarme a reír a carcajadas. Intentaba domar su alborotado pelo con una peinilla mojada, un poco de gel y lo que parecía un chorrito de crema de dientes. Ernie definitivamente tenía la melena de Papi: oscura, salvaje e indomable. Ahora también tenía un brillo mentolado, con algunos rizos aplanados, aunque la mayor parte del pelo de atrás seguía sobresaliendo en las puntas.

—¡Guau! ¿Hay alguien especial que quieres invitar a la hora del refrigerio? —bromeé.

Como si alguien de su clase de segundo grado se diera cuenta.

—Lo que sea —replicó Ernie—. Tu cara parece la hora del refrigerio.

No tenía ningún sentido, pero en este día después, o día antes, o como sea que llamáramos ahora a esta oscuridad disfrazada de mañana escolar, agradecí que mi hermanito me hiciera reír.

x

AFUERA, EL AIRE se sentía cargado y caluroso. Hasta ahora era la primera semana de mayo, pero ya el uniforme escolar me hacía sudar a mares y me picaba. Antes de mudarnos a Vermont, había oído que los inviernos aquí eran gélidos y que la única esperanza de verano eran unas pocas semanas de agosto. Quizás eran solo cuentos. Todavía no había experimentado una verdadera ventisca ni había hecho un muñeco de nieve. Habíamos tenido algunas tormentas heladas e inundaciones repentinas, seguidas de la sequía actual, que ya iba por su segundo año sofocante. Incluso hoy, mientras caminábamos a la escuela, debía estar a 28 grados y el viento era tan fuerte que me picaban los ojos. Las calles y las aceras se estaban agrietando; los bosques que antes cubrían las montañas que nos rodeaban estaban chamuscados por los incendios forestales. Era como un pueblo construido a partir de las sombras.

No había nada que ver aquí. Nada que decir, hacer o cambiar.

Tampoco significaba que Southboro, Vermont, hubiera prometido alguna vez ser una gran metrópolis o tener siquiera más de una calle que pudiera llamarse "centro". Esa fue la razón por la que Mami nos había traído aquí desde San Diego hace casi siete años. Todo lo que teníamos ya no estaba. Papi ya no estaba. Nuestro hogar ya no estaba. Nuestro sentimiento de seguridad y promesa ya no estaba.

La hermana más pequeña de Mami, la tía Luna, no quería que nos fuéramos de California. Encontró un hombre que, por un precio justo, se casó con ella y le dio los papeles. Nos dijo que nos quedáramos a vivir cerca de su casa, a unas millas de distancia, en el Imperial Beach, donde trabajaba como empleada doméstica. Allí estuvimos por un tiempo, pero podíamos sentir que las "limpiezas" y los disturbios aumentaban a nuestro alrededor.

Después de todo lo que había pasado, de todo lo que habíamos vivido, yo estaba hecha un desastre: orinaba la cama y golpeaba el piso con los puños, intentando borrar esa imagen de Papi en el suelo, morado y sin vida.

Cuando vivíamos en Imperial Beach, se oían todos los días nuevas proclamaciones presidenciales sobre "ilegales" que intentaban saquear y devastar el país. La economía estaba en peligro. La tierra estaba en peligro. Los impuestos se triplicaron porque había extranjeros malvados acechando por todas partes, listos para abalanzarse sobre los estadounidenses inocentes y arrebatarles todo lo que habían logrado con tanto esfuerzo. El Gran Muro, que había comenzado en San Diego, ahora debía extenderse por todos los estados del sur que lindaban con la frontera: Arizona, Nuevo México, Texas.

Aun así, el presidente le recordó a Estados Unidos que nadie estaba a salvo de la "infestación de inmigrantes".

Por eso Mami hizo lo que Colombia le había enseñado:

Correr.

Cuando vengan por ti, corre.

Corre más rápido que ellos. Corre con más inteligencia que ellos. Solo corre.

Buscó pueblos agrícolas lo más alejados de San Diego y la frontera, y encontró la granja lechera McAuley cerca de Southboro, Vermont. Con la ayuda de los ahorros de la tía Luna, Ernie, Mami y yo nos subimos a un avión hacia el otro lado del país. Nos despedimos del parque de diversiones con los delfines y los limones del jardín de la tía Luna. También de los últimos lugares que habíamos visitado cuando Papi aún vivía.

Recuerdo que Ernie estaba muy emocionado por nuestro primer viaje en avión. Compartimos una bolsa de galletas de queso y yo fingí no ver las caravanas de tanques y grúas que pasaban por debajo mientras sobrevolábamos la construcción del muro en expansión.

Sabía que Mami nos había traído aquí para protegernos y, con suerte, empezar de nuevo. Sabía que pensaba que aquí, en este remanso de calma que había creado y por el que había rezado, podríamos encontrar algo de paz. Colombia no podía dárnosla. California tampoco. Quizás un pueblo aburrido y poco extraordinario como Southboro, Vermont, sí. Apenas llegamos, Mami nos impuso una nueva regla: solo podíamos hablar en inglés. Aunque había escáneres de identificación en las escuelas y los edificios gubernamentales, los parques y tiendas públicos no tenían acceso. En general, podíamos vivir aquí sin sentir miedo.

¿Pero seguirá siendo verdad después de lo que vimos anoche?

—Vali —dijo Ernie, dándome un codazo al acercarnos a la entrada de su escuela—. ¡Dije *bye*!

—¿Qué? Espera.

Sentí unas ganas inmensas de abrazarlo y sostenerlo, pero sabía que no lo toleraría estando tan cerca de su escuela, donde sus amigos podían verlo. O tal vez podría impartirle un poco de sabiduría; advertirle sobre ser conscientes, sobre estar alerta y sobre la fragilidad de nuestra existencia. Sin embargo, no podía expresar estos sentimientos frenéticos en una sola frase. En lugar de eso, dije cualquier cosa solo para retenerlo un momento más.

—Eh, ¿empacaste tu almuerzo?

—Sí. Me viste cuando lo empaqué —respondió, poniendo los ojos en blanco.

—¿Te lavaste los dientes?

En lugar de responder, me sopló en la cara para que pudiera oler su aliento.

—¿Algo más? —preguntó—. ¿O puedo irme ya?

No sabía si le hacía gracia o le molestaba mi retraso. De cualquier manera, iba a hacer que ambos llegáramos tarde a la escuela y eso no nos ayudaba a pasar desapercibidos.

—No… eso es —dije, intentando sonar indiferente—. Solo… ve directo al campo de fútbol después de la escuela y… sí. ¡Nos vemos allá!

—¡Está bien! ¡Chao! —gritó por encima del hombro mientras corría hacia la entrada de la Escuela Primaria Southboro.

Lo vi pasar por la primera puerta y que le escanearan la muñeca sin mirar atrás. Luego le mostró su credencial escolar al guardia de seguridad más cercano y se coló por una puerta abierta. Sentí que me estremecía al estar ahí. Agradecía que Ernie pudiera entrar a la escuela sin miedo a que lo detuvieran o lo interrogaran. De verdad que sí. Pero también estaba increíblemente celosa. Me froté el bulto en la muñeca derecha con el dedo. Todavía recordaba mis primeros años de primaria, en California, cuando no había guardias fuera de las escuelas. Además, los profesores no iban armados y los alumnos podían leer lo que quisieran. También recordaba cuando recibí mi chip falso y mami dijo: *Estos no durarán para siempre, pero...*

Esos puntos suspensivos al final de la frase me acosaban y me perseguían todos los días. El Gobierno todavía no había encontrado la forma de rastrear todos los chips falsos, pero era cuestión de tiempo. Si alguien tomaba la identidad de un difunto, los registros de defunción lo delataban. O si existía una Amelia Davis que estaba viva y le escaneaban la muñeca al mismo tiempo que a mí, ¿qué pasaría? Habíamos oído sobre gente que ICE se había llevado porque detectaba sus chips falsos o estos fallaban de alguna forma. Cuando eso sucedía, el escáner emitía un horrible chirrido, como un detector de monóxido de carbono sin pila.

Conocía ese pitido muy bien, porque lo oí un día el año pasado. Fue el peor día de mi vida desde que desapareció Papi.

Mami iba al Ayuntamiento a pagar la cuenta del agua. Ernie y yo esperábamos afuera porque ese edificio olía a cera de piso. Oímos a Mami decirle buenos días al agente de ICE en la puerta, seguido del pitido del escáner una vez, luego dos, y luego una y otra vez a toda velocidad.

Corrimos hacia las escaleras del edificio, pero él ya la estaba escoltando a un callejón detrás del parqueadero.

—¡Esperen! —grité. El agente se dio la vuelta y me miró fijamente.

Parecía recién levantado, con la cara flácida, un bigote espeso y una papada gruesa. Mami se negó a mirarme a los ojos. En cambio, levantó el dedo índice ligeramente hacia mí. Como diciendo: *Espera. No hagas un escándalo.*

El agente detuvo a mi mamá detrás de ese parqueadero durante al menos media hora. Fue una agonía esperar a que volviera. Ernie y yo nos quedamos sentados detrás de un carro parqueado. Éramos incapaces de mover un músculo. No podíamos hacer preguntas ni parecer preocupados, ni mucho menos gritar y suplicar: *¡Devuélvannos a nuestra mami!*

Aunque eso era exactamente lo que los dos queríamos hacer.

Mami regresó. Solo que, cuando salió de ese callejón, parecía mil años mayor. Tenía los *jeans* raspados en las rodillas y tenían pedazos de grava desprendidos. Ernie y yo corrimos para abrazarla con fuerza.

—¡Mami! ¡Pensé que no ibas a volver! —gimió Ernie en su pecho.

Ella le dijo que, por supuesto, volvería y que todo estaba bien, pero pude ver que tenía los ojos húmedos mientras nos alejábamos del edificio. Ernie solo tenía siete años en ese momento, entonces no le iba a explicar lo que pensé que ese hombre le había hecho a nuestra mami en el callejón. En lugar de eso, me aferré al lado de Mami, desesperada por llegar a casa. Mami no habló durante el resto del día. Intenté prepararle una arepa y un café, aunque sabía que no quería. Estaba sumida en un horror del que no podía sacarla. Me aseguré de que Ernie y yo la dejáramos tranquila. Barrimos el piso, llevamos la basura al basurero y prendimos las luces cuando era tarde. Si no lo hacíamos, Mami se hubiera quedado sentada en la oscuridad hasta la mañana siguiente.

Nunca hablamos de lo que había sucedido. Desde ese día, Mami llevaba los pagos del agua fuera de horario para que nadie estuviera escaneando en el Ayuntamiento. Vivía con cuidado, vigilante. Nunca miraba atrás; solo hacia adelante. Esto era lo que había que hacer para sobrevivir.

Yo, por otro lado, me sentía asfixiada solo de recordar ese día. Mientras caminaba al autobús para ir a la escuela, miraba a mi alrededor para ver si me observaban. Tenía la imagen de mi familia dentro de una burbuja o bola de nieve mientras el mundo, o por lo menos California, se incendiaba. Al subir al autobús, mis miedos me envolvieron tan rápido que olvidé respirar. Me flaquearon las piernas.

—¿Estás bien? —me preguntó mi mejor amiga, Kenna.

Siempre se subía en la parada anterior y me guardaba un puesto.

—Sí. No. O sea… ¿y tú?

—Igual.

Kenna era alta y delgada, con una piel de ébano preciosa y una sonrisa que le invadía la cara cuando estaba feliz, pero esta mañana apenas abría la boca para hablar. Sus cejas arqueadas estaban tensas por la preocupación.

Estaba muy agradecida por tener a Kenna. Habíamos sido mejores amigas desde que me mudé a Southboro. Además, ambas éramos estudiantes de penúltimo año en la preparatoria Morrow Magnet, al otro lado de la ciudad. Aunque Kenna había nacido en Estados Unidos, me *entendía.* Sus papás eran nigerianos e indocumentados. Kenna era la única, aparte de mi familia, que conocía mi situación. Era brillante con la programación y me dijo que algún día diseñaría un chip falso infalible. Yo necesitaba que lo diseñara pronto. Hoy mismo.

Sentadas una al lado de la otra, quería interrogarla sobre qué imágenes había visto de la frontera la noche anterior o si había oído alguna novedad. Pero no iba a preguntarle nada mientras fuéramos en transporte público. Solo tenía que seguir avanzando.

—Todo está bien —dije, intentando sonar tan tranquila e impenetrable, como Mami.

Los autobuses que paraban en nuestro barrio eran pequeños, con unos pocos puestos. Ernie los llamaba "Arturitos" porque pertenecían a la primera flota de vehículos autónomos para pasajeros y se desplazaban a toda velocidad por la circunvalación de Southboro, crujiendo al dar la vuelta demasiado rápido.

Era una experiencia muy extraña ir en transporte por estas diferentes zonas de Southboro. Como si nos deslizáramos por un universo alternativo. Mientras que nuestra parte de la ciudad llevaba casi un año con racionamiento de agua y electricidad, la mayoría de las casas más cercanas a Morrow contaban con riego por drones, fachadas recién pintadas y carnes y verduras de verdad en los escaparates de los supermercados. La gente que caminaba por ahí era claramente adinerada y blanca. Sus casas parecían más sólidas; su césped, más espeso. *Pertenecían* a este lugar.

Nosotros no. La única razón por la que Kenna y yo íbamos en este autobús rumbo a Morrow era por los exámenes de admisión y nuestras excelentes calificaciones, pero estaba segura de que el Gobierno pronto encontraría la forma de acabar también con esos exámenes.

Estábamos a pocas cuadras de nuestra escuela cuando el autobús bajó la velocidad para recoger a un grupo de trabajadores agrícolas que parecían exhaustos. Probablemente habían estado rociando pesticidas toda la noche; tenían la cara empapada de sudor y su ropa apestaba a productos químicos quemados.

—¡Un momento! —gritó una voz masculina aguda.

—¡Permiso! —tronó otro.

Dos hombres vestidos con equipo de combate gris —chalecos antibalas, cascos y todo lo necesario— se abrieron paso entre los trabajadores y se subieron al autobús.

—Buenos días a todos —nos dijo el más alto—. Esto no tomará más de un minuto.

El hombre tenía una especie de escudo protector que le cubría los ojos, pero podía ver una sonrisa brillante que me provocó náuseas. Hubo un repentino silencio gélido.

Sacó un escáner portátil de una de sus fundas y empezó a agarrar las muñecas de la gente para inspeccionarlas. Esto nunca había sucedido antes. Escanear al que quisieran, cuando quisieran, donde quisieran. Era incapaz de mirar las caras cansadas y aterrorizadas de todos en el autobús mientras los oficiales entraban a toda velocidad. Cuando uno de ellos se me acercó, intenté aparentar interés por una rama rota que había fuera de la ventana. Fue lo único que pude hacer para ocultar mi terror. El monstruo gris estaba en el pasillo junto a mí, esperando a que sacara la muñeca. Tenía la piel húmeda y temblorosa, por mucho que me esforzara en quedarme quieta.

Lo oí. El dulce alivio del clic del escáner, registrando mis datos. Luego, el clic al registrar también los datos de Kenna. Un cálido suspiro escapó de mis labios. Oí el clic de los escáneres recorriendo los pasillos, hasta que...

Ese horrible chirrido rompió el silencio. Hubo una pausa terrible antes de que uno de los oficiales gritara: *¡Ilegal!*

¡Ilegal! ¡Ilegal! Los otros oficiales se unieron.

Kenna y yo nos apretamos las manos y sentí el sabor de mi desayuno en la garganta. Esposaron a uno de los trabajadores y lo empujaron fuera del autobús. Era un hombre delgado y encorvado. No protestó. Ni siquiera bajó la cabeza cuando ambos oficiales le gritaron sobre la integridad de esta nación y todas las enfermedades y drogas que gente como él había traído a nuestra sociedad. Me pregunté qué estaría pensando, sintiendo o deseando haberle dicho a su familia la última vez que los vio. La última vez que probablemente los volvería a ver.

Pensé en Papi durmiendo en el sótano de ese centro de detención durante meses; su voz en el teléfono sonaba más como ecos que palabras. En la abogada con exceso de trabajo que se había llevado nuestros ahorros de toda la vida e hizo todo lo posible por ayudarnos, pero que al final dejó de contestar nuestras llamadas. En el agente de ICE que me miraba fijamente por encima del bigote mientras se llevaba a mami a un callejón.

¿Por qué toda esta gente nos odiaba tanto?

Kenna y yo vimos cómo metían al hombre a empujones en una patrulla gris sin ventanas, casi doblado por la mitad para que cupiera. Entonces, el más alto de los dos agentes grises se dio la vuelta con una sonrisa enfermiza.

Y cuando se subió al asiento del copiloto, vi letras amarillas brillantes en la espalda de su chaleco antibalas.

Decían FUERZA DE DEPORTACIÓN. Las mismas palabras ahora también eran visibles a lo largo del parachoques trasero de ese carro.

Todavía no sabía qué significaban exactamente. Solo sabía que era grave.

CAPÍTULO 4

La preparatoria Morrow Magnet era el lugar más blanco del mundo. Cada día que iba a la escuela, sentía que me chupaban todo el color de la vida. Todo el edificio era estéril y vacío. Estaba construido con paredes transparentes y cristal antibalas, y estaba rodeado por una enorme cerca metálica. No se permitía colgar ni un solo póster ni una obra de arte y cada centímetro de los muebles estaba pintado de blanco. Aunque era casi el final de mi penúltimo año, seguía perdiéndome constantemente en este soso laberinto blanco.

Se suponía que el diseño nos mantendría tranquilos y obedientes. Al parecer, los fundadores eran dos psicólogos que investigaron sobre la angustia adolescente y decidieron que solo podríamos estar seguros en un mundo tan pálido como la leche desnatada. Todos los profesores estaban obligados a llevar un arma y la preparatoria Morrow Morrow tenía tres puntos de control obligatorios: un escáner de muñeca, una prueba de huellas dactilares y una puerta de reconocimiento de voz.

—Amelia Davis —dije por el altavoz de realidad virtual—. 072-54-3998. Amelia Davis. 072-54-3998— repetí el llamdo, casi mecánicamente.

Aunque pude oír el zumbido del altavoz digiriendo y procesando mis palabras y luego el clic del pestillo de la puerta al abrirse, seguía temblando al cruzar. Estaba segura de que en cualquier momento alguien saldría de detrás de una columna de aluminio y gritaría: *¡ALTO!*, justo como había visto esta mañana con Kenna.

Pero nadie salió. Al menos no en ese momento.

El alumnado de Morrow parecía una marea de fantasmas que vagaba por los pasillos, todos con esas túnicas blancas que picaban muchísimo y olían a jabón institucional. Quizás por eso Morrow seguía pareciéndome tan extraña y aterradora. Morrow afirmaba ofrecer "igualdad de oportunidades educativas para todos", pero yo era una de los ocho estudiantes que no eran blancos en una clase de doscientos. Aunque el director siempre hablaba del gran departamento de matemáticas de Morrow, obviamente alguien había olvidado calcular ese desequilibrio. Además, era la única chica de mi curso con curvas por delante y por detrás. Me dejaba el pelo suelto para que me cayera sobre el pecho, porque el rector me había reprendido una vez por ser "demasiado provocativa".

—Ah, llegando justo a tiempo ¿no? —dijo mi profesora de historia, la señora Marsh (que conste que todavía no había sonado el primer timbre, pero eso no importaba. Kenna y yo igual éramos las últimas en sentarnos)—. Les doy exactamente dos minutos para copiar la tarea de la mañana. El resto de la clase ya se está preparando para el examen.

La señora Marsh se paseaba por el frente del salón, encorvada con su capa blanca de maestra. Tendría treinta o sesenta años... era muy difícil saber su edad porque estaba tan flácida y parecía tan amargada, siempre tenía una razón para fruncir el ceño. La mayoría de mis compañeros le tenían miedo. Esta mañana, estaban inquietos y recitaban fechas importantes para prepararse para el examen, pero la verdad es que yo no podía preocuparme demasiado. Al menos una vez al día había algún tipo de examen en Morrow. Además, todo lo que aprendíamos de historia era solo la versión oficial del Gobierno.

La única materia en la escuela que parecía emocionarme era matemáticas, ya que dos más dos siempre es cuatro. Kenna me decía a diario que crear códigos y descifrar algoritmos era la única forma de sobrevivir en este mundo de inteligencia artificial. A veces me preguntaba si deberíamos dejarlo todo en manos de los robots, pues era evidente que los humanos estábamos destruyendo la Tierra y a nosotros mismos.

Sin embargo, en este preciso momento no tenía tiempo de entender cómo funcionaría un mundo gobernado por la inteligencia artificial, porque todos se estaban poniendo de pie para la oración de la mañana, seguida del juramento a la bandera. Morrow tenía superficies inteligentes en casi todas las paredes, lo que significaba que mientras recitábamos el juramento quedábamos rodeados de proyecciones de la bandera estadounidense y yo estaba segura de que nos grababan, así que siempre hablaba alto y fingía una sonrisa patriótica para este momento en la escuela. Kenna y yo nos insistíamos constantemente en aplanar las vocales y pronunciar cada consonante con precisión para poder mimetizarnos con el resto de los estudiantes blancos de Morrow. La mayoría de mis compañeros de curso estaban demasiado absortos en sí mismos o estresados por las calificaciones de los exámenes como para sospechar o siquiera notar mi presencia. Pero esa mañana, más que ninguna otra, sentí que tenía un blanco en la espalda o, más bien, incrustado en el chip de mi muñeca.

Una vez que nos volvimos a sentar, la señora Marsh nos ordenó iniciar sesión en la plataforma de exámenes y esperar a que ella desbloqueara el examen. Mientras introducía su código de profesor, un ruido sordo empezó a sonar en la parte delantera del salón.

Las luces se atenuaron y el himno nacional resonó a todo volumen por el intercomunicador. Podía sentir que el piso vibraba bajo nuestros pies, todo el edificio palpitaba. Entonces, una franja de aire al frente del aula empezó a brillar en un holograma gigante. Un orbe oval flotante revoloteaba y se desplazaba a lo largo de la pared del frente, hasta que apareció la cara grande e incorpórea del presidente. Le palpitaba la frente desnuda y brillante y parecía que tuviera los ojos entrecerrados, como en busca de algo. O alguien. Era tan grande que mi escritorio cabría fácilmente en una de sus fosas nasales.

—Buenos días, ciudadanos —tronó el presidente.

Todos se pusieron de pie apresuradamente.

—Buenos días, señor presidente —respondimos al unísono.

—Me presento ante ustedes hoy con noticias muy urgentes —dijo—. Anoche se perpetró un acto de traición contra los Estados Unidos en el estado de California.

—¿Traición? —susurró Kenna—. ¿Qué...?

—¡Shhh! —siseó la señora Marsh.

Quería tanto a Kenna. Decía todo lo que yo pensaba. Sabía, incluso sin preguntar, que había visto lo que le había pasado a esa niña en la frontera anoche, pero no me atreví a mirar en su dirección ni a mostrarle mi miedo. Tenía la piel acalorada y tensa, y tuve que esforzarme por mantener la respiración calmada.

El presidente continuó:

—Por la presente, declaro el estado de emergencia federal y despliego a nuestro equipo más nuevo y avanzado de operativos tácticos. Ellos son la Fuerza de Deportación de los Estados Unidos y su tarea es arrestar y detener a todos los inmigrantes ilegales. Pueden detener a sospechosos sin orden judicial. También pueden entrar en propiedades privadas sin orden judicial. Tendrán absoluta discreción para negar juicios de deportación si lo consideran apropiado para proteger nuestro país.

La señora Marsh empezó a aplaudir y nos indicó a todos que hiciéramos lo mismo. Al menos era algo para hacer con las manos sudorosas y temblorosas.

—Permítanme asegurarles —continuó el presidente—, que somos y seguiremos siendo la nación más fuerte y próspera del planeta. Por lo tanto, es mi deber como presidente de los Estados Unidos y comandante en jefe de las Fuerzas Armadas implementar toques de queda obligatorios y monitoreo acelerado de acuerdo con la recién promulgada Ley de Registro de Extranjeros de 2032. El incumplimiento resultará en arresto, detención o internamiento prolongado.

Más aplausos forzados, encabezados por la señora Marsh.

—Todo viaje hacia y desde California está estrictamente prohibido, y todos los chips de identificación emitidos por el Gobierno serán analizados y sometidos a una actualización del sistema nacional para detectar y erradicar cualquier rebelión. Acabaremos con esta plaga de invasión migratoria mediante una campaña enérgica y decisiva. Gracias, que Dios los bendiga y que Dios bendiga a los Estados Unidos de América.

En cuanto el presidente se desconectó, se oyeron gritos de ovación afuera de nuestro salón y recordé que su cara se reflejaba en las casas y edificios de toda la ciudad. Su ominoso mensaje sobre fuerzas de deportación, toques de queda y la "erradicación de esta plaga de invasión migratoria" se transmitía por todo el país. Resonaba de costa a costa. Yo quería descender en un hueco sin fin o lanzarme al espacio exterior y quedarme ahí, en silencio, para siempre.

—Esto es una locura —dijo Kenna mientras esperábamos a que nos llenaran las bandejas de la cafetería dos horas después.

—¿Qué significa? —pregunté.

—No lo sé —gimió una chica llamada Vivian de mi clase de estadística—. Lo que sí sé que por eso solo tuvimos veinticinco minutos para nuestro examen matutino en lugar de treinta y cinco, y si no paso estadística, literalmente no tendré futuro.

Vivian era como un suspiro de gente. Era muchísimo más delgada que yo y siempre merodeaba con el ceño fruncido. Quería decirle que no tenía ni idea de lo que se sentía no tener futuro, pero claro que no le dije. La compañera de Vivian, Naomi, era igual de flaca y egocéntrica, pero supongo que sí había oído el anuncio del presidente. O al menos lo había intentado.

—Sí, no entendí nada de lo que dijo —se quejó Naomi—. O sea, supongo que es triste para algunos. Me alegro de que no vivamos en California.

—¿Triste para quién? —dijo Maddie Fitz, deslizándose entre nosotras, ansiosa por entrar en la conversación.

Maddie era una de esas rarezas en la especie adolescente que rebosan confianza. Ya era la capitana del equipo de debate y la titular en la mayoría de nuestras pruebas de atletismo. Era la típica chica americana, pecosa y de mirada clara, que ahora estaba emocionadísima por darnos su opinión.

—A ver, será una molestia para nosotros. Tendremos que estar adentro a las nueve de la noche por este fastidioso toque de queda y ese montón de controles que están poniendo, pero es totalmente necesario. Hay muchísimos ilegales, incluso en Vermont. Da mucho miedo.

Vivian y Naomi asintieron. Yo sentía demasiada rabia como para moverme. Sentí un calambre en el estómago y se me erizó la nuca.

—¿Ilegales? —retumbó Kenna.

—Cientos de miles. Quizás incluso millones —dijo Maddie, abriendo de par en par sus brillantes ojos verdes—. Mi papá está en uno de los Comités Asesores para la Preservación de América, así que... sí, me entero de todo.

Su mirada petulante era tan aterradora que me dieron ganas de estrangularla. También quería lanzarme por la salida de la cafetería cerrada con tres cerrojos o incluso atravesar el cristal blindado que nos separaba de la cocina para esconderme en una nevera.

Sabía que en realidad no podía hacer ninguna de las dos cosas, pero tampoco podía quedarme ahí de pie mirando a Maddie Fitz mientras, básicamente, me contaba cómo me iban a cazar. Sentía a Kenna furiosa a mi lado, con la respiración aguda y acelerada.

Por suerte, uno de los supervisores de la cafetería aprovechó ese momento para acercarse y sacarnos de la procesión hambrienta.

—¡No más parloteo! Vayan a sus asientos o anotaré sus números de estudiante y les pondré una falta.

Hasta la cafetería de Morrow tenía que ser silenciosa y estéril. Teníamos exactamente nueve minutos para comer "con conciencia" cualquier pastelito que nos dieran antes de volver a clase. Estaba chicludo y salado. Después de que lo recalentaran, apestaba a empaque plástico.

Pero no me quejé. No dije ni una sola palabra hasta el final del día, cuando me encontré a Kenna junto al autobús de las 3.38 para regresar a casa. De hecho, ni siquiera hablé ahí, porque había demasiada gente que subía y bajaba del autobús y demasiadas cosas que quería decir. Poco a poco, los asientos se fueron quedando vacíos mientras nos acercábamos a Southboro. Vi a Ernie en el campo de fútbol y, literalmente, grité:

—¡Ahí está!

Esa no era una orden que se le pudiera dar al autobús, entonces Kenna dijo por el altavoz:

—Alto. Southboro Park.

Nos bajamos.

Ernie no estaba tan emocionado de verme como yo. Estaba pasándose el balón con su amigo Pete y apenas paró a saludar.

—¿Puedo jugar un rato más, por favor? —se lamentó—. El entrenador no llegó nunca, así que Pete me está enseñando a hacer devoluciones.

—¿Cómo así que el entrenador no llegó nunca? ¿Les avisó que cancelaría el entrenamiento o...?

Ernie me miró con la mirada perdida, como esperando a que terminara la frase. Solo sabía que su entrenador era un coreano llamado Tony que solo tenía veinte años. Creo que nunca había cancelado o faltado a un entrenamiento.

—Hay toque de queda, ¿sabes? ¿Viste el anuncio presidencial?

—Sí —Ernie se encogió de hombros—. Tuvimos que verlo, pero no lo entiendo. ¿Qué significa para la tía Luna?

—¡Nada! —lo interrumpí con voz cortante y una mirada severa—. Está perfectamente bien y no vive cerca de ese desastre.

—Ah... claro —dijo Ernie, bajando la mirada. Sabía que había entendido mi mensaje para que hiciera silencio, porque añadió—: Lo siento, se me había olvidado.

—No te preocupes. En realidad, no nos afecta —dije para el que estuviera oyéndonos, aunque el campo de fútbol estaba bastante vacío aparte de Ernie y Pete—. Qué rabia porque solo tuve veinticinco minutos para terminar mi examen en lugar de treinta y cinco —añadí, imitando a Vivian, la niña con cara de anémica.

—Vamos —dijo Kenna—. Vamos a comer algo en Uncle Jimi's. Podemos ver a Ernie desde ahí. Tengo muchísima hambre.

—*Okay*.

—¡*Bye*! —gritó Ernie, saliendo a toda velocidad para practicar más con su amigo.

De todas formas, teníamos una hora antes de que Mami llegara del trabajo.

—No pasa nada —dijo Kenna, entrelazando su largo brazo en el mío—. O sea, ¿qué más podemos hacer?

Era una buena pregunta. Y yo no tenía la respuesta. Mientras caminábamos por el campo de fútbol, intenté llamar a Mami solo para oír su voz, pero su teléfono estaba apagado. Supuse que era normal cuando estaba en la granja. Completamente normal. No había razón para preocuparse ni motivo para imaginar cosas oscuras.

—¿Vienes? —me preguntó Kenna, quitándome de la trayectoria de un balón de fútbol que venía volando.

—Sí.

Uncle Jimi's estaba justo después del puente de piedra, al final del parque Southboro. Casi todos los días, cuando Kenna y yo nos bajábamos del autobús, íbamos directamente allá a hacer las tareas y a devorar un plato de papas fritas. Siempre nos recibía alguna de las primitas de Kenna. Tenía un montón. Al menos a tres de ellas les gustaba ir corriendo justo después de la escuela y empezar a rebuscar entre los frascos de dulces. Cuando Kenna y yo entrábamos, casi siempre estaban trepándose por las paredes por el subidón de azúcar y suplicando jugar con mi pelo o subirse al toldo de rayas rojas y blancas.

Pero hoy no había toldo sobre la puerta de Uncle Jimi's. Solo estaba el andamio de aluminio que lo sostenía.

—¿Qué pasa aquí? —pregunté.

—No sé —respondió Kenna.

Tenía la voz baja y distante. Se fue directo a la tienda y yo la seguí, aunque lo único que quería era dar la vuelta e irme a casa. Era como caminar hacia la escena de un crimen, atraídas por una fuerza magnética y vertiginosa.

Mientras Kenna abría la puerta mosquitera, me fijé que había un marco de plástico blanco nuevo en lugar del rojo de madera del tío Jimi. Kenna jaló con demasiada fuerza. Se abrió y se cerró con un fuerte ruido detrás de nosotras. La tienda estaba vacía y silenciosa, el aire tan frío que me estremecí.

—¿Hola? —llamó Kenna—. ¿*Uncle* Jimi?

Estaba demasiado silencioso. Demasiado limpio. Los tarros de chicles y caramelos de goma estaban limpios, sin una sola huella ni mancha. La rejilla detrás de la caja registradora estaba impecable, la nevera con bebidas dulces estaba abierta y desprendía un olor fresco a desinfectante con aroma de limón. El resto de la habitación estaba quieta, demasiada quieta. Como congelada en el tiempo.

Quería que todo esto fuera solo un sueño, pero a medida que nos adentrábamos en la tienda había demasiadas sensaciones reales. La marca de un trozo roto de linóleo en el piso, la mancha marrón de un refresco derramado hace mucho tiempo en la pared el fondo, el sonido de Kenna murmurando para sí misma.

—¡Hola! —intentó de nuevo, con más fuerza.

Más allá del mostrador de dulces y los taburetes, el tío Jimi tenía un par de estantes llenos de galletas, sopas enlatadas y artículos de aseo. Detrás había una puerta que daba a un muelle de carga. La puerta se abrió y un hombre alto y huesudo, vestido con uniforme de combate gris, entró corriendo en la habitación.

—¿Necesitan ayuda? —ladró.

No había nada en su voz que indicara querer ayudar. Tenía la piel blanca como la nieve, tan tensada sobre los pómulos que podía verle las venas azules y rugosas entrecruzándose debajo.

—¿Dónde está Jimi? —preguntó Kenna.

Intenté respirar por ella, con ella, para evitar que ambas perdiéramos el control.

—No sé de quién hablas —respondió el hombre.

—Esta es su tienda —dije—. Venimos aquí todo el tiempo.

El hombre entrecerró los ojos y soltó un bufido.

—¿De verdad? —dijo.

Una agente, vestida con el mismo uniforme, entró por la puerta mosquitera.

—No hay nadie atrás —le informó al hombre huesudo—. Pero tengo un equipo dando vueltas.

Se paró en frente de Kenna y mío y sacó un escáner de la funda, a la espera de que obedeciéramos. Mientras me agarraba la muñeca, intenté mirar al frente, contar hasta ocho mientras inhalaba y exhalaba, tal como Mami me había enseñado alguna vez. Pero no podía dejar de imaginarme a Kenna corriendo al campo de fútbol y diciéndole a Ernie: *¡Tienen a tu hermana! ¡Tienen a tu hermana!*

El escáner hizo clic y la mujer me soltó.

El escáner de Kenna también hizo clic. Me estremecí de alivio.

—¿Y entonces, chicas, a qué han entrado? —preguntó la agente.

Su voz destilaba dulzura empalagosa y su sombra de ojos rosada brillaba.

—A nada, gracias. Vamos —murmuró Kenna, empujándome hacia la puerta.

—Sí, gracias —repetí.

Tenía la sensación de que Kenna y yo bajábamos la colina hacia el campo de fútbol, pero no estaba segura. Sentía que el suelo se iba a disolver bajo mis pies o quizá era yo la que se disolvía.

—¿Qué hacemos ahora? —le susurré a Kenna, pero ella siguió caminando y no me respondió hasta que pasamos el puente.

Se giró hacia mí, con los ojos encendidos y abiertos. Temblaba mientras hablaba con los dientes apretados.

—Me voy a casa y creo que tú también deberías irte —dijo.

Luego se dio la vuelta y subió la colina a toda velocidad hacia su conjunto de apartamentos.

Helicópteros sobrevolaban el lugar; el ruido de las hélices era cada vez más ensordecedor y levantaba montones de hojas secas de los árboles que intentaban florecer en este calor seco.

—¡Ernie! ¡Vamos! —grité desde el final del campo de fútbol.

—¿Qué? ¡Solo han pasado como diez minutos! —protestó.

—¡Tenemos que irnos! ¡Ya!

Pateó la pelota contra el tronco de un árbol y le dijo algo a Pete, que seguro no fue algo que me halagara. Luego agarró su maleta y se unió a mí en el andén.

—¿Por qué tenemos que irnos? —preguntó de mal humor, luchando por seguirme mientras yo caminaba a paso rápido hacia la casa.

Ahora también se oían sirenas. Luces rojas, blancas y azules giraban unas cuadras más adelante. La calle contigua a la nuestra estaba completamente bloqueada por una fila de camiones grises con las palabras FUERZAS DE DEPORTACIÓN por todos lados.

—No sé —le susurré a mi hermano pequeño.

Sabía que no era una respuesta, pero por primera vez en la vida, no me lo discutió.

CAPÍTULO 5

Mami se abalanzó sobre nosotros antes de que termináramos de abrir la puerta del apartamento. Nos apretó tan fuerte que sentí que me iba a romper en pedazos. Tenía el cuerpo tembloroso y empapado de sudor.

—El pájaro —dijo—. Me salva.

—¿Qué? —pregunté.

—¿Por qué está tan oscuro aquí? —añadió Ernie.

Mami había cerrado todas las ventanas y puso sábanas y toallas como persianas. La única luz provenía de la vela de la Virgen María que Mami tenía en su altar, entonces se sintió como si hubiéramos pasado del día a la noche de repente. La única llama rozaba la sombra de la cabeza trágicamente inclinada de María.

—El pájaro —repitió Mami—. Vengan, les muestro.

Le puso doble llave a la puerta principal y luego nos llevó a Ernie y a mí a su altar. Entre las imágenes y las cruces había un plato naranja casi igual de grande a la palma de mi mano. Cuando mis ojos se acostumbraron a este crepúsculo sombrío, vi que el platito tenía ramas secas, un terrón de tierra y un huevo turquesa aplastado. Mami cogió el platito y se quedó inmóvil sobre él. Tenía la cara hinchada y extraña, el labio inferior inflado y deforme.

—Mami, ¿qué te pasó?

Extendí la mano para prender la luz de la cocina, pero Mami me detuvo con un rotundo *¡No!*

—Pero...

—Mira este nido tan bonito, mija. Es increíble. Y lo dejan atrás porque estamos en esa segunda helada, tan tarde.

—Mami, ¿de qué hablas? No tiene sentido —dijo Ernie.

Le di un codazo en el estómago para que se callara. Aunque yo estaba pensando exactamente lo mismo.

—Cada año hay menos animales —dijo Mami—. Y las vacas. Las pobres vacas.

—Mami, siéntate, por favor —moví una silla de la mesa, pero me ignoró—. ¿Qué pasa?

—La granja. La granja.

—¿Qué pasó con la granja? —dijimos Ernie y yo casi al unísono.

A Mami le brillaron los ojos. Se mordió el interior de la mejilla como cuando tenía demasiado que decir y no sabía por dónde empezar. Cuando habló, lo hizo con voz baja y áspera. Se concentró únicamente en la imagen de María en su velatorio.

—Llegué a la granja esta mañana y fue muy extraño porque el señor McAuley estaba de pie en la puerta de madera. No suele hacer eso. Se veía muy triste. *Liliana, it is very good to see you*, dice. Quizás ya lo sabe, pero no creo.

—¿Ya sabe qué? —se abalanzó Ernie.

Lo mandé callar mientras Mami continuaba. Nos contó que llegó a su puesto de trabajo y se puso manos a la obra. Estaba empezando a limpiar las tuberías de la lechería con la solución limpiadora cuando oyó un fuerte graznido desde fuera del establo. El pájaro estaba enfadado o herido; no podía saber con exactitud. Sabía que estaba en apuros, así que siguió su canto colina abajo hasta la orilla de un río en el límite de la propiedad de McAuley. Ahí encontró este nido con el huevo roto. Llevó el plato hacia adelante para que entendiéramos mejor mientras dejaba escapar un suspiro triste y profundo.

—Mami —susurró Ernie—, tengo miedo.

Los ojos de Mami brillaban por las lágrimas.

—¡No! —susurró, mirando directamente a Ernie. Dejó el plato con el nido y nos miró a los dos—. ¿Para qué sirve esto, para asustarnos? Quieren que tengamos miedo.

—¿Quiénes? —pregunté.

—Ellos —dijo Mami, como si eso explicara algo—. Ellos. Los hombres, ¿sabes? Llevan las letras amarillas en la espalda. Los veo en la cima de la colina, junto al granero. Llegan en carros grandes. Conducen tan rápido que hacen nubes de polvo. Luego les gritan a todos que se alineen, y sostienen los rifles grandes. No escanean. Disparan al aire.

Mami había visto desde detrás de un árbol cómo las Fuerzas de Deportación empujaban a los trabajadores al suelo: a Esteban, a Nicola, a todas las personas con las que había trabajado durante los últimos seis años. Había más de cuarenta hombres y mujeres trabajando ahí a diario. El señor McAuley salió de la casa e intentó decir algo. Era un buen hombre, repetía Mami. Un viejo con una cojera entrecortada y la piel blanca y correosa por todos sus años en el campo. Sin embargo, lo que trataba de decirles a los agentes de las Fuerzas de Deportación no funcionaba. Los agentes lo tiraron al suelo a golpes. Le dieron patadas en la cabeza una y otra vez. Fue entonces cuando Mami echó a correr.

—Corro y corro —dijo Mami. Volvió a mirar la llama de la Virgen, con la cara endurecida al hablar—. Corro hasta la siguiente granja. Corro entre los animales, luego vuelvo a las colinas. Y me caigo en la roca.

En ese momento, se señaló la mejilla izquierda, que no solo estaba hinchada, sino también cubierta de sangre seca bajo la mandíbula.

—Mami, te limpiaré.

Apenas pude pronunciar las palabras. Me hizo un gesto para que me quedara.

—Estoy bien.

—No, no estás bien.

Extendí la mano para tocarla suavemente, pero ella la cogió entre sus manos. Ernie hundió la cabeza en su costado y empezó a gemir.

—Ven aquí, mi vida —dijo.

Nos acercó a ambos al altar, al nido abandonado y su huevo pisoteado. Podía oler la tierra y el suero de leche seco en la piel temblorosa de Mami. El sabor amargo de demasiado café en su aliento.

—El pájaro está listo para volar tan solo unas pocas semanas después de nacer —nos dijo Mami—. Y canta... hermoso. Para que todo el bosque pueda oírlo.

Los tres nos quedamos frente a ese platito durante lo que pareció una eternidad. No sabía si Mami escuchaba el canto de los pájaros en su cabeza o esperaba que lo oyéramos de alguna manera. Lo único que oía era el zumbido de los helicópteros que seguían sobrevolando y a Ernie sollozando en el hombro de Mami mientras se balanceaba ligeramente. Necesitaba mecerme con ella. Era la única manera de seguirle el ritmo al mundo que giraba tan furiosamente.

—Gracias por cuidarme, pajarito —rezó Mami.

Su voz era mitad susurro, mitad sollozo, pero ella estaba aquí. Tenía que recordármelo constantemente. Se habían llevado al resto de los trabajadores, pero nuestra mami había sobrevivido. Aunque yo no era muy de rezar ni de prender velas, tenía que admitir que era un milagro.

—En el nombre del Padre y del Hijo y del Espíritu Santo. Amén —terminó Mami.

—Amén —dijimos Ernie y yo después de ella—. A comer. Lávense las manos. Calentaré el ajiaco y, Vali, trae las arepas.

Ernie se limpió la nariz con la manga y asintió obedientemente. Yo no pude hacer lo mismo.

—Mami, espera. ¿Cómo sabemos que no te siguieron a casa?

Mami me miró como si le acabara de dar una bofetada.

—Se llevaron al tío Jimi y al entrenador de fútbol de Ernie —insistí.

Mami inclinó la cabeza hacia Ernie.

—¿Verdad, mijo?

Ernie solo se encogió de hombros.

—Tenemos que salir rápidamente de aquí —le dije—. ¡Vienen por nosotros! ¿Y qué está pasando en California? ¿Sabes algo de la tía Luna? ¡Tenemos que encontrarla e ir... a algún sitio!

—¡Shhh, mija!

Mami me agarró de los brazos. Crispó los labios mientras intentaba contener el dolor que ya estaba demasiado cerca para ignorarlo. Luego exhaló profundamente y me presionó el pecho con una de sus palmas callosas.

—Mija —intentó de nuevo con un tono más mesurado—, llamé a la tía apenas llegué a la casa. Sigue sin contestar.

—¿Y entonces qué hacemos? —dije en súplica.

—¿Qué hacemos? Agradecer que estamos aquí y juntos. Y comer. No podemos hacer nada con el estómago vacío.

No tenía hambre, pero no podía discutir más con ella. Permanecimos en silencio mientras yo recalentaba las arepas y ella revolvía el ajiaco. Olía de maravilla, aunque me costaba mucho meterme algo en la boca. Tenía el estómago hecho un nudo; mis pensamientos estaban demasiado revueltos. Mami tampoco comió mucho. Prendió dos velas más para que pudiéramos ver la comida. Luego, movió la comida de un lado para otro en el plato, se levantó, se sirvió un trago de aguardiente y prendió un cigarrillo, algo que rara vez hacía.

Odiaba que estuviera sufriendo tanto y que no se atreviera a decirlo en voz alta. Mi mami era una fuerza de la naturaleza. Nos vestía y alimentaba; trabajaba la tierra y protegía a todos los animales. Cumplía con lo que se proponía. Quizás eso fue lo que hizo que esta noche me resultara tan aterradora: verla servir sopa y rezarle a un nido de pájaro, tratando de que todo volviera a parecer normal. Se tomó rápido su trago de aguardiente y prendió un segundo cigarrillo, dándole una calada larga y lenta.

Las brasas se volvían más brillantes a la vez que nuestro apartamento se hundía en una oscuridad brumosa. Al menos el humo de su cigarrillo nos ayudaba a distanciarnos. Si no, era demasiado espeluznante ver su mirada vagar por el apartamento, apagada y distraída.

Ernie se comió al menos tres platos de ajiaco. Juro que ese niño podría comer incluso si lo persiguiera una manada de lobos feroces. Cuando por fin apartó el plato, Mami dijo: *Bueno*, y empezó a recoger los platos. Ella lavó y yo sequé. Ernie estaba a cargo de barrer las migas del suelo. Estas eran nuestras tareas diarias antes de hacer las tareas y acostarnos. Porque supongo que ese era nuestro plan: seguir como si fuera un día cualquiera.

Claramente, no lo era.

Estaba secando las últimas cucharas y guardándolas cuando Ernie abrió la puerta de atrás junto a la escalera de incendios para vaciar el recogedor. El sonido de las hélices en movimiento se hizo tan fuerte que me quedé sin aliento.

—¡Mijo! ¡Mijo! ¡No! —gritó Mami.

Se abalanzó sobre Ernie, apartándolo de la puerta como si lo estuviera salvando del borde de un precipicio. Luego cerró la puerta de un golpe y se apoyó contra esta.

La carita de Ernie se deshizo en lágrimas.

—Lo siento, Mami. ¡Lo siento! —repetía una y otra vez.

—Shhh... está bien, mijo —dijo, abrazándolo—. Ahora debemos tener aún más cuidado.

Se me llenaron los ojos de lágrimas. Luché con todas mis fuerzas para contenerlas. No quería que Ernie me viera llorar. Era innecesario que se sintiera más asustado de lo que ya estaba. Al fin y al cabo, solo tenía ocho años. Ya había perdido a su papi y ahora se enfrentaba a la idea de perdernos a mí y a Mami.

—Vamos a estar bien —repitió Mami—. Solo tenemos que...

Parecía que Mami no sabía cómo completar esa frase.

—¿Solo tenemos que qué? —pregunté.

—Tenemos que recordar... Vengan.

Mami nos llevó a la sala y nos sentamos todos juntos en el sofá. Nos acercó, y pude sentir que nuestros corazones latían al unísono, su voz vibraba a través de mí mientras viajaba en el tiempo.

—A ver les cuento cómo llegamos aquí por primera vez. Cuando Papi y yo vivíamos en Suárez, todo era tan verde: las montañas tan grandes, los árboles tan altos, porque llevaban allí cientos de años. Las flores eran de todos los colores. Las chivas, ¿te acuerdas qué son, Vali?

Tuve que negar con la cabeza.

—Son autobuses, pero más bonitos. Están pintados de diferentes colores. Y dentro del autobús es como un arcoíris. Hay color por todas partes. Los artistas los pintan. Llevan a la gente de pueblo en pueblo. Y viajábamos en ellos para ver a la familia, para ir a trabajar. Tantas cosas bonitas en Suárez... pero no era un lugar seguro. ¿Entienden?

Mami nos contó sobre la violencia y las amenazas. Nos contó que un día se bajó de una chiva y pudo oler los restos carbonizados de su casa. Que caminó, luego corrió, buscando a sus padres. Oí a Ernie sollozar al lado de Mami, intentando contener las lágrimas.

—Está bien, está bien —dijo Mami, abrazando a Ernie y frotándole la espalda, como si se le hubiera quedado algo de su dolor atorado en la garganta—. Por eso Papi y yo vinimos a Estados Unidos. Porque las montañas de Colombia tienen más sangre que agua y queríamos estar aquí, seguros con nuestra familia. Caminamos por Panamá, Costa Rica, Guatemala, Honduras, México. Todo por ustedes dos. Vali, ¿te acuerdas de cuando fuimos a la playa y al parque de atracciones de San Diego?

—¡Sí!

—Y yo estaba en tu barriga, ¿verdad, Mami? —preguntó Ernie.

—Todavía no, mijo. No hasta después de que lleváramos viviendo unos años en California.

Ernie todavía confundía mucho el tiempo. Podía recordar con exactitud cuándo empezaría el próximo Mundial y, claro, su cumpleaños y Navidad, pero no podía concebir que existiera todo un mundo antes de que él viviera.

—Pero siempre estuviste en mi corazón —explicó Mami—. Por eso tuvimos que venir aquí y por eso sé que estaremos bien. Porque eres un niño fuerte. Un niño inteligente. ¡Este es tu hogar!

—Cuéntame de cuando vivíamos en California —dijo Ernie.

—¡Era increíble! —exclamé.

—Fue agradable durante los primeros años —dijo Mami—. Muy tranquilo, pero luego siguieron eligiendo al presidente y hubo muchos cambios. Redadas y detenciones... Todos tan enojados. Teníamos mucho miedo.

Recordé mudarme al apartamento de una habitación de la tía Luna después del asesinato de Papi. Mami no dejaba de rogarle a su hermana que viajara al este con nosotros.

—Luna, aquí no es seguro.

Me acordé de subir a ese avión para venir a Vermont, de la mano de Mami, mientras nos decía a Ernie y a mí que nos íbamos a una aventura.

—Qué bien que hayamos venido —nos dijo Mami—. Vivimos aquí sin muchos problemas durante muchos años. Y ahora, si tenemos que irnos a otra aventura, nos iremos. Juntos. Pero primero, esperamos y planeamos. Y descansamos. ¿Bien?

Los tres nos lavamos los dientes uno al lado del otro. Normalmente, nos peleábamos por el espacio en el baño, pero esa noche, algo sabíamos. Sentíamos el zumbido de los helicópteros afuera, la aterradora incertidumbre adentro. Entonces nos quedamos de pie frente a ese lavamanos, apoyándonos el uno en el otro mientras escupíamos la crema de dientes. Luego Ernie se metió en la cama conmigo y con Mami, y los resortes del sofá cama gimieron con el peso de todos, pero no me imaginaba pedirle que se metiera en su propia cama.

—Mami, ¿vamos a ir a la escuela mañana? —preguntó Ernie.

Mami me miró con los ojos entrecerrados y apretó los labios. Parecía tener muchísimas respuestas a esa pregunta, y no sabía cuál elegir.

— No sé. No sé —dijo al fin. —Los de la granja hoy ¿podrán regresar a sus casas? —preguntó.

—Mijo… —dijo Mami.

Yo sabía que quería protegerlo, pero ya no sabía si eso era posible.

—No sé —susurró de nuevo. Sonaba cansada.

—¿Pueden llamar a casa?

—No sé.

—¿O escribir cartas?

—No sé.

Ernie seguía lanzando preguntas sin respuesta y Mami seguía repitiendo: *No sé, no sé, no sé*. No lo sabía. ¿Cómo iba a saber? ¿Cómo podía prepararnos para todas las incógnitas que nos acechaban?

—¿Pero adónde van? —suplicó Ernie—. ¿Qué les hacen los agentes?

—Los envían de vuelta a sus países —dijo Mami.

El silencio de lo que eso había significado para nuestra familia llenó la habitación. ¿Cuántas otras familias quedarán destrozadas esta noche, mañana y en los próximos días? ¿Cuántas recibirán fotos de sus seres queridos asesinados?

—Bueno, si tratan de llevarte a ti y a Vali, yo también me voy —gimió Ernie.

—Shh, shh —respondió Mami.

Incluso le tapó la boca con la mano para que esas palabras no se quedaran en el aire. Aunque todavía las sentía y otra vez tuve que contener las lágrimas.

—Duérmete, niño chiquito, ¿qué tengo que hacer…?

Duérmete, pequeño, cantó Mami. Esa noche su canción de cuna era más una orden que cualquier otra cosa. Indicándonos que cerráramos los ojos y confiáramos; que nos dejáramos vencer por nuestro evidente agotamiento. Y funcionó, supongo. A mí también. Ni siquiera llegué al final de la canción cuando me hundí en la inconsciencia.

—Este niño hermoso…

Su voz nos sostenía a los dos. Nos protegía, al menos por esta noche.

CAPÍTULO 6

Dormí hasta pasadas las siete de la mañana siguiente y solo me desperté porque Ernie me estaba dando patadas en las espinillas mientras roncaba a mi lado. Mami ya estaba en la cocina, claro, esta vez trapeando el piso. La ventana sobre el lavaplatos estaba cubierta con una de sus fundas de almohada con flores y dejaba entrar apenas unos rayitos del sol matutino. La única otra luz era una pequeña llama azul en la estufa, que calentaba su café de la mañana.

—Mami, ¿qué pasa? ¿Por qué me dejaste dormir tan tarde? —pregunté.

Mami apoyó el trapero contra la nevera y me besó en la mejilla. Su piel se sentía pegajosa por el tiempo que llevaba limpiando.

—Hoy nos quedamos adentro, todos juntos —me dijo—. Hasta que sepamos…

Me sonrió o, al menos, lo intentó. Pero casi no abrió la boca y tenía los ojos húmedos.

—Ven.

Me llevó hacia el lavaplatos y levantó una esquina del borde de la funda de almohada para que pudiera ver la escena exterior. Nuestro apartamento estaba en el segundo piso de un edificio de ladrillo casi en ruinas. Nuestra escalera de incendios daba a un parqueadero que casi siempre estaba lleno de botellas de licor de malta o de gente que se las había tomado antes de quedarse dormida en el suelo. Al otro extremo del parqueadero, había una ferretería que nunca abría, un *pub* que siempre estaba abierto y un taller de reparación de electrodomésticos que no debía abrir sino hasta dentro de media hora, más o menos, pero todas las luces estaban prendidas y la puerta estaba destrozada. Los mostradores y vitrinas de cristal también estaban destrozados.

Había dos agentes vestidos con uniformes de combate grises, rodeando los escombros. Ni siquiera necesitaba ver las letras amarillas en su espalda para saber quiénes eran y por qué estaban ahí. La tienda de reparación era de un hombre mayor, de la India, llamado señor Rashid. Generalmente no hablaba mucho, pero nos saludaba con un amable gesto de su cabeza cada vez que Ernie y yo pasábamos frente a la tienda.

Mami volvió a arreglar la funda para que cubriera toda la ventana.

—Estaban ahí esperándolo esta mañana. Vi cómo se lo llevaron y lo subieron a la camioneta.

No encontraba palabras que tuvieran sentido en ese momento.

Pero Mami sí.

—Estoy bien. Tú estás bien. Todos estaremos bien —dijo, apretándome contra su pecho. Quería quedarme ahí, en la hendidura de su cuello, el resto de mi vida. Era el único lugar que me parecía cercano a la seguridad en ese momento.

—Ven. Ayúdame a limpiar. Es bueno mantenerse ocupado.

Me besó de nuevo y me dio el trapero. Empecé a pasarlo por el linóleo, solo para tener algo que hacer que no fuera volver a esa ventana. Después de trapear, Mami me dio un plumero y me hizo limpiar todos los cuadros y el altar mientras ella limpiaba el lavaplatos.

Cuando Ernie se despertó, eran más de las ocho y Mami y yo estábamos lavando y secando otra vez las ollas y sartenes de la noche anterior. También habíamos intentado llamar a la tía Luna una docena de veces y yo había recibido un montón de mensajes frenéticos de Kenna:

¿Vienes? El autobús ya sale.

¿Dónde estás?

¡Contesta, por favor!

Todo bien. Me quedo en la casa.

¡Dios! Me asustaste. ¿Estás bien?

No. ¿Tú?

Tampoco.

—¿No hay escuela? —graznó Ernie, con la voz aún ronca por el sueño.

Las arrugas de las sábanas le zigzagueaban por las mejillas.

—No —respondimos Mami y yo al unísono.

—Vamos a hacernos los bobos, ¿bueno? —dijo Mami.

Ernie y yo nos reímos un poco al oír eso.

—Vengan. ¿Tienen hambre?

Durante el desayuno, Mami puso en su teléfono una foto de Estados Unidos y empezó a preguntarnos sobre su geografía. Al principio, parecía interesada solo en los nombres de las capitales de los estados. Luego empezó a hacer preguntas más complicadas como *¿You know qué estado tiene más inmigrantes?* o *¿Qué les enseña la escuela sobre Atlanta?*

Sabía la mayoría de las respuestas, pero no entendía a dónde quería llegar preguntándonos estas cosas.

—Espera, Mami —dijo Ernie—. ¿O sea que vas a ser nuestra profesora de ahora en adelante?

A Mami casi se le escapa una sonrisa al oír eso.

—No, no, no, mijo. Solo estamos aprendiendo juntos a ver qué hacemos ahora.

Ese primer día escondidos en nuestro apartamento se sintió horrible e interminable. Como estar atrapados dentro de las paredes de nuestro edificio mientras todos los demás alrededor nuestro seguían con sus actividades diarias. Podía oír a nuestros vecinos preparando café, soltando el agua del inodoro, oyendo música o charlando sobre la posibilidad de una tormenta. Caminaban por sus días y su vida, con el conocimiento de estar a salvo y seguros, porque de alguna forma, ese era su derecho de nacimiento. Por otra parte, Mami nos prohibió poner música o hablar más alto que un murmullo durante la mayor parte del día. Teníamos que caminar de puntitas. Limpié el mesón de la cocina cinco veces, aunque ya estaba limpio. Comí arepas frías solo para calmar el dolor que la rabia me hacía sentir en la mandíbula. Aun así, no podía mirar el reloj de la estufa, pues solo lograba que las horas pasaran más despacio.

Esa noche, Kenna me llamó.

—¿Hola? —su voz me llegó, aguda y frenética—. ¿Estás bien? ¿Dónde estás? ¡Pensé que tal vez... te habían agarrado!

—Estoy aquí. Escondiéndome. Estoy... —me enredaba con mis propias palabras, al intentar contarle todo lo que había pasado desde la tarde de ayer donde Uncle Jimi's—. Se llevaron a todos los de la granja, menos a mi mami. También se llevaron al señor Rashid. Y ahora estamos atrapados adentro, con todas las luces apagadas.

Kenna gimió conmigo. También me contó que se habían llevado a más gente de nuestro pueblo. Cuando se bajó del autobús esta mañana, vio dos camionetas grises de las FD estacionadas frente a la entrada de Morrow Magnet y quiso darse la vuelta y correr las casi cuatro millas de regreso a Southboro, pero ya había hecho contacto visual con muchas personas como para atreverse. A dos de los porteros de Morrow y a nuestra querida profesora de matemáticas, la señora Kochiyama, se les escoltó fuera de la escuela con las manos amarradas detrás de la espalda.

—Fue repugnante —informó Kenna—. Les amarraron los brazos con un alambre grueso y los hicieron caminar por toda la escuela.

Me imaginaba todas esas paredes y caras blancas mirando fijamente el desfile de deportación.

—Y lo peor fue ver a esa Maddie. De pie ahí, con las manos en la cadera. Juro que parecía sonreír. Me dieron ganas de patearla en la garganta.

—Me alegro de que no lo hicieras —le dije a Kenna.

—Sí —Kenna rio a medias—. Supongo que no caería muy bien. Pero igual... Me gustaría hacer algo más que quedarme ahí de pie, mirando.

Yo también. ¿Pero qué? ¿Qué podíamos hacer? Kenna continuó:

—Me quedé ahí, mirando... —su voz se apagó—. Te quiero mucho, Val.

—Yo también te quiero.

Un silencio largo y pesado creció entre nosotras. Hasta que dijo:

—Tengo que irme. Mi mamá está muy nerviosa. Cree que nos están oyendo.

—¿De verdad podrían estar oyéndonos? —dije y sentí que se me aceleraba el pulso.

—No. O, no sé. ¿Tal vez? Lo siento, tengo que irme. ¿Hablamos *tomorrow*?

—Sí. *Tomorrow*.

x

SI MI MAMI había oído alguna teoría sobre los teléfonos intervenidos, decidió ignorarla, pues a la mañana siguiente estaba ocupada haciendo cientos de llamadas en la cocina. Primero llamó a Morrow y a la escuela primaria Southboro para informar que volveríamos a ausentarnos. Luego llamó a algunos amigos, supongo y les contó todo. No sabía quién estaba al otro lado; solo oí a Mami hablar rápido en español. Preguntaba qué ciudades eran más seguras o alguna novedad sobre cómo podríamos viajar. Me quedé en la cama hasta después de las ocho. No porque estuviera durmiendo, simplemente no tenía nada más que hacer que escuchar y preguntarme cuál sería nuestro siguiente paso.

Cuando Ernie y yo nos levantamos, Mami había puesto todos nuestros ahorros encima de la mesa de la cocina. Estaba revoloteando por la cocina, rebuscando en los armarios y sacudiendo cajas de galletas vacías, desenterrando fajos de billetes como una maga. Eran sobre todo billetes de uno y de cinco, claro, pero cada centavo cuenta.

—¡Buenos días! —dijo.

Nos dio besos rápidos y corrió a la sala para abrir la cremallera de los cojines del sofá y meter la mano en los resortes del colchón del sofá cama. Había otro fajo de billetes para sumar al montón. En total, eran casi mil doscientos dólares.

Mami vio mi sorpresa y dijo:

—No te emociones mucho, mija. Eso apenas paga los tiquetes de autobús para salir de este mierdero.

—¿Adónde vamos?

—Estoy tratando de averiguar.

—¿Y cómo sabemos cuándo irnos?

—No sé —respondió Mami—. Tan solo sabemos cuándo es demasiado peligroso quedarse.

Nos contó a mí y a Ernie que había tratado de contactar a todos sus conocidos en San Diego: algunos eran amigos de los huertos donde había trabajado con Papi, otros de la iglesia a la que nos llevaron cuando bautizaron a Ernie. Todavía no había podido contactar a nadie en

California. La mayoría de las personas con las que había hablado tenía las mismas preguntas que me atormentaban:

¿Qué es esta actualización del sistema?

¿Sabes adónde llevan las FD a toda esta gente?

¿Es más seguro ir o quedarse?

Y si nos vamos, ¿adónde?

Sin embargo, Mami conocía a una persona que le dio esperanza.

—Se llama hermana Lottie —nos dijo Mami—. Fue muy buena con nosotros cuando vivíamos en San Diego y ahora vive en Nueva York. Entonces, si logro hablar con ella, tal vez nos vayamos para allá...

—¿Entonces vamos a vivir en una iglesia? —preguntó Ernie, parpadeando rápidamente.

Mami le besó la cabeza.

—No sé, mijo, pero esto es lo que hacemos. Nos abrimos camino juntos.

Después de otro desayuno de arepas recalentadas, Ernie y yo limpiamos el interior de la nevera y los estantes de la cocina, aunque ya estaban impecables. Cuando terminamos, Mami nos pidió que escogiéramos dos mudas de ropa y las dobláramos en montoncitos apretados. También nos dejó llevar una barra de jabón y cualquier artículo de aseo que cupiera en una bolsa de sándwich. Metí mi cepillo de dientes, algo de maquillaje y un desodorante. No sabía cuántos tampones poner ahí y quería llevarme mi crema para el acné, pero le faltaba la tapa.

—¿Hiciste alguna tontería con ella, como botarla o algo así? —le pregunté a Ernie.

Sabía que estaba siendo cansona y vanidosa, pero era lo único que podía controlar. Sentía una intranquilidad furiosa que me quemaba por dentro. Me picaba todo, estaba irritable, y necesitaba hacer algo.

Ernie fue a decirle a Mami que yo estaba insoportable, pero ella no tenía tiempo para nuestras discusiones. Estaba demasiado ocupada acurrucada bajo la ventana con persiana de nuestra sala, asomándose por la rayita de luz que aún se veía. Ernie y yo nos pusimos a cada lado de ella y entrecerramos los ojos para observar la escena exterior y oír los gritos desgarradores.

Una camioneta gris estaba parada en la esquina junto al parque Southboro. Dos agentes con uniforme de combate se llevaban a una joven que tenía el pelo sobre la cara. No pude ver quién era. Solo pude ver que sus dos hijas pequeñas corrían detrás de ella. Tenían colitas iguales y chillaban con la boca abierta. Sin embargo, nunca serían lo suficientemente grandes para contener todo este dolor.

Ernie y yo apretamos el cuerpo contra el de Mami, y las lágrimas se deslizaban por nuestras mejillas. No sabía cómo podríamos seguir así, viendo todos estos horrores tener lugar ante nosotros. No eran historias sangrientas ni inventadas. Eran nuestros amigos y vecinos, acorralados y arrastrados. Era solo cuestión de tiempo antes de que nos arrastraran también.

Pero Mami siguió prometiendo que nos iríamos lo antes posible. Cuando tuviéramos a dónde ir, una forma segura de llegar y todo estuviera en orden. De lo contrario, nos advirtió, ni siquiera llegaríamos a la esquina.

x

EN NUESTRO TERCER día encerrados, sentí que el aire estaba a cien grados y que las paredes se nos venían encima. Quizás así era. Quería atravesarlas de un puñetazo. Quería romper la persiana en pedazos. Pero también sabía que estas cosas eran lo único que podía protegernos, contenernos.

—Estaremos bien —nos dijo Mami—. Les digo que estaremos bien.

Parecía más harta que convincente. Además, se había quedado sin tareas que hacer, entonces Ernie sacó una baraja de cartas y me preguntó si quería jugar ocho loco con él. Ya estaba bastante distraída cuando empezó a cambiar las reglas, o quizás se le estaba olvidando cómo jugar. En cualquier caso, yo no tenía paciencia.

—Olvídalo. Ya no más —le dije.

—No puedes terminar así —se quejó—. ¡Estamos en mitad del juego!

—Bueno, pues ya no quiero jugar más.

—Eres una gallina.

—¿Una qué?

—¡Una gallina!

—¡No, no es verdad!

—¡Niños, niños, por favor! —gritó Mami en un susurro.

Le lancé a Ernie la mirada más dura que pude y salí furiosa al baño para desahogarme sola. Sí, sabía que los hermanitos eran molestos y que "gallina" era una expresión infantil y estúpida. Es solo que, de alguna manera, se había desatado un tornado de furia, miedo y dudas.

Sí, quería rendirme. Quería huir de todo esto lo antes posible. ¿Qué esperábamos? ¿Acaso podía ponerse peor?

¿Nos quedaríamos aquí hasta que alguien golpeara la puerta o rompiera las ventanas?

Sin embargo, en esta vida no estaba la opción de ser gallinas. Si nos íbamos de Southboro, no había garantía de que en otro lugar estuviéramos más seguros. El chip de Mami no era confiable; el mío también podría empezar a sonar. ¿Cuánto tiempo podríamos correr antes de que nos atraparan?

—Mija —gritó Mami a través la puerta—, ven, por favor. Necesitamos estar juntos.

Me miré al espejo e intenté poner una cara más calmada. Me recogí el pelo detrás de las orejas, eché los hombros hacia atrás y apreté los labios. Kenna lo llamaba mi postura de super-Vali. Decía que podía enfrentarme a cualquiera con esa expresión.

Pero fue entonces cuando me di cuenta de que Kenna no me había llamado desde la primera noche. ¿No dijo que me llamaría al día siguiente? ¿O se suponía que debía llamarla yo?

Lo intenté ahora, aunque eran las diez y media de la mañana y tal vez estaría camino a la tercera clase en Morrow, así que sabía que su teléfono estaría apagado.

Lo sentimos. El suscriptor al que intenta contactar ya no existe.

—¿Qué? —grité.

—¿Estás hablando con tus amigos imaginarios otra vez? —bromeó Ernie al otro lado de la puerta del baño.

—Cállate —ladré.

—¡Mami, Vali me está hablando feo! —escuché mientras marcaba el número de Kenna una y otra vez.

—Valentina —dijo Mami, golpeando la puerta—. Ya no más. Sal y discúlpate con Ernesto.

Abrí la puerta de golpe y me desplomé.

—¡No puedo... no puedo... comunicarme con Kenna!

Le pasé el teléfono para que pudiera oír ese mensaje ominoso.

El suscriptor al que intenta contactar ya no existe.

Sentí como si me estrangularan y me sacaran todo el oxígeno del cuerpo. Sentí que las lágrimas se asomaban por los párpados inferiores y ni siquiera intenté secarlas.

—¿Qué significa eso? —preguntó Ernie al ver que Mami y yo nos abrazamos.

No pude responderle. Mami tampoco. Pero se dio cuenta de que era nuestro peor miedo porque, un momento después, lo sentí aferrado a mis hombros, llorando también. No sabía con certeza si se habían llevado a Kenna y a su familia, pero parecía demasiado posible, demasiado probable. Y cada vez que pensaba en Kenna, pensaba en Maddie Fitz haciendo fila en la cafetería, explicando lo aterrador que era tener "ilegales" en esta ciudad.

—Mami, por favor —sollocé—. ¿Cuándo nos podemos ir?

Mami se sonó la nariz y volvió a abrir el mapa de su teléfono. Parecía que ya estaba harta de la espera también.

—Bueno. Nos subimos al autobús de Southboro a Nueva York y esto nos costará unos trescientos dólares —dijo, contando los billetes que necesitaríamos—. Nos encontramos con la hermana Lottie y nos quedamos en su iglesia unos días. Si es seguro, quizá vayamos a casa de la prima de Papi en Indiana.

Pasó el dedo por la pantalla, hacia el oeste.

—¿Y si tratamos de subir a Canadá? —pregunté.

—He oído que también hay FD en esa frontera.

—¿Por qué?

—No sé... vamos a donde sabemos que es seguro —instruyó Mami.

No había opción de rendirse.

—No sabemos cuándo vendrán, entonces seguimos adelante. Nos mantenemos unidos.

—No entiendo —gimió Ernie—. ¿Por qué no volvemos a Colombia?

Mami abrió la boca para hablar, pero tuvo que cerrarla otra vez. Tenía los ojos llenos de lágrimas mientras negaba con la cabeza.

—Eso no es... eso no es posible, mijo —susurró.

Sabía que había perdido demasiadas cosas allá: a sus padres, a su hermana, a mi papi. En lugar de dar más explicaciones, Mami se levantó, fue a su altar, encendió una vela para Virgen María y dijo la bendición. Le pidió a la Virgen que nos cuidara y nos guiara, que tuviera piedad de sus hijos.

Luego pasó casi toda la tarde dándonos a Ernie y a mí una lección sobre cómo ser cuidadosos y ahorrar energía al viajar. Nos hizo jurar que en cada puesto de control mantendríamos la calma y la serenidad. Si nos separábamos, debíamos seguir nuestro camino hacia donde estaba la hermana Lottie en Nueva York. Anotó la dirección de ella en tres pedazos de papel y nos dio uno a cada uno. Luego vaciamos nuestras maletas y guardamos la ropa, los artículos de aseo y cualquier refrigerio que quedara en la alacena.

—Esto es todo.

Así dijo Mami, aunque ya había empacado en su maleta una Biblia, la cuchara de plata de mi abuela, un rosario, una linterna y un cuchillo de cocina, el más afilado que teníamos.

—¿Y si nos quedamos sin comida? ¿Tendremos que cazar? —preguntó Ernie.

Quería dejarme molestar por su comentario, pero también sabía que teníamos que resolver estas cosas.

—Mijo, vamos a tomar un autobús. Qué tal, cazar comida —dijo Mami, sonriendo.

Pero Mami no hablaba como si fuéramos a tomar un autobús. Empezó a darnos instrucciones detalladas sobre cómo sobrevivir en el camino.

—Agua. Es lo más importante.

Abrió la nevera y nos dio a cada uno tres botellas de agua para que también las empacáramos. Dijo que cuando ella y Papi huyeron, aprendieron a seguir a los animales hasta sus fuentes de agua, porque tenían mejor olfato que los humanos. También aprendieron a identificar plantas de hoja ancha y a excavar en sus raíces, pues solo podían sobrevivir cerca del agua. Nos mostró fotos de diferentes masas de agua por todo Estados Unidos, desde los Grandes Lagos hasta el río Colorado. Quería grabarme todo lo que Mami decía, o al menos escribirlo, pero, claro, hablaba demasiado rápido y apenas paraba para respirar. También metía billetes de un dólar en los diferentes bolsillos de nuestras maletas.

—¿Y cuándo nos vamos? —pregunté, exhausta y nerviosa a la vez.

—Por la noche —prometió.

Pero, una vez más, el presidente tenía otro plan con nosotros.

Sentimos un leve estruendo por todo el edificio y entonces todos nuestros teléfonos cobraron vida con un anuncio holográfico de las *Noticias nacionales*. El himno sonó diez decibeles más alto mientras la cara flotante del presidente tomaba forma frente a nosotros. Era delgada y pálida, con una mirada lasciva.

—Buenas tardes, ciudadanos —ordenó—. Me presento ante ustedes una vez más con noticias muy urgentes. Como sabrán, el estado antes conocido como California se niega a cooperar con nuestras iniciativas para mantener la seguridad de las fronteras de Estados Unidos. Por lo tanto, no tengo más remedio que ordenar la construcción de un nuevo Gran Muro de América entre nuestra región y California. También he desplegado dos mil quinientos emisarios especializados no solo para salvaguardar este proceso, sino también a toda la población circundante. Cualquiera que intente entrar a este estado rebelde estará sujeto a arresto, detención y a todas las medidas de la ley marcial. Somos una nación construida sobre confianza y lealtad. Es nuestro deber como ciudadanos estadounidenses que este país sea sólido y seguro. Gracias, que Dios los bendiga y que Dios bendiga a estos Estados Unidos de América.

Mientras el holograma del presidente comenzaba a desvanecerse, vi a Mami tratando de descifrar lo que había dicho exactamente.

—Significa que ahora también están intentando amurallar California —le dije—. Significa que pronto tendremos que...

Pero la hermana Lottie lo explicó mejor que yo. El teléfono de Mami se iluminó con un mensaje de la hermana Lottie en mayúsculas que decía:

CALIFORNIA SE SEPARA PARA FORMAR SANTUARIO.

TODOS SON BIENVENIDOS.

SIGUE EL PLAN Y ENCONTRARÉ
LA FORMA DE ENTRARTE.

CAPÍTULO 7

Partir es morir un poco.
Llegar nunca es llegar.
—Oración de los migrantes

Esperamos hasta justo después de las cuatro de la mañana para irnos. No porque esperáramos que fuera más seguro a esa hora, simplemente fue la primera vez que pegamos el oído a la puerta y no oímos pasos, gritos ni repeticiones del anuncio presidencial filtrándose por los pasillos.

—*Okay*, vámonos —susurró Mami.

—¡Espera! —tragué saliva.

Me di la vuelta para mirar nuestro pequeño apartamento, paralizada de repente por el miedo. O tal vez era más como una intensa sensación de duelo. Había tantas cosas que perderíamos al salir por esa puerta. No tenía ni idea de cómo despedirme de todo lo que dejábamos atrás. Había cosas aquí que jamás cabrían en una maleta, como la abolladura en uno de los lados de la nevera de cuando Ernie aprendió a meter un gol, la neblina de ajo y cebolla de Mami que se nos impregnaba en nuestra piel, hasta la señorita Nichols, la mujer desamparada que tenía pestañas más gruesas que el alquitrán y siempre dormía bajo nuestra escalera de incendios con sus gatos y nos gritaba cosas sobre la vida en Marte. Todos los sonidos, olores y paisajes que hacían de este nuestro hogar.

Por otro lado, si nos quedábamos aquí un día más, o incluso una hora más, estaba segura de que oiríamos el golpe en la puerta. O, llegados a este punto, probablemente la arrancarían de sus bisagras y nos separarían, como probablemente hicieron con el señor Rashid y aquella mujer del parque. Hasta me imaginaba una fila de FD en el pasillo, a la espera de que saliéramos para llevarnos. Cerré los ojos con fuerza mientras Mami ponía la mano curtida sobre la chapa y la giraba.

—Vali… —me instó, tirándome del codo.

El pasillo estaba vacío. Era tal como lo recordaba: tenebroso y con olor a moho. Ernie, Mami y yo intentábamos ser lo más silenciosos posible, pero supongo que hasta el ruido de las maletas y nuestros pasos de punta bastaban para llamar la atención. Estábamos casi en la franja de alfombra que hacía las veces de recepción cuando la señora Murphy, del 1C, abrió la puerta y nos miró con el ceño fruncido.

—¡Váyanse! ¡Salgan! —ordenó, como si fuéramos una manada de perros callejeros o gatos sarnosos rebuscando en su basura.

Mami solía pagarle diez dólares por hora a la señora Murphy para que nos cuidara a Ernie y a mí después de la escuela. Siempre nos dejaba ver programas sobre amas de casa y millonarios, y nos daba caramelos hasta que se nos manchaban los dientes.

—Adiós, señora Murphy —dijo Ernie.

Supongo que intentaba ser educado, pero Mami tuvo que lanzarle una mirada furiosa para que supiera que no debía decir nada más. La señora Murphy, en cambio, fingió no haber escuchado a Ernie. Tampoco permitió que su mirada descansara en nosotros. Para ella, ya nos habíamos ido.

—Sin hablar. Con nadie —dijo Mami al llegar a la acera—. Si alguien pregunta, vamos a tomar el autobús a Nueva York para ver a nuestros primos —dijo con precisión ensayada.

x

LA TERMINAL DE AUTOBUSES DE SOUTHBORO estaba a menos de un kilómetro, pero tardamos casi una hora en llegar, pues Mami insistió en que camináramos de la forma más indirecta, pegados a las sombras más oscuras entre los postes de luz. Mami tampoco nos dejó ir ni demasiado rápido ni demasiado lento. Teníamos que pasar desapercibidos. Cuando una multitud de camionetas grises nos pasó por al lado a toda velocidad, seguimos caminando. Cuando el zumbido de las hélices de los helicópteros se intensificó sobre nuestras cabezas, seguimos caminando.

Vamos a Nueva York a ver a nuestros primos, repetí en voz baja.

A ver a nuestros primos, oí repetir a Ernie. No tenía ni idea de que la terminal de autobuses de Southboro fuera tan grande ni estuviera tan concurrida, aunque supongo que, por suerte para nosotros, estaba llena de universitarios que habían terminado su semestre de primavera en la Universidad de Vermont. Estaban alborotados y completamente confundidos por los nuevos niveles de seguridad.

—Me acaban de escanear otra vez —oí que uno de ellos se quejó.

—A mí también. Qué pereza —añadió su amigo.

Ernie me apretó la mano con fuerza y asentí, como diciendo: *Sí. Está bien. Estamos muy bien.* Antes de continuar, Mami nos explicó que Ernie y yo entraríamos primero y que ella nos seguiría tras unos minutos.

—¿Qué? ¡No! ¿Por qué? —exclamé—. Tenemos que entrar juntos.

—Shhh. Recuerda, mi chip. No siempre funciona...

Mami entrecerró los ojos y recordé el pasto en sus rodillas mientras volvía de aquel callejón detrás del Ayuntamiento el año pasado.

—Pero... pero... —No tenía forma de librarme de ese recuerdo.

Una forma de mantenernos todos juntos.

—Todo va a estar bien —nos aseguró Mami—. Si me pasa algo, vayan a donde la hermana Lottie. Ella sabrá qué hacer. Que Dios los bendiga.

Me puso la maleta en las manos y nos llevó a la fila del escáner.

—¡Pero, Mami! —gritó Ernie.

Le di un codazo en el costado para callarlo. Mami tenía razón, aunque yo no quería que la tuviera.

Nos abrimos paso entre la multitud de universitarios hacia el primer control. El agente de las FD que manejaba la máquina parecía fastidiado y cansado. Dejó que todos los estudiantes rubios de ojos azules que teníamos delante se adelantaran y pasaran sin mirarlos dos veces. Cuando llegó nuestro turno, se paró frente a nosotros como una barrera humana y dejó salir una sonrisa espeluznante de los labios.

—¿Adónde van? —preguntó.

—¡A Nueva York a ver a nuestros primos! —dijimos Ernie y yo casi al unísono.

—Lo siento —añadí—. Estamos emocionados.

Extendí la muñeca e intenté ignorar el temblor en mis piernas. La luz me bailaba sobre la piel mientras miraba el horizonte. Oí el clic del escáner y casi me desmayé de alivio. Después de que Ernie pasó, el agente parecía furioso. Luego levantó el escáner portátil hacia Mami y bajé la cabeza. Fijé la mirada en su muñeca mientras intentaba rezar. Era más bien una exigencia, en realidad. Y no sabía con certeza a quién la dirigía.

Por favor, que funcione. Por favor.

Llámalo fe. Llámalo milagro. Llámalo cinco mil dólares bien gastados. Lo único que sé es que los rayos infrarrojos inundaron su muñeca con una luz azul pálido, mientras subían y bajaban lentamente por su piel. Entonces oímos el clic del escáner. El clic de la aceptación. El clic de la posibilidad. El clic que acalló todos los gritos que se me habían quedado en la garganta y nos metió en ese autobús a Nueva York.

—¡Muévanse! —ordenó el agente.

Ya no quedaba rastro de esa horrible sonrisa. Supongo que quería una nueva captura de la cual presumir. Otra medalla por su patriotismo.

—¡Gracias! ¡Vamos! —dijo Ernie atropellando las palabras y dando un pequeño salto.

Como si partiéramos a un viaje mágico, en lugar de estar huyendo para salvar nuestra vida. Mi corazón latía con fuerza mientras Mami avanzaba a toda velocidad.

—*Okay*. Tres tiquetes para el primer autobús que salga a Nueva York. Solo ida —dijo, cruzando la estación en línea recta.

Solo quedaban unas pocas máquinas expendedoras de pasajes en funcionamiento y la mayoría usaban Bitcoin o dinero electrónico. Todos los demás compraban pasajes en sus teléfonos o pantallas. No había forma de que nosotros pudiéramos hacer alguna de esas dos cosas con dinero normal. Ahora, solo tenía que esperar que no sobresaliéramos demasiado mientras Mami introducía los billetes en los pequeños dientes metálicos y pulsaba los botones para nuestro destino.

—¡Uf, ten cuidado! Esta máquina me acaba de robar mi último billete de veinte dólares —refunfuñó una mujer de mejillas regordetas y una mata de pelo color zanahoria—. ¿Van a Nueva York? ¿Saben de cuál puerta sale ese autobús?

Ninguno le contestó, entonces guardó su billetera en un canguro y se dirigió a la cabina de información, que también era automática. Dudo que tuviera suerte al quejarse mientras iba de una máquina a otra. Solo agradecí que nos dejara en paz mientras Mami sacaba nuestros pasajes de la ranura. Con siete minutos de sobra, reprimimos el terror, localizamos el autobús y subimos.

Ya estaba bastante lleno. Ernie y Mami consiguieron asientos juntos, pero yo tuve que sentarme al otro lado del pasillo, una fila detrás de ellos. La mujer que había visto junto a las máquinas expendedoras de pasajes estaba justo a mi lado. Me pregunté cómo había subido antes que nosotros. Levantó la vista y me saludó.

—No recuperé mis veinte dólares —dijo encogiéndose de hombros.

Estaba a punto de decirle que lo sentía cuando Mami se giró y me apretó el brazo tan fuerte que grité: *¡Au!*

Pero Mami no se disculpó. Simplemente dijo:

—¿Necesitas cambiar de asiento?

—No.

Mami miró a la mujer pelirroja y luego a mí, dibujando una línea sobre sus labios, en gesto de que los cerrara. El mensaje era claro: no debía hablar con nadie. Ni siquiera con ancianas agradables con canguros.

La mujer no parecía muy molesta. Cogió el teléfono y empezó a contarle a alguien más sobre sus veinte dólares perdidos.

A dormir, me dijo Mami en silencio Y, aunque no quería confiar en ese silencio, mi cuerpo estaba demasiado agotado para resistir. Mientras el autobús salía de la estación, mis párpados empezaron a cerrarse hasta que no pude mantenerlos abiertos.

x

¡VAMOS! ¡VAMOS!

Me desperté porque la gente estaba corriendo y pasándose por encima. Se organizó en fila india y bajó del autobús a un pasillo caliente y sofocante.

—¿Qué pasa? —gemí.

—No pasa nada —respondió Mami—. Disculpa por no haberte despertado antes. Tienen que parar para poner combustible. Pero no pasa nada. En unos minutos se reanuda el viaje y solo quedan tres horas para llegar a Nueva York.

El aire de la terminal me golpeaba caliente en la cara. Según el gran reloj en la pared revestida de madera, era casi mediodía; una neblina anaranjada cubría todos los quioscos de comida.

—¿Dónde estamos? —preguntó Ernie.

—Creo que cerca de Boston, Massachusetts —respondió Mami—. Hay tantos árboles bonitos —añadió, mirando uno de los ventanales de doble altura cerca de la fachada del edificio.

O tal vez miraba los flancos de agentes de las FD completamente armados que se desplegaban en todas las direcciones y desenfundaban los escáneres portátiles.

—¡Muñecas afuera! —ladró uno.

Mami nos empujó a Ernie y a mí delante de ella. También me lanzó su maleta.

—Por si acaso —murmuró—. Caminen, caminen, caminen.

Avanzamos y un grupo de personas llenó el espacio entre nosotros y Mami. El oficial más cercano agarró a Ernie por la muñeca con tanta fuerza que pude ver que la piel se le puso blanca.

Clic.

—¡Vuelve al autobús! —ordenó el agente.

Me tomó por la muñeca y la sujetó con fuerza. Intenté no hacer muecas. Traté de mirar al frente, como me habían enseñado.

Clic.

—¡Sigue adelante! ¡Sigue adelante!

Detrás de mí oí a otro agente gritar:

—¡Muñecas!

Y Mami respondió rápidamente:

—Sí, claro.

Y entonces, un chirrido.

—Lo siento, agentes —dijo Mami.

Volvió a sonar.

—Mi chip funcionaba antes. No sé…

Y otra vez y otra vez, y otra vez.

En un instante, una multitud de agentes de las FD se acumuló, enredándose unos con otros. Sus relojes resonaban con instrucciones de emergencia:

¡Inmigrante detenido! ¡Inmigrante detenido! Asegurar todas las entradas y salidas por si hay posibles conspiradores.

—¡Al suelo! —oí una voz masculina gritarle a Mami—. ¡Manos en la espalda!

—¡Por favor! —gritó Mami.

Aparté a Ernie de la creciente multitud y lo abracé mientras nos estremecíamos, intentando entender qué pasaba tras la multitud.

—¡Todo está bien! —volvió a gritar Mami.

Sabía que nos hablaba a nosotros. Necesitaba que siguiéramos adelante, pero no era capaz de seguirme moviendo.

—Esperen. ¿No es esa su mamá?

La mujer del pelo naranja y el canguro estaba de pie junto a Ernie y a mí. Tenía las manos en la cadera y nos miraba con ojos entrecerrados, como si fuéramos un acertijo que tuviera que resolver.

—¿Qué? —grazné—. ¿Quién?

—Allá —dijo, señalando a Mami.

Fue ahí que tuve que mirar. Tuve que ver a mi mami, boca abajo en el suelo sucio. Un agente de las FD la sujetaba con una rodilla robusta y la esposaba. Otro rondaba cerca, con la bota justo al lado de sus costillas. Listo para patearla o pisotearla si se portaba mal.

Pero Mami no hizo nada de eso. Levantó la cabeza y la inclinó lo justo para que yo pudiera verle la cara.

Y cuando lo hice, articuló una sola palabra:

—¡YA!

CAPÍTULO 8

Atravesamos de golpe las puertas dobles de cristal. El sabor del pánico me llenó la boca, la nariz, los pulmones. No había aire para respirar ni tiempo para jadear. Solo estaba la repentina sensación de que todo se desmoronaba. Corríamos, corríamos, corríamos, alejándonos de los gritos de nuestra madre.

Tenía que confiar en que eso era lo que ella quería. Lo que nos dijo que hiciéramos.

Empujé a Ernie hacia uno de los autobuses que estaban alineados afuera. Como si fuera lo más normal: dos menores solos en una pequeña aventura. ¡Van a visitar a sus primos en Nueva York!

Solo nosotros podíamos saber que era el fin de nuestro mundo. Una mancha oscura se filtraba por una de las piernas del pantalón de Ernie; se estaba orinando encima.

A un metro de la entrada del autobús, vi a dos agentes de las FD. Uno caminaba entre las luces del autobús, mientras hablaba por el auricular. El otro iba de autobús en autobús, revisando debajo de los vehículos con una linterna potente. En busca de polizones.

Afirma que viajaba sola, pero un testigo informa que había dos niños con ella en el momento del arresto..., se oyó por uno de los teléfonos de los agentes. Eso era todo lo que necesitaba oír. Le apreté la mano a Ernie y forcé una sonrisa sombría, incluso con el estómago revuelto y convulsionado. Había pasajeros detrás y delante de nosotros, y nos empujaban hacia los agentes. Me hice a un lado y le susurré a Ernie:

—Sígueme.

Lo alejé de la fila y lo llevé hacia una gasolinera que parecía abandonada.

—¿Dónde está Mami?

—¡Shhh!

Le tapé la boca con tanta fuerza que se le llenaron los ojos de lágrimas.

—Perdón, perdón —susurré—. Solo tenemos que... ¡Ven!

Más allá de la estación, había una cerca de alambre destrozada y, más allá, un grupo de árboles carbonizados. Empujé a Ernie por debajo de la cerca y me deslicé detrás de él.

Entonces corrimos.

Corrimos, corrimos y corrimos. Avanzamos a toda velocidad, tropezamos con ramas torcidas y matas de maleza seca. El suelo bajo nuestros pies era duro e impredecible. Ernie se tropezó y cayó al suelo con un gemido. Lo levanté e intenté ignorar sus lágrimas. Teníamos que limpiarlas y seguir adelante. Dando zancadas rápidas y con toda nuestra fuerza. Nos escabullimos entre ramas nudosas y caminamos por entre pantanos con mal olor.

Finalmente, los árboles se dispersaron y la maleza desembocó en un acueducto seco. Nos arrastramos por un túnel lleno de telarañas que estaba resbaloso por las aguas residuales. Oí las arcadas de Ernie detrás de mí, pero seguí adelante. Cuando llegamos al otro lado, había un parqueadero desierto. En lugar de carros, había maleza y basura. Cuatro columnas de cemento emergían del suelo frente a nosotros. Había una hilera de contenedores oxidados, montañas de madera quemada y cristales rotos entre las columnas. Un letrero de neón naranja sostenía un panel agrietado que decía: ¡LIQUIDACIÓN!

Salí corriendo a toda velocidad otra vez.

¡Vali, espera! —suplicó Ernie.

No podíamos parar. No tenía ni idea de lo lejos que habíamos corrido, pero nunca sería suficiente. Tiré más fuerte de mi hermanito. Se me llenaron los ojos de lágrimas. Un grito se me atravesó en la garganta e hizo que me doliera todo el cuerpo.

—¡Por favor, Vali, por favor!

Esta vez tiré de él con tanta fuerza que cayó hacia adelante, llevándonos a ambos al suelo. Mi quijada se estrelló contra una roca y me cerró la mandíbula de un golpe. La sangre me llenó la boca y me goteó por la barbilla.

—¡No! —gritó Ernie. Me miró con los ojos abiertos y llorosos.

Parecían casi dorados ahora, tan ligeros y suplicantes.

—No podemos parar —dije, tragando saliva con fuerza y limpiándome la barbilla ensangrentada.

—¿Dónde está Mami? —jadeó.

No tenía palabras ni aliento para responderle, pero él seguía insistiendo.

—¿Adónde se la llevaron? ¿Cuándo podremos verla? ¿Cómo vamos a recuperarla? —se lamentó.

—Yo... yo... yo no lo sé —logré decir. Necesitaba encontrar algo valiente que decirle, pero todo se agolpaba en mi interior, dando vueltas y vueltas—. Tenemos que seguir adelante. Eso es lo que nos dijo, ¿no?

No dejaba de ver la boca de Mami, clavada en esa *A* final mientras articulaba la palabra *¡YA!*

Solo que ahora me torturaba la pregunta: ¿y si no decía eso? ¿Y si estaba gritando *ACÁ*? ¿O gimiendo *AH* suplicándome que la salvara?

No podía dejar de revivir aquella escena en la terminal de autobuses, y la culpa y el dolor se apoderaban de mi pecho.

—Ernie, viste lo que dijo Mami. Lo viste, ¿verdad? —pregunté.

No respondió.

—¡Ernie, respóndeme! —le exigí.

Pero no pudo ayudarme. Él también estaba atormentado por el dolor.

—¡Quiero a Mami! —repetía una y otra vez—. ¡Mami! ¡Mami! ¡Mami!

—¡Para!

Sí, habíamos colapsado en medio de un terreno desierto y su voz era débil y rasposa, pero no sabía quién ni qué podía oírnos. El cielo estaba hecho de miles de ojos; la tierra hervía de odio. Por encima de los sollozos de Ernie, podía oír un estruendo que, estaba segura, era de helicópteros de las FD y el aullido de algún animal salvaje. Intenté taparle la boca a Ernie otra vez con la mano para oír mejor, pero me dio un codazo en el costado. Nuestras cabezas chocaron y, por un segundo, el mundo se volvió rosado intenso, pues el dolor me rebotaba en los oídos.

Entonces me desmoroné. Fue como si una tormenta atroz brotara dentro de mí lloviendo lágrimas y terror. La miseria y la vergüenza eran demasiado grandes, y me empujaban hacia el suelo, ahogándome.

Podía oír a Ernie a mi lado: *¡Quiero a Mami... quiero a Mami!*

Esta vez, en lugar de intentar callarlo o tratar de responderle, lo tomé de las manos y se las apreté hasta formar puños, presionándolos contra mi pecho. Quería que me partiera las costillas. ¿De qué me servían, en todo caso? ¿Para proteger un corazón que ni siquiera sabía cómo salvar a nuestra madre?

Nos quedamos ahí durante horas, en ese parqueadero desierto, entre dos enormes contenedores de basura. Gritamos y lloramos hasta que se nos resecaron e hincharon las mejillas, hasta que la garganta se nos puso demasiado ronca para emitir sonido alguno, y lo único que podía oír era mi pulso latiéndome en los oídos. Luego nos quedamos ahí un rato más, jadeando y gimiendo por todo lo que habíamos perdido.

Es triste, pero es cierto: una parte de mí creía que, si lloraba durante mucho tiempo o lo suficientemente fuerte, mi mami me oiría y volvería. Siempre lo había hecho. Pero ya no había manera de que nos oyera y nos rescatara. Y, si era honesta conmigo misma, tenía que admitir que estaba enfadada con ella porque, cuando estaba aquí, Mami me había convencido de que era una superheroína. Ahora me daba cuenta de lo terriblemente humana que era.

x

EN ALGÚN MOMENTO, me di cuenta de que Ernie y yo estábamos temblando. Sentí que el cielo se cerraba y el frío del atardecer vaciaba lo que quedaba del día.

—¿Tienes hambre? —le pregunté a Ernie.

Se encogió de hombros. Abrí la maleta de Mami y saqué algunas provisiones. Nos había preparado un montón de arepas, tres botellas de agua, una caja de galletas, unas latas de mini salchichas y papel higiénico. Primero le di a Ernie una botella de agua y se la bebió de un trago.

—Despacio —murmuré y luego vacié una de las otras botellas con la misma rapidez.

Abrí la maleta de Ernie, en busca de algún mensaje de esperanza oculto. Por supuesto, no había ninguno. El balón de fútbol de Ernie y la Biblia de Mami estaban encajados en el fondo, con la linterna. El cuchillo de cocina estaba guardado en un protector, con el rosario de Mami anudado en el mango. Las cuentas de madera eran cálidas y suaves. Me pregunté cuánto tiempo podrían conservar su aroma a cebolla y sus oraciones no pronunciadas.

—¿Y ahora qué? —preguntó Ernie, con la cara demacrada y agotada.

Hice un pequeño nido para nosotros entre los contenedores. Las canecas oxidadas y sucias difícilmente nos protegerían si nos atacaban de verdad, pero de nuevo, ya no tenía ni idea de dónde estaba el enemigo. La noche era oscura y casi silenciosa, salvo por el correteo de algunos roedores que entraban y salían de la basura.

Me puse una maleta en el regazo y dejé que Ernie apoyara la cabeza.

—Todo va a estar bien —le dije.

Lo repetí una y otra vez, aunque ambos sabíamos que era mentira. Estábamos completamente perdidos. Ya se habían llevado a nuestro papi y ahora a nuestra mami. Con una mano agarrando el cuchillo de Mami y la otra en la cabeza de Ernie, me incorporé y miré al cielo.

—Por favor —dije y le rogué a quien fuera que estuviera ahí que cuidara a mi mami; que le dijera que la quería y la extrañaba, y que nos llevara con la hermana Lottie.

CAPÍTULO 9

El cielo recién comenzaba a anunciar el amanecer cuando algo crujió a nuestro lado. Intenté sacar el cuchillo de Mami de su escondite sin despertar a Ernie. No se movió, pero lo que fuera que venía por nosotros, sí. Rasguñaba y raspaba muy cerca. También se oían arañazos, el roce de uñas o garras contra el metal. No sabía a qué temer más: a que algún animal voraz nos devorara o encontrarnos de frente con un agente de las FD, sediento de sangre. Como si hubiera una diferencia, la verdad. El corazón me latía tan, pero tan fuerte que podía sentirlo detrás de los ojos.

Levanté el cuchillo por encima de mi cabeza y lo sostuve, lista para apuñalar.

Y entonces, escabulléndose debajo del contenedor a mi derecha, vi un mapache hinchado. Se detuvo frente a mis pies, el borde de una bolsa de totopos le colgaba de la boca. Juro que consideró si comerme también, con sus diminutos ojos negros como agujeros, pero me sentí tan aliviada de que caminara en cuatro patas, que me sentí casi alegre.

—¡Vete! —le ordené, enseñándole los dientes y siseando.

El mapache ni se inmutó, entonces golpeé el suelo con el pie, despertando a Ernie.

—¿Qué fue...? ¿Quién es...? —balbuceó Ernie.

Se desdobló de mi regazo e intentó parpadear para comprender la escena.

—No pasa nada —le dije—. Puedes volver a dormir.

Estaba tan agotada física y emocionalmente que lo único que quería era que durmiéramos durante un año y nos despertáramos en una realidad nueva.

Pero sabía que no podíamos. Mientras el mapache se alejaba con dificultad, pude observar mejor nuestro entorno. Era más desolador que lo desolado. Junto a los montones de palos quemados y vidrios rotos, también había estanterías metálicas y extremidades de maniquíes, todas retorcidas y despedazadas. Miré por el lateral de nuestro escondite en el basurero y vi que había un centro comercial lleno de edificios en ruinas que también habían sido saqueados.

—No nos vamos a quedar aquí, ¿cierto? —preguntó Ernie, probablemente al ver la mirada de angustia en mi cara.

—No —dije—. Pero tenemos que saber...

Miré al cielo abierto y me sentí atrapada. Había demasiadas incógnitas que nombrar. ¿Dónde estábamos exactamente? ¿Y dónde estaba Mami? ¿Deberíamos intentar encontrar a la hermana Lottie en Nueva York, como nos dijo Mami? ¿Cómo se suponía que íbamos a encontrarla? ¿Cómo podría este mundo seguir girando sin Mami para sostenerlo?

—Tengo hambre —dijo Ernie, haciendo que volviera a concentrarme, al menos por un momento.

—Yo también.

Metí la mano en la mochila de Mami y empecé a rebuscar entre la comida. Saqué las arepas frías, le di una a Ernie y cogí otra para mí. Abrí una lata de mini salchichas y vi a Ernie devorar la carne fría y aceitosa. No podía creer que estuviéramos aquí, acurrucados en este basurero. Confinados en las sombras, con comida y agua apenas para sobrevivir, escondiéndonos de agentes que solo querían hacernos daño por ser de donde éramos.

—¿Quieres? —preguntó Ernie, pasándome las salchichas a medio bocado.

—No, gracias.

Tenía tanta hambre y náuseas a la vez. El estómago, la garganta, todo mi cuerpo estaba encogido de ira. Todavía podía oír los gritos de Mami resonando en mi interior. Me dolía la culpa, al saber que se había sacrificado por nosotros.

—¿Cómo vamos a encontrar a Mami? —preguntó Ernie con la voz entrecortada.

Los labios le brillaban por las salchichas y tenía los párpados rosados e hinchados por todas las horas que habíamos pasado llorando el día anterior.

Lo miré, intentando encontrar la respuesta.

—¿Aló? —Ernie estaba frustrado con mi silencio.

—Tienes razón —le dije—. Tenemos que encontrar a Mami.

Sabía que era imposible, pero no encontraba otra forma de seguir adelante. No podía decirle que no tenía ni idea de dónde estaba Mami ni adónde iríamos después ni idea de cómo sobreviviríamos con una lata más de salchichitas, unas galletas, agua y una Biblia. No podía hacerle eso a él ni a mí.

Al menos no le conté a mi hermanito las horribles visiones con las que lidié toda la noche: cómo arrastraban a Mami a una furgoneta sin ventanas y luego la tiraban en una celda con cientos de personas más. Pilas de cuerpos retorcidos sobre un piso de concreto helado. Gente que gemía y tosía, tal vez un hueco en la mitad que sirviera de baño. Toda la escena rebosante de moscas, vómito, orina y mierda.

Esos eran los informes que había leído, las imágenes que había visto cuando teníamos acceso a la *dark web* y a las noticias independientes. Cuando era lo suficientemente idiota como para pensar que esto solo les pasaba a los demás, no a nosotros.

—Mami quería que fuéramos donde la hermana Lottie. Entonces eso es lo que vamos a hacer —anuncié.

No sabía que ese era mi plan hasta que las palabras me salieron de la boca. Ernie hizo un gesto de preocupación con la frente.

—¿Pero... y Mami?

—Ella sabe dónde está la hermana Lottie —dije—. Tal vez nos dijo que fuéramos porque es adonde ella irá.

No quise crear falsas esperanzas, pero necesitaba centrarme en lo más parecido que teníamos a un rumbo. Ernie escuchó y asintió, no del todo convencido, pero dispuesto a intentarlo.

—Solo tenemos que averiguar dónde vive y cómo llegar allá —añadí.

El pájaro... Me salva.

Tal vez fue intervención divina, tal vez una coincidencia. Cualquier cosa que hizo que una paloma escuálida se lanzara en picada y se comiera mi último bocado de arepa, era un regalo. O, mejor dicho, lo que fuera que me obligó a buscar algo más de comer en la maleta de Mami fue un regalo. Porque antes solo había encontrado esas galletas y las salchichas enlatadas, pero en el fondo, ahora había sentido un cuadrado de papel, no más grande que la palma de mi mano. Lo saqué para inspeccionarlo. Estaba doblado como un misterioso origami. Al extender el papel, vi que era un mapa de Estados Unidos.

—¿Qué es eso? —me preguntó Ernie por encima del hombro.

El mapa era obviamente antiguo, probablemente de antes de la invención del GPS. Los estados estaban todos coloreados en tonos pastel y etiquetados con letras mayúsculas cuadradas. Todavía había una línea rosada que decía *LONG ISLAND* y una sección entera de Florida, aunque había visto las imágenes de esos lugares destruidos por huracanes años atrás. Además, había un montón de masas de agua cerca de Southboro, que debieron secarse mucho antes, porque nunca las había oído nombrar. Y un río que serpenteaba desde Southboro hasta Nueva York.

—No entiendo —dijo Ernie.

—Bueno, pues es viejo —expliqué—. Entonces, de aquí es donde salimos y ahora debemos estar...

Me detuve, tenía el dedo sobre ese sinuoso "río" en el mapa, pero ahora sabía que no era un río, sino una línea dibujada con el bolígrafo de Mami.

—¡Ernie! —tragué saliva—. ¡Creo que Mami hizo esto!

—¿Mami hizo qué?

—¡Nos dibujó esta ruta! ¡Así es como llegaremos adonde la hermana Lottie!

Ernie estaba más confundido que emocionado. Se inclinó para mirar: la línea era definitivamente más gruesa y temblorosa que las otras líneas azules en el papel. Serpenteaba desde Southboro, atravesaba Massachusetts y Connecticut, hasta cruzar la frontera estatal hasta una estrella que decía CIUDAD DE NUEVA YORK.

—Esto es lo que Mami quería que hiciéramos, así que lo haremos, ¿bueno? —señalé el final de su línea azul e incluso le di un golpecito para enfatizar.

—*Okay*, pero ¿cómo vamos a llegar?

—Vamos a caminar —dije, como si fuera lo más natural del mundo.

—¿Caminar? —repitió Ernie.

No tenía ni idea de dónde estábamos. Tenía miedo de prender mi teléfono para comprobar nuestra ubicación. ¿Y si nos estaban rastreando como había sospechado la mamá de Kenna? Igual, ni siquiera sabía si seguíamos en Boston. ¿Cómo podríamos localizar la ruta del bolígrafo de Mami sin nuestro punto de partida?

Contuve la respiración y prendí el teléfono. Me dijo que estábamos a unas cuatro millas al suroeste de Boston. También me dijo que no tenía mensajes nuevos. Intenté llamar al número de la tía Luna una vez más, solo para ver si había alguna forma de conectar. Ahora, en lugar del mensaje grabado, se oían unos pitidos agudos que me recordaron a los escáneres de las FD. Dejé caer el teléfono al suelo como si me hubiera picado. Entonces lo apagué y lo volví a esconder en el fondo de mi maleta.

—De todas formas, no deberíamos tenerlo prendido —le dije a Ernie, intentando acallar ese pitido, que chirriaba insoportable en mi cabeza.

Al inclinarme para consultar el mapa de Mami, vi otra serie de marcas en el reverso. Volteé los estados en tonos pastel y leí la letra cursiva de Mami:

Calle 81
Avenida 37
Queens, NY

—Calle Ochenta y Uno. Avenida Treinta y Siete. Queens, Nueva York —dije en voz alta.

—¿Qué?

Volví a leer los números y las palabras, deseando que tuvieran más sentido o que me indicaran algo, pero lo único que podían ofrecerme eran suposiciones.

—Aquí es donde tenemos que ir —le dije a mi hermanito.

—¿Segura? —murmuró.

—Estoy bastante segura.

—¿Y ahí es donde encontraremos a Mami?

—Eso... espero —dije.

Y desesperadamente deseé que fuera verdad.

CAPÍTULO 10

Solo recorrimos unas diez millas ese día, pero le dije a Ernie que había sido increíble, genial y que probablemente habíamos ido más lejos de lo que James Rodríguez corría en todo un torneo!.

De los futbolistas colombianos, el veterano James Rodríguez era el favorito de Ernie. Pensé que Ernie estaría al menos levemente impresionado de que yo hubiera prestado suficiente atención como para recordar ese nombre, pero mi hermanito estaba demasiado triste y cansado como para darme algo más que un suspiro. A medida que el sol se ocultaba y nuestra segunda noche nos envolvía, vi un montón de árboles caídos donde podríamos, con suerte, descansar un poco. Hasta ahora, había tenido cuidado de mantenernos alejados de las carreteras principales que pudieran tener nuevas estaciones de escaneo. No sé cómo me convencí de que estaríamos más seguros si viajábamos entre los árboles o incluso entre la maleza y los matorrales. El problema es que ahora, con la oscuridad acercándose, me sentía más perdida y desconectada que nunca.

Le di a Ernie la última lata de salchichas miniatura mientras me obligué a comer una manotada de galletas.

Solo nos quedaba media botella de agua lo que hizo que me diera más hambre y sed. Ernie se quedó dormido prácticamente al empezar a comer, entonces al menos podía agradecer eso.

Yo también quería dormir, pero la cabeza me daba vueltas y vueltas. O, más bien, el corazón. No sabía dónde estaba ni cómo estaba, pero necesitaba "hablar" con Mami. Le conté lo aterrada que me sentía. Le expliqué que no fue mi intención dejarla en la estación de autobuses, pero que creí que quería que saliéramos de ahí. Que no sabía si podríamos caminar casi doscientas millas con una caja de galletas para los dos, pero que iba a hacer todo lo posible y que si, por favor, no sé cómo, podía reunirse con nosotros.

No podía responderme, claro y eso me hizo preguntar más cosas. *¿Será seguro entrar a un pueblo a comprar más agua? ¿Seguirá la hermana Lottie en Queens, si llegamos?* Y la pregunta más horrible e inexpresable de todas: *Mami, ¿qué te están haciendo?*

x

LO PEOR de todo fue ver el amanecer al día siguiente y sentir que mi respiración se cortaba por la incredulidad, porque esto seguía sucediendo y seguíamos aquí, dondequiera que ese aquí fuera. Ernie se despertó rogando por ese último trago de agua. Por supuesto, se lo di. Fuera seguro o no, tendríamos que encontrar más provisiones.

—Vamos —lo animé.

Caminamos por el bosque en silencio. Tan agotados y adoloridos. Tan asustados e inseguros. Seguimos caminando hasta que el sol brilló en lo alto del cielo. En ese momento, Ernie se desplomó en el suelo, gritando:

—¡No puedo, Vali! ¡No puedo!

Intenté cargarlo en mi espalda, pero fue brutal. No solo cargaba los veintisiete kilos de mi hermano, sino también el cuchillo de cocina, la Biblia, la linterna, el mapa, el rosario y el balón de fútbol. Cargaba las tres botellas de agua vacías, el papel higiénico, los veinticinco tampones y los dos brasieres que alguna vez me parecieron tan importantes que no podía vivir sin ellos.

Cargaba en mi cabeza todas las instrucciones y direcciones de Mami.

Cargaba en mi corazón esas visiones de palmeras en California.

Era demasiado para mí o para cualquier persona. Logré recorrer unos ochocientos metros antes de tropezar con una roca y caerme. Me lo llevé todo conmigo.

Cuando nos caímos, Ernie gritó más fuerte que yo. Se arrancó las zapatillas y me mostró que tenía en carne viva la parte de atrás de los tobillos. La piel nueva debajo estaba roja y pegajosa. Intentó limpiársela con el borde de su camiseta sucia, pero por la forma como se estremecía noté que le dolía demasiado.

—¿Qué tal si te cambiamos las medias? —sugerí.

—No traje más —dijo.

—Bueno. ¿Cortamos la parte de atrás de los zapatos para que puedas ponértelos?

Le dije que se sentara en la tierra mientras yo me ocupaba de sus zapatillas. El cuchillo de Mami cortó con facilidad; el cuero sintético desgastado era delgado y esponjoso por toda la sangre y el sudor. Sentí una especie de orgullo agotado por haber encontrado esta solución, pero cuando le devolví las zapatillas a Ernie, apenas logró sonreír. Sentí que había algo roto en él que jamás podría calmar o arreglar. Ni siquiera podía aliviar su dolor.

—¿Y si fingimos que estamos en el Mundial? —intenté—. Solo que, en lugar de jugar fútbol, caminamos. Y tenemos que seguir caminando porque este es hasta ahora el primer cuarto del primer partido y nos quedan como doce partidos, y en cualquier momento, podríamos quedar eliminados...

Mi analogía se volvía cada vez más sombría. Ernie se mordió el labio inferior y sorbió un poco por la nariz. Inmediatamente supe que esto significaba que se estaba esforzando por contener las lágrimas.

Empecé otra vez.

—*Okay*, olvídate de eso. ¿Qué tal si intentamos acercarnos un poco más a la carretera o a un pueblo y si se ve medio vacío, paramos a comer algo?

Ernie asintió, aunque pude verle el brillo de nuevas lágrimas en los ojos.

Al reanudar la marcha, hasta el aire se sentía pesado. O tal vez era que simplemente nos movíamos en cámara lenta por este laberinto de follaje podrido y roca fragmentada. Ernie cojeaba y gemía. Yo seguía avanzando con dificultad, tarareando su canción favorita para motivarnos. Sentía las piernas como si fueran de plomo y me picaban mosquitos diminutos. Tenía la lengua arrugada por la sed.

Sin embargo, en algún lugar del mundo era "un día bendito de armonía".

Eso era lo que un predicador gritaba desde el púlpito mientras Ernie y yo llegábamos a tropezones a este pueblito de Nueva Inglaterra. Las puertas de la iglesia estaban abiertas de par en par y podíamos oír a la congregación repetir *¡Amén!* después de cada proclamación bendita. Sabía que si Mami estuviera aquí, probablemente entraría y ofrecería alguna oración de protección para mantenernos con vida. Yo estaba demasiado nerviosa para acercarme a ese edificio de tablillas blancas. No sabía quién estaba dentro, pero lo más seguro es que no se parecieran a nosotros.

Ernie estaba más fascinado por lo que ocurría al otro lado de la calle de la iglesia. Había un campo cubierto de maleza con dos arcos de fútbol y una docena de niños jugando. Juro que pude ver cómo Ernie contrajo los hombros; parecía que iba a babear de celos. Los niños que jugaban eran más pequeños que él y, claro, blancos. Al borde del campo había padres y abuelos sentados en sillas de *camping*, animando a ganadores y a perdedores, gritando cosas como *¡No quites los ojos el balón!* y *¡Corre! ¡Pásalo!*

Quería correr a ese campo y gritar: *¿No ven lo loco que es esto? ¡Corren tras un balón mientras nosotros corremos por nuestra vida!*

Encontramos una pequeña casa club deportiva detrás del parqueadero con unos baños. Ninguno de los lavamanos funcionaba, claro. El presidente había prohibido que los baños públicos dispensaran agua del grifo hacía años. Formaba parte de su campaña para acabar con los "ilegales que se apropian de todos nuestros recursos naturales".

Entonces conté cinco dólares para Ernie y cinco para mí para que cada uno pudiera comprar una botella de agua de 350 ml en una máquina expendedora del pasillo. Juro que hubiera pagado cien dólares. El agua estaba increíble. Al llevarme la botella a los labios, sentí cómo me saltaba la garganta para intentar tragar el líquido que bajaba. Desembolsé otros diez dólares para que cada uno comprara más y entonces Ernie me rogó que comprara una bolsa de totopos y otra de chicles.

—No tenemos suficiente para comprar chatarra —le dije.

—¿Cuánto tenemos?

En realidad, no sabía cuánto dinero le quedaba a Mami después de comprar los pasajes de autobús, pero no iba a sacar todos los fajos de billetes que tenía guardados para hacer inventario.

—Sé que no es sano —dijo Ernie—. Pero te prometo que comeré mejor cuando lleguemos.

No sabía si para él *llegar* era donde la hermana Lottie, pero estaba tan agradecida de que creyera que podíamos llegar a alguna parte que le di cinco dólares más sin pensarlo. Luego compré dos botellas de agua más para el camino y nos dirigimos hacia la salida lateral.

El partido de fútbol estaba a punto de terminar y la gente salía poco a poco de la iglesia y caminaba hacia sus carros. Le dije a Ernie que caminara con calma y que me siguiera mientras salíamos del pueblo, fuera de aquella realidad alternativa donde las campanas de la iglesia los domingos por la mañana y los pantalones cortos amarillo neón de fútbol eran lo más ruidoso y brillante del lugar.

Nadie en este pueblo sabía lo fuerte que podíamos lamentarnos, cuando pensábamos en cómo nos arrebataron a nuestra mami.

Nadie en este pueblo sabía lo fuerte que quemaba el sol mientras corríamos por el campo ni lo oscuro que se ponía de noche al desplomarnos entre los árboles.

Nadie en este pueblo nos conocía, lo cual, supongo, era lo único que podíamos esperar mientras caminábamos hacia una señal de la Ruta 1.

—¿Cuánto crees que nos queda para llegar a Nueva York? —preguntó Ernie mientras se chupaba un totopo.

Le mostré la línea en el mapa de Mami otra vez. Medía varios centímetros. No me atreví a decirle que, según mis cálculos, se traducía en unas doscientas millas más de caminata. En cambio, intenté convertirlo en un pequeño juego de matemáticas.

—*Okay*, digamos que caminamos dos millas cada hora. ¿Cuántas millas caminaremos en ocho horas?

—¿Ah?

Acababa de empezar a multiplicar este año en la primaria Southboro y, por lo general, le encantaban los problemas de palabras. Excepto que, esta vez, las palabras nunca habían sido tan personales.

—Bueno, te tengo una mejor. Empezamos con mil doscientos dólares. Luego compramos tres pasajes de cien dólares cada uno, lo que equivale a...

—Trescientos.

—Muy bien. Además, seis botellas de agua, totopos y chicle, lo que suma unos treinta y cinco dólares.

—¿Para qué hacemos esto? —se quejó Ernie.

Para ver cuánto nos quedaba, pero también para mantenerlo ocupado porque sabía que, en cualquier momento, me diría que estaba demasiado cansado para seguir, y para ser sincera, yo también.

—Qué tal... ¿cuántos chicles hay en ese paquete? —pregunté.

—Doce.

—Genial. Entonces, si lo dividimos entre dos, cuántos nos da.

—No —me dijo—. Esto es lo opuesto a la diversión.

Por lo tanto, mientras caminábamos por las afueras de este pueblo, hice los cálculos yo sola. Nos quedaban unos 865 dólares para llegar adonde la hermana Lottie, que estaba en Queens. A este ritmo, llegar hasta allá nos tomaría unas dos semanas más a pie. Dos semanas más, con dos botellas de agua y seis chicles cada uno, serían...

—¡Vali! —dijo Ernie—. ¡Mira! ¡Un autobús! ¿Podemos subir? ¡Por favor, por favor!

—Pero ni siquiera sabemos adónde va. No tenemos...

—Dice Ruta 1 Sur. Queremos ir al sur. Por favor.

Su aliento era tan caliente y agrio. Su cara estaba manchada de barro y lágrimas.

—Solo un ratito —dije, con la determinación desvaneciéndose—. Es demasiado peligroso.

—¡Sí, *okay*, gracias! —Ernie estaba alegre.

Empezó a correr hacia una parada de autobús más adelante, arrastrándome tras él.

—¡Dos pasajeros van al sur! —anunció al subir—. ¡Vamos a ver a unos primos! —añadió, mirándome en busca de aprobación.

Hubo un error en la máquina. Empezó a pitar, llamando demasiado la atención.

—No. Lo siento —le dije a la pantalla—. Dos pasajeros van a la última parada.

—¿Está fallando esa máquina? —preguntó un viejo de barba gris que estaba detrás de nosotros.

—¿Qué? —grité, sorprendida—. ¡Ay, no, para nada!

No sabía si tenía la voz veinte octavas más aguda y temblorosa o si me lo estaba imaginando. Recordé a la mujer con el canguro en Southboro, quejándose del mal funcionamiento de su máquina y no veía la hora de poder salir de ahí, pero estaba atrapada. El hombre de barba seguía de pie detrás de mí, listo para subir al autobús, sonriendo.

—Tenemos que ir al sur. Vamos a visitar a unos primos y nos dijeron que tomáramos la Ruta 1, pero olvidé en qué parada nos tenemos que bajar.

—La última parada antes de que vaya al este no es hasta Connecticut —ofreció el hombre.

—¡Gracias! —logré decir.

Introduje setenta dólares en la máquina y agarré nuestros pasajes, olvidándome hasta de cerrar la cremallera de la maleta mientras empujaba a Ernie por el pasillo.

Había un escáner automático en nuestros asientos. Extendimos las muñecas y yo inflé el pecho con fingida confianza. El escáner hizo clic. El clic de la aceptación. Unos minutos después, el autobús salió a la carretera. Ernie se apoyó en mi hombro y suspiró con todo el cuerpo.

—Gracias —murmuró.

Quizás este fue un día un poco afortunado, al fin y al cabo.

Sin embargo, solo tardé unos veinte minutos en entrar en pánico. Sentía que todos en el autobús sospechaban de nosotros. No había mucha gente, pero sus miradas nos recorrían el cuerpo de arriba abajo; sus caras silenciosas me estremecieron. Me di cuenta de que teníamos que vernos peor que horribles. Los pantalones de Ernie seguían manchados y oliendo a pis. Yo apestaba al olor de basura donde nos habíamos escondido el primer día. Cada vez que alguien caminaba por el pasillo hacia nuestros asientos, repasaba las técnicas de defensa personal que Mami me había enseñado.

Grita.

Rodillazo en los huevos.

Sácales los ojos.

Ya no sabía si gritar era parte del plan, pues llamaría más la atención. Empecé a rebuscar en nuestras maletas, para tener el cuchillo de Mami a la mano si lo necesitaba. Mientras el autobús se adentraba en la autopista y pasaba a toda velocidad por más pueblos blancos de Nueva Inglaterra, sentí un calor punzante que me inundaba el cuerpo. Ernie y yo estábamos tan desnudos y expuestos aquí, a la espera de que alguien nos tirara al suelo o nos sacara por la puerta.

—¿Qué pasa? Pareces enojada —susurró Ernie.

—Estoy bien —murmuré, bañada en sudor frío.

—¿Hablan español? —preguntó una mujer detrás de nosotros.

Giré la cabeza tan rápido que la oí crujir. La mujer parecía bastante inocente. Era pequeña y compacta, con arrugas profundas en la frente. Llevaba un bebé dormido en el regazo.

Tal vez Ernie recordó la regla de no hablar con desconocidos, porque me miró fijamente y me apretó la mano. Quise hacer lo mismo, pero también recordé lo que Mami siempre decía sobre amar a todas las criaturas y cuidarnos mutuamente. Había algo muy hambriento y asustado en los ojos color avellana de esta mujer.

—Sí —respondí.

La cara de la mujer se iluminó.

—¡Ay! —dijo en voz alta—. ¿Sabes hasta dónde va el autobús?

—Eh... no.

La mujer estaba saliendo de su fila y se deslizaba hacia el último asiento de la nuestra. Empezó a hablar rápidamente en español, como si fuéramos viejos amigos que acabábamos de reencontrarnos. Sentí que era la única en el autobús hablando alto y necesitaba alejarme de ella antes de que nos convirtiéramos en un espectáculo. Amar a todas las criaturas y ayudarse mutuamente, sí, pero no si eso significaba que a Ernie y a mí nos detuviera el próximo agente de las FD disfrazado de pasajero. Tal vez estaba siendo paranoica. Tal vez no lo estaba siendo lo suficiente. No sabía si alguien nos observaba, si todos nos observaban, o si nadie nos observaba. De todas formas, no importaba. Me latía el corazón con fuerza; ni siquiera podía oír lo que decía nuestra nueva vecina.

—Nos tenemos que bajar —le murmuré a Ernie.

—¿Qué? ¿Por qué?

—Solo... tenemos que hacerlo.

—No —gimió.

Tomé su maleta, la de Mami y la mía, le di un codazo y me levanté.

—Perdón —le dije a la mujer con el bebé—. La siguiente parada es la nuestra.

La siguiente parada no llegó hasta dentro de unos buenos cuarenta y cinco minutos, pero me quedé de pie y Ernie se sentó junto a la puerta trasera. Estábamos listos para bajarnos en cualquier momento. Cuando el autobús anunció que estábamos a punto de llegar a un pueblo llamado Arborton, Connecticut, esbocé una gran sonrisa fingida.

—¡Arborton! ¡Aquí nos quedamos! —anuncié.

El autobús apenas había frenado cuando agarré a Ernie y lo bajé.

—¿Qué te pasa? ¿Por qué hiciste eso? —exclamó, furioso.

—¡Cállate!

Lo llevé más allá de la estación de carga. Había un pequeño centro comercial junto a la carretera con una licorería, una casa de apuestas ilegal y un lugar que se hacía llamar Motel Arborton, pero la puerta decía SOLO ADULTOS. Detrás de eso, vimos un parqueadero que estaban excavando y una cerca desmoronada que daba a unos árboles desaliñados.

—Sigamos… caminando. Es más seguro —le dije a Ernie.

—¿Pero ya estamos en Nueva York?

—Ya casi —mentí.

—¿Qué tan cerca? —precipitó.

—Cerca. Es decir… no lo sé.

—¿Y qué sabes tú? —gritó.

—¡Yo sé… mucho! —le grité.

Lo último que quería era montar un escándalo, pero ahora yo también estaba furiosa. Claro que sabía algunas cosas: sabía álgebra, español, inglés. Sabía teclear con una mano, recitar el preámbulo de la Constitución estadounidense y tocar guitarra, o al menos los acordes de do, sol y mi. Pero lo que no sabía era todo lo demás.

No sabía cuánto tiempo ni lo peligroso o imposible que sería esta caminata. No sabía si Mami estaba detenida o deportada, o si le había pasado algo mucho peor, algo que ni siquiera podía imaginar. No sabía por qué su chip dejó de funcionar y el mío seguía funcionando ni cuándo dejaría de funcionar el mío también. No sabía cuántos días Ernie y yo podríamos sobrevivir con migas de galletas, cuándo la sed podría volverse peligrosa, ni si habría agentes de las FD esperando para saltar del siguiente árbol que pasáramos.

Quería decirle a mi hermanito que yo también estaba perdida y débil por la tristeza. Que estaba sin mamá, sin papá, sin hogar, sin tierra y que en ese momento me perseguían activamente. Además, estaba ahora a cargo de su seguridad, lo que parecía imposible.

Pero no le dije. No podía. No nos ayudaría a ninguno de los dos, en realidad. Miré a Ernie, desplomado contra uno de esos árboles embarrados y lo tomé entre mis brazos para que llorara. Dejé que se desahogara contra mi hombro.

Cuando ambos recuperamos el aliento, le dije:

—Yo sé esto: Mami debe estar muy orgullosa de ti.

Ninguno de ellos sabía lo afortunado que era. Ni siquiera pestañearon cuando se encendió el televisor encima de la cafetera y sonó el himno después de que terminaran las noticias nacionales. Todos se llevaron las manos al corazón y repitieron la letra al ritmo de la música. Ni siquiera se detuvieron para pensar en lo que nos estaban haciendo.

Unas horas después, encontré un lugar para dormir detrás de un edificio de apartamentos cerca. Olía a cerveza y vómito, y dos tipos se peleaban a pocos metros de nosotros por promedios de bateo, demasiado borrachos como para darse cuenta o preocuparse de que, bajo el umbral de la puerta vecina, dos niños devastados añoraban a sus padres y se preguntaban si llegarían vivos al día siguiente.

Los días eran largos y dolorosos, pero las noches se alargaban cinco veces más. Estaba en guardia otra vez, inclinada sobre Ernie con el cuchillo de Mami en el puño. Luchaba por mantener la cabeza en alto en lugar de caer inconsciente. Oía todo...

Oía el gorgoteo del estómago de Ernie.

Oía mi pulso que me golpeaba la piel.

Oía los crujidos y suspiros de los árboles.

Oía el aullido del cielo. O tal vez eran perros hambrientos.

Oía los pasitos de las ratas y los ratones, las ardillas y las cucarachas. Correteaban y se escabullían por entre nuestras piernas.

Oía probablemente a mil criaturas nocturnas que vagaban por la tierra, cazando y recolectando. El zumbido de los insectos, el silbido de los carros, el *taca taca* de las hélices de los helicópteros.

Rezaba para que el canto de un pájaro o la campana de una fábrica trajeran consigo el amanecer.

x

VIAJAMOS así durante diez días. Diez días caminando, cojeando, llorando, buscando agua, buscando comida. Caminamos hasta que se nos desgarraron los talones y nos dieron espasmos en las piernas. Cada vez que Ernie me decía que no podía más, me inventaba más historias sobre lo increíble que era Nueva York. Le decía que era una ciudad construida en una isla y que tenía pretzeles blandos tan grandes como su cara. Había puentes y estatuas enormes, rascacielos tan descomunales que literalmente rozaban el cielo.

—¿Y allá nos encontraremos con Mami? —preguntó Ernie.

Me mataba seguir mintiëndole así. Me hacía sentir miserable, pero no sabía qué otra cosa hacer para animarlo y que siguiera adelante.

—Ese es... el plan —murmuré.

Al caer el sol cada tarde, empezaba a buscar un callejón o una banca en algún parque lo suficientemente vacío y sombrío como para llamarlo hogar. Una noche, nos metimos en un túnel abandonado lleno de aguas residuales. Otra noche, nos escondimos detrás de un vertedero lleno de palomas. La peor noche fue cuando vimos a dos agentes de las FD salir borrachos de un bar y golpear sin piedad a un hombre en la acera. Ernie y yo nos escondimos detrás de un carro a pocos metros, demasiado asustados como para movernos, pero estuvimos obligados a oír cada puñetazo, cada patada y grito. La noche siguiente fue nuestra mejor noche. Para entonces, estábamos en algún lugar del valle del Hudson y encontré una biblioteca pública con las puertas traseras sin llave. Entramos sigilosamente y rodamos por el tapete. Sacamos libros de los estantes del rincón infantil de lectura y hojeamos las páginas sobre magia y magos, sobre buenos que se enfrentaban.

Ernie estaba tan emocionado. Encontró un libro sobre un perro superhéroe que vivía en Nueva York y salvó a todos de un monstruo hecho de baba.

—Esos seremos nosotros —dijo con orgullo—. Llegaremos a Nueva York, encontraremos a la hermana Lottie y salvaremos a Mami de los malos.

—Sí. Sí, lo haremos —dije.

Porque no tuve el valor de decirle que todo esto eran solo historias inventadas.

En el mundo real las cosas no eran de esa manera.

CAPÍTULO 11

La línea azul de Mami se veía tan corta y directa en el mapa, pero casi nos mata.

Estábamos en nuestro décimo día de caminar, llorar y, con suerte, encontrar un área de descanso desatendida y con agua carísima, antes de desplomarnos en cualquier lugar desolado que pudiera albergarnos durante unas horas de sueño.

Y, sin embargo, esa línea azul también nos había sacado de la maleza al lado de la carretera, a calles más arboladas.

—¿Es Nueva York? ¿Es Nueva York?

Las constantes preguntas de Ernie me estaban volviendo loca. Sabía que era mi culpa, pues había hablado de este lugar como la respuesta a todas nuestras necesidades y ansias. Aun así, en cierto momento dejé de intentar responderle. Entonces señaló un montón de edificios altos que parecían construidos con un centímetro de aire de por medio. El horizonte estaba obstruido por enormes moles de ladrillo descascarado que luchaban por el espacio.

—¿Sabes qué? Puede que tengas razón.

Fui a prender el teléfono para mirar el GPS, pero la pantalla parpadeante me asustó mucho, entonces lo apagué.

—¡No pasa nada! —dije con falsa alegría—. Ya lo averiguaremos.

Sin decir palabra, echamos a correr en una especie de trote tambaleante. Los andenes y las calles se llenaban cada vez más. Había montones de basura y bebederos de pago por onza. Todas las vitrinas tenían llamativos carteles de neón que prometían de todo por diez dólares o menos. La gente pasaba a toda velocidad junto a nosotros, gritaba que nos mantuviéramos a la izquierda para poder adelantar por la derecha. O tal vez era que nos mantuviéramos a la derecha para poder adelantar por la izquierda. Todo y todos se movían muy rápido y ruidosamente.

Intenté averiguar exactamente dónde estábamos en la ciudad. Los edificios empezaron a unirse, un revoltijo de luces y pantallas LED, innumerables proyecciones y anuncios de blanqueamiento dental. Con razón Mami pensaba que encontraríamos una especie de seguridad en esta ciudad, o al menos pasar desapercibidos. Había demasiadas atracciones como para molestarse con dos niños deambulantes. Esa era mi esperanza, al menos.

—¡Vamos!

Entramos a una tienda de diez dólares o menos y cogí tres botellas más de agua, unas barritas de granola y bananos. El hombre detrás del mostrador tenía la nariz tan afilada que parecía un pico. Mientras pagábamos la comida con unos billetes arrugados, sentí que sus ojos bizcos me atravesaban.

—Van a actualizar el sistema de todos los chips en cualquier momento, ¿sabes? —dijo.

—¡Sí! —forcé una sonrisa—. Gracias a Dios. Tenemos que... hacer eso.

—Sin duda —dijo el hombre, asintiendo con la cabeza.

Guardé la comida en mi maleta.

—¡En fin, gracias!

Al salir de la tienda, oí el marco de plástico de la puerta golpear contra la jamba.

Sonaba igual que la puerta que le habían puesto al tío Jimi después de llevárselo. Me pregunté qué significaría la actualización del sistema para mi chip, pero sabía que no podía ser algo bueno.

—Bueno, entonces Nueva York. ¿Dónde está la hermana Lottie? —preguntó Ernie, empujándome de vuelta a la calle.

—Bueno, Nueva York es grande —expliqué en voz baja—. Tenemos que llegar a Queens.

Quería sacar el mapa de Mami, pero me parecía peligroso andar por ahí con aspecto tan obvio de turista. Encontramos un mapa electrónico del transporte público a unas cuadras de ahí. En la pantalla decía 29 de mayo, 2.43 p. m. y estábamos a 32 grados. Había mucha gente amontonada frente a la pantalla, esperando las actualizaciones sobre qué tren llegaría y cuándo. Entonces, casi al unísono, todos, excepto Ernie y yo, subieron corriendo unas escaleras detrás de nosotros mientras un tren pasaba zumbando sobre unas vías suspendidas.

—¿Por favor, podemos subir? —suplicó Ernie.

Quería decirle que no había posibilidad, pero hasta la idea de sentarme me hacía sentir embelesada.

—*Okay*, pero si alguien se queda mirándonos demasiado tiempo...

Ernie me agarró de la mano antes de que pudiera terminar mi idea y me jaló hacia la escalera. Había un andamio metálico encima que decía WAKEFIELD/CALLE 241, con un número dos al lado. Subimos a toda prisa hasta la plataforma con una hilera de máquinas expendedoras de pasajes y escáneres de muñeca a ambos lados.

Jalé a Ernie hacia mí.

—Espera —dije.

—¿Qué?

—Parece que tenemos que ir en este a Times Square y luego cambiarnos a la línea siete.

—Cambio a la línea siete —repitió.

—Pero si pasa algo por el camino...

—Para, Vali —me interrumpió—. Vamos. Ya llegamos hasta aquí. Tenemos que encontrar a la hermana Lottie y a Mami.

Dejé que Ernie pagara dos billetes con nuestros escasos fondos y extendió la muñeca para el escáner, mirándome fijamente hasta que hice lo mismo.

Clic.

Clic.

Sin embargo, era solo cuestión de tiempo. Actualizarían el sistema en cualquier momento. En algún lugar, de alguna manera...

Cuando llegó el siguiente tren, iba tan lleno que hice que Ernie se parara nariz contra nariz conmigo. Olía a leche cortada, o quizás era yo. Intenté concentrarme en respirar y mantener la mirada fija en él. Había cámaras cada pocos metros a lo largo de las paredes del metro, no más grandes que una nuez, pero sonaban constantemente. Me pregunté qué tipo de datos estarían grabando, si alguien nos estaría observando en tiempo real. Tal vez incluso buscaban una cara en particular.

Había chicas con faldas a cuadros y sacos azul marino, idénticas y uniformadas, desde las cremalleras de sus maletas hasta su agudo parloteo. Había hombres con trajes a la medida y mujeres con esmalte de uñas rojo sangre. Todos tenían una especie de dispositivo conectado a los oídos. Algunos llevaban gafas de sol que obviamente proyectaban imágenes, porque reían y golpeaban el aire frente a ellos. Dependía de los demás anticiparnos y apartarnos.

Sin embargo, Ernie y yo nos mimetizábamos mucho mejor en este tren que en cualquier otro lugar de Southboro. Había tanta gente diferente aquí, se hablaban tantos idiomas diferentes. Podía distinguir fragmentos de español, francés y árabe. Ninguna frase completa. Me pregunté si alguna de estas personas hablaba de la necesidad de encontrar a su mami o su papi. Todos se abrían paso entre sí para agarrarse a una baranda o al borde de un asiento. ¿Cuántas de esas muñecas expuestas estaban abultadas con chips falsos?

Dejé que mis ojos vagaran hacia la gente sentada en silencio en sus asientos. Me intrigaba todavía más. Estaba avanzada la tarde y estas personas parecían de vidrio, con la mandíbula apretada como piedra erosionada. Había un *feed* de *Noticias nacionales* que se deslizaba por el techo inteligente del tren. No había visto una pantalla en casi dos semanas y su resplandor me hizo entrecerrar los ojos. Los titulares eran las mismas idioteces que recordaba: el presidente era todopoderoso, la guerra comercial con China fue un gran éxito y, lo más importante, Estados Unidos estaba preparado para combatir el "problema humanitario más colosal y abrumador de la invasión ilegal desenfrenada".

¿En qué pensaban estas personas que veían las noticias? ¿Sabían lo que todo esto quería decir? ¿Acaso pensaban que, si se callaban y miraban al frente, todo desaparecería?

Debí quedarme dormida un rato. No era mi intención, pero en cuanto nos sentamos, el suave balanceo y el zumbido del vagón me adormecieron. De repente, Ernie estaba en mi oído, susurrando tan cerca que podía sentir pequeñas gotas de su saliva en el cuello.

—¡Vali, despierta! ¡Despierta!

—¿Ah?

Había dormido tanto y tan profundamente como para babearme. Supongo que Ernie también. Cuando logré enfocar la vista por la ventana del tren, vi que íbamos a toda velocidad hacia una estación con azulejos brillantes y fotos de un carrusel reluciente.

—¿Eso es Queens? —preguntó Ernie entre dientes—. Debe ser Queens, ¿no?

—Es Clark Street —murmuró un hombre sentado a nuestro lado.

—Clark Street —le dije a Ernie, intentando recuperar el control—. Pero primero tenemos que hacer transbordo en Times Square.

—Buena suerte. Ya la pasamos hace rato.

El hombre nos empujó mientras el tren desaceleraba y comenzaba la grabación sobre la apertura de puertas.

—Bajémonos —insistió Ernie.

Me empujó hacia las puertas del tren y salimos rodando en la siguiente parada. Ambos tropezábamos como ancianos mientras la marea de pasajeros nos arrastraba escaleras arriba, hacia la luz de la tarde. Había gente vendiendo flores, teléfonos, café y salvación. Ernie contó cinco puestos de helados en una cuadra y le di cinco dólares, principalmente porque estaba abrumada y confundida.

Bajamos por una colina empinada hacia un tramo de agua fangosa. Ernie estaba sorbiendo su helado rojo, blanco y azul y yo estaba ansiosa por encontrar alguna señal que nos indicara la dirección correcta.

—¿Seguimos en Nueva York? —preguntó Ernie.

—Sí —dije con incertidumbre—. O sea, tenemos que seguir, ¿no?

Pero Ernie estaba demasiado distraído con todo lo que veía. Sobre todo cuando llegamos al final de la colina y vio ese puente gigante y el carrusel que había debajo. Era realmente un carrusel magnífico dentro de una enorme caja transparente. Los caballos pintados y los carruajes dorados se inclinaban y giraban al ritmo de una fina banda sonora de música de circo. Los niños en cada asiento chillaban de alegría.

—¡Tienes razón, Vali! ¡Nueva York es mágica!

Ahora Ernie tenía una misión. Me arrastraba hacia ese lugar fantástico, abriéndose paso entre la multitud que se acercaba.

Ni siquiera me pidió permiso. Simplemente me llevó hasta el torniquete del carrusel, detrás de una niña vestida de bailarina con un tutú morado de lentejuelas y una corona que decía ¡PRINCESA!

—Ve tú. Yo miro —le dije.

Pagué diez dólares por su tiquete y vi cómo mi hermanito se subía a la atracción apenas pudo, sin siquiera mirar atrás. La música sonó otra vez y los caballos empezaron a mecerse. Ernie estaba emocionadísimo, me gritaba desde lo alto de su semental azul cielo, con el pecho en alto y los delgados brazos levantados sobre la cabeza. Se veía tan dulce e inocente ahí arriba, mientras la brisa le alborotaba el pelo sucio.

Miré con atención esos caballos, deseando que se soltaran de las cadenas y galoparan hacia el atardecer conmigo y Ernie en sus lomos. O tal vez mi hermanito estaría mejor sin mí, pensé. Su chip era de verdad. Si yo no estuviera, podría subirse a este carrusel cuantas veces quisiera y por el tiempo que quisiera, hasta que alguien lo llevara a casa y le diera amor, refugio y protección definitiva. Si es que eso existía en este mundo.

Examiné un pequeño mapa del metro junto al carrusel y me dolió el corazón. Según este mapa, no solo habíamos perdido el transbordo en Times Square, sino que estábamos en un barrio completamente diferente, o "distrito", como se llamaban en Nueva York. Tendríamos que retroceder y tomar al menos dos trenes más para llegar a Queens, y con el cielo cada vez más oscuro, no creía posible tocar la puerta de la hermana Lottie hoy.

A medida que el día se desvanecía, pagué para que Ernie se subiera a esa atracción una y otra vez. Sí, tal vez estábamos desperdiciando el dinero que Mami había ganado con tanto esfuerzo, pero tenía que pensar que a ella no le importaría.

Mientras Ernie estuviera en ese carrusel, absolutamente nadie podía tocarlo.

Mientras Ernie estuviera en ese carrusel, la noche estaba llena de alegría y de luces resplandecientes y no de hambre y miedo.

Mientras Ernie estuviera en ese carrusel, todo era posible, incluso que hubiera sementales azules y carruajes cubiertos de sirenas.

Entonces dejé que mi hermanito diera vueltas una y otra vez, suspendido en ese loco vaivén. La cara se le congeló en una sonrisa bobalicona y manchada de tierra. Estaba tan feliz que tuve que parpadear para contener las lágrimas mientras él pasaba flotando.

CAPÍTULO 12

Nos tomó casi toda la mañana siguiente llegar a donde la hermana Lottie. Cuando por fin llegamos a la parada de la calle Ochenta y Dos, en Queens, pensé que había retrocedido en el tiempo. Había faroles de hierro, viejas gárgolas de piedra en los edificios, y anaranjados, verdes y rojos brillantes en las vitrinas de las tiendas. Olía a deliciosa masa caliente y a plátanos chisporroteantes. En la esquina de la calle Ochenta y Uno con la avenida Treinta y Siete había una pequeña iglesia de piedra con una puerta roja de madera y una matera con lirios marchitos en uno de los escalones. Grabadas en el arco de piedra estaban las palabras SAN AGUSTÍN.

—Aquí es… supongo —le dije a Ernie.

Solo esperaba que Agustín fuera uno de los santos que creían en ayudar a los oprimidos. La puerta principal estaba cerrada con llave, pero un sendero desgastado asomaba entre los dientes de león a lo largo del costado del edificio. Cuando lo seguimos, encontré un callejón angosto en la parte de atrás y un conjunto de escalones que conducían a una gruesa puerta de metal. Sobre la base de concreto, junto a un desagüe, había una pequeña estatuilla de porcelana de la Virgen que parecía idéntica a la de Mami.

Sí, todas las imágenes o estatuas de la Virgen se parecen, y puede que solo viera lo que quería ver, pero podría jurar que la cabeza de esta estatua estaba inclinada exactamente igual que la de Mami. Tenía la misma sonrisita en forma de coma que se replicaba en la mejilla. La miré en busca de fuerza y coraje mientras golpeaba la puerta metálica.

—¿Puedo ayudarles? —preguntó una voz de mujer, entrecortada, a través de un altavoz sobre nosotros. Ni siquiera me había dado cuenta de que estaba ahí ni de que tenía un pequeño lente de cámara.

—Eh... nos dijeron... —dije, tomando a Ernie de la mano— que necesitamos encontrar a una persona llamada hermana Lottie.

Silencio. Una eternidad de silencio. No sabía si salir corriendo y gritar o mantenerme firme. Le rogué a la Virgen que me diera un abrazo.

La puerta se abrió.

Una anciana de aspecto desvencijado se asomó. Tenía la piel lechosa surcada por las arrugas de quien se ríe mucho y mechones blancos de pelo que volaban en todas las direcciones. Agitó un brazo huesudo, invitándonos a entrar.

—Sí, sí —dijo, con un marcado acento alemán—. Soy yo, la hermana Lottie.

Nos llevó por tres escaleras abajo hasta un húmedo túnel de piedra. Mientras la seguíamos, nos acribillaba a preguntas, pero nunca esperó a que respondiéramos.

—¿Tienen hambre? Me imagino. ¿Sed? ¡Sí! Deben de haber recorrido un largo camino para llegar aquí. ¿O tal vez no tanto?

Me di cuenta de que Ernie tenía muchísimas ganas de hablar con ella y contarle todo sobre nuestro viaje, pero le apreté el brazo para advertirle: *todavía no*. Necesitaba asegurarme de que esta era realmente la hermana Lottie a quien Mami nos había enviado a conocer. No sabía cómo ni cuándo estaría segura, solo que teníamos que ir con cuidado.

El túnel pasaba por una enorme sala de calderas y llegaba a una cocina enorme. Había dos mesas largas de aluminio juntas en la mitad, rodeadas de quizás una docena de sillas plegables, con gente sentada en cada una, a veces incluso dos por silla. Al fondo, junto a una nevera, había un hombre corpulento y calvo. Sostenía una pequeña libreta y leía en voz alta un poema sobre los colores del sol en Jamaica.

Cuando terminó el poema, todos en la sala aplaudieron y celebraron.

—Ese es Kelso —nos informó la hermana Lottie—. Le gusta entretenernos antes del almuerzo.

Kelso le hizo una profunda reverencia a su público y le hizo señas a alguien más para que leyera a continuación.

—¡Lakshmi, te toca! —gritó—. Lo prometiste.

—No, no, no —dijo una joven india con una hermosa melena negra que le caía por la espalda.

Una mujer mayor a su lado la empujaba hacia el escenario improvisado.

—¡No, de verdad! —rio Lakshmi.

—Ven, te salvo —anunció la hermana Lottie—. Haremos una pausa para comer. Y bienvenidos…

Dio la vuelta en nuestra dirección.

—¡Ay! ¡Ni siquiera les pregunté cómo se llaman!

Ernie se adelantó antes de que pudiera detenerlo y dijo:

—Me llamo Ernesto, pero pueden decirme Ernie.

Ernie... me gusta.

Qué tierno.

Los murmullos de aprobación de la gente de la cocina lo hicieron sonreír de manera radiante.

—¿Y tú? —preguntó la hermana Lottie.

Pensé en darles mi nombre de identificación, aunque se sentía un poco deshonesto y probablemente inútil a estas alturas. Estaba bastante segura de que la verdadera Amelia Davis me exigiría que le devolviera su identidad cuando la actualización del sistema pasara.

—Se llama Vali —ofreció Ernie, al verme absorta en mis pensamientos—. Es mi hermana mayor y es lo mejor.

No supe qué me sorprendió más, si sus dulces palabras y el fuerte abrazo que me dio, o las sonrisas de ese grupo de desconocidos.

—Y conoces a nuestra mami, Liliana —le dijo Ernie a la hermana Lottie—. ¡Nos vas a ayudar a encontrarla!

—¿Liliana...? —dijo la hermana Lottie y se desvaneció su sonrisa.

Extendí la mano para taparle la boca a mi hermanito o, al menos, apretarle la mano con fuerza para que supiera que debía callarse. La hermana Lottie, o bien percibió mi nerviosismo, o no estaba segura de cómo responder. Se interpuso entre nosotros y redirigió la atención.

—Bueno, pues Ernesto-pero-pueden-llamarme-Ernie-y-Vali-hermana-mayor-genial, estamos muy contentos de tenerlos aquí —dijo a la sala—. ¿Verdad?

El grupo murmuró diferentes versiones de: *¡Sí!* y *¡Claro!*

La hermana Lottie hizo que cada uno se presentara ante nosotros.

—Y cuenten cómo llegaron aquí —añadió, guiñándome el ojo.

Estaba Esme, una mujer mayor de Haití que juró no saber cuándo se había vencido su visa de trabajo. Estaba Mariana, con la piel del mismo color que la mía, excepto por una gran hilera de piel cicatrizada que le cubría la frente. Dijo que llevaba diez años en Estados Unidos y diez meses donde la hermana Lottie, y no quiso decir nada más, pero añadió que se alegraba de conocernos. Kelso era jamaiquino y estaba orgulloso de serlo, pero su esposa había fallecido y ahora "buscaba la ciudadanía y el amor". Lakshmi llegó como *au pair* y le dijeron que "hiciera fila" para renovar sus documentos, pero esa fila nunca existió.

A una mujer la detuvieron por exceso de velocidad a pesar de que iba a veinticinco millas por hora.

—Conducir sin papeles —declaró.

A otra mujer le robaron a punta de pistola y, cuando lo denunció ante la policía, le dijeron que se fuera a casa antes de que la reportaran a las FD.

Eduardo simplemente dijo:

—Honduras. Encantado de conocerlos. ¡Que Dios los bendiga!

Sentí como mi pecho se relajaba a medida que cada persona hablaba. Sonaban tan genuinos, tan vulnerables. Sabía que debía estar alerta, pero hubiera sido bastante ridículo sospechar que la hermana Lottie y toda esta pandilla eran impostores a la espera de abalanzarse sobre nosotros. Además, me sentía demasiado cansada y hambrienta como para idear un plan de escape. Sobre todo cuando la hermana Lottie nos dijo que el almuerzo estaba servido.

Señaló una pila de platos desportillados sobre el mesón de fórmica a nuestra derecha y tres ollas grandes en una estufa justo después del lavaplatos. También había dos moldes de pan blanco, una barra de margarina, vasos de plástico y botellas de gaseosa. Oí a Ernie jadear a mi lado.

—¡Vengan, vengan! —ordenó la hermana Lottie.

Era mayor pero llena de energía, quitó las tapas de las ollas y nos sirvió enormes porciones de arroz, frijoles negros y algo cremoso que parecía papa.

—Gracias —dije.

—Gracias —repitió Ernie.

—Muchas gracias —repetí.

—¡Basta! Cojan algo de beber y siéntense. Bendeciremos la mesa cuando todos estén sentados.

Comimos y comimos y comimos. No podía parar de llevarme comida a la boca. Creo que Ernie y yo pudimos habernos comido veinte porciones cada uno, pero decidí que debíamos parar después de la tercera para no parecer demasiado glotones. Esme no dejaba de decir que Ernie necesitaba más porque estaba creciendo. Kelso no dejaba de hablar de cuando preparaba comidas de cinco platos y de preguntarnos si sabíamos cocinar. Creo que estaban maravillados de tener niños aquí. La hermana Lottie nos vigilaba, asegurándose de que supiéramos que siempre había más.

Después de atiborrarnos, la hermana Lottie nos llevó a su oficina, junto a la cocina. Era justo lo suficientemente grande como para un escritorio, una silla y un cuartico de limpieza. El piso estaba repleto de bolsas de basura llenas de donaciones de ropa y latas de comida.

—¿Por qué no escogen algo limpio para ponerse y me llevo su ropa para lavarla esta noche en casa? —ofreció—. Hay un baño al final del pasillo donde también pueden limpiarse. El agua no dura mucho, claro...

Había varias cabinas en el baño, lo que me hizo reír y llorar a la vez. No había estado frente a un inodoro limpio desde que salimos de casa. El agua del lavamanos estaba tibia y manchada de óxido, pero no me importó. Me sentí como en un hotel cinco estrellas, mientras me salpicaba la cara y dejaba escurrir el agua.

Me quité la camiseta y los shorts que tenía puestos desde Vermont y me puse una sudadera rosada de otra persona, junto con una camiseta de tiras lavanda. Los pantalones probablemente eran para una mujer que me doblaba en estatura y se arrastraban por el suelo cuando caminaba. La camiseta tenía un pequeño volante en la parte de abajo que me hizo reír. Me parecía tan raro y femenino.

Cuando Ernie y yo reaparecimos en la cocina una hora después, Esme y Kelso nos aplaudieron.

—Ay, ¡qué linda! ¡Qué guapo! —celebró Esme.

A Ernie le encantó la atención y le mostró que se había peinado hacia atrás como Mami le había enseñado en casa. Tenía una camisa azul con un ancla blanca. Se veía tan limpio. *Él* se veía tan limpio.

—¿Mami va a llegar aquí? —preguntó—. ¿O vamos a ir a buscarla?

—Ya... ya veremos —balbuceé—. Por hoy, solo necesitamos descansar.

—Tengo casi setenta años y todavía extraño a mi mamá, ¿sabes? —admitió Esme—. ¿No es increíble?

—Sí —dijo Kelso—. Las mamitas son el mundo. Nos dan el mundo.

Pasamos gran parte de la tarde jugando cartas con la hermana Lottie y Esme. Ambas eran terribles jugando ocho loco. O tal vez estaban dejando que Ernie ganara casi todas las rondas.

Para cenar, nos dimos otro festín con las sobras de frijoles y arroz y una bandeja de rollos de canela donados de una panadería cercana. Juro que Ernie se comió diez rollos casi sin respirar. Cuando lavamos y secamos los platos estaba tan cansada que pensé que me quedaría dormida de pie.

Entonces la hermana Lottie, Kelso y Eduardo plegaron las mesas de aluminio y pusieron colchones en el piso. Como no había suficiente espacio para todos, algunos subieron a tumbarse en las bancas de la iglesia.

—A esto le decimos el *penthouse* —nos explicó la hermana Lottie—. Síganme.

Nos llevó por otro tramo de escaleras de piedra hasta la nave de la iglesia. Era mucho más grande y decadente de lo que me imaginaba. Los techos abovedados y los vitrales hacían que todo se sintiera fresco y con eco.

—Miren. Elijan el lugar que les parezca más cómodo —dijo la hermana Lottie.

Algunas mujeres de abajo estaban sacando almohadas y mantas de sus maletas en un rincón. Alguien ya roncaba en una de las bancas del fondo.

—¿Qué tal aquí? —pregunté, señalando una banca más adelante.

Me parecía que allí había un poco más de luz y muchas estatuas de santos diferentes, con velas eléctricas que parpadeaban y nos harían compañía.

La hermana Lottie nos trajo dos abrigos de invierno para usar como almohadas y algunos sacos de dormir sin cremalleras.

—Espero que puedan dormir bien y nos vemos mañana, *¿okay?*

—*Okay* —respondió Ernie con tono triste—. ¿Y estarás aquí cuando nos despertemos?

Sabía exactamente cómo se sentía. No esperaba estar tan triste al despedirme de nuestra anfitriona, pero lo estaba.

—Claro que sí —respondió la hermana Lottie—. ¿Quisieran rezar una oración antes de cerrar los ojos?

—Sí, por favor —dijo Ernie.

—Claro —asentí.

Sin embargo, no sabía qué decir. Sabía que debía confesarle a alguien que le había mentido a Ernie sobre la presencia de Mami, pero más importante aún, quería decirle a Dios, a la Virgen y a todos los santos del rosario que no podrían tener una discípula más piadosa y perfecta que mi mamá, Liliana. Y que, por favor, *por favor*, la cuidaran, donde fuera que estuviera.

—¿Qué quieren decir? —preguntó la hermana Lottie.

—Qué tal: por favor, protege a Mami y gracias por el milagro de los frijoles con arroz —dijo Ernie.

La hermana Lottie se rio entre dientes.

—También, gracias por traernos aquí con la hermana Lottie y por su increíble generosidad. Ah y esos rollos de canela —añadí.

—Precioso —dijo la hermana Lottie—. Gracias por estos maravillosos niños. Que descansen tranquilos y se sientan seguros aquí.

Y juntos Ernie y yo dijimos:

—En el nombre del Padre, del Hijo y del Espíritu Santo. Amén.

CAPÍTULO 13

Fue glorioso dormir bajo un techo sobre nuestras cabezas, aunque fuera en una banca sólida de madera. Probablemente hubiera dormido todo el día si la hermana Lottie no me hubiera despertado.

—¡Buenos días! —cantó.

Me sobresalté tanto al despertarme allí que le grité en la cara. Ella se frotó una oreja y me dedicó una sonrisa arrugada, sin perturbarse.

—Tal vez no te acuerdas. Soy la hermana Charlotte-Anne, pero puedes decirme Lottie —dijo, extendiéndome una mano huesuda para que la estrechara—. Llegaste anoche a San Agustín con tu...

—¡Mi hermano! —recorrí las bancas, pero no estaba—. ¿Dónde está mi hermano? ¿Dónde está mi hermano?

La hermana Lottie levantó la palma de la mano para que parara antes de que me desmayara por completo de la preocupación.

—Sí. Ernesto-pero-pueden-decirme-Ernie está en la cocina, desayunando —me dijo—. Creo que trató de despertarte más temprano, pero no te diste por enterada. Ya sabes, el cuerpo necesita descansar.

—Lo siento mucho. Saldré de aquí en dos segundos.

—No en dos segundos. Tómate tu tiempo —dijo la hermana Lottie—. Pero primero, me gustaría hacerte una pregunta.

—¿Sí? —sentí que me atravesaba una oleada de pánico.

Aunque parecía increíblemente amable, una parte de mí temía que me amenazara con escanearme.

—No pasa nada —me aseguró la hermana Lottie—. Es que... oí a tu hermanito decir que te voy a llevar con tu mami y no sé...

—Ah, sí. Eh... lo siento. Es mi culpa. Necesitaba traerlo hasta aquí, ¿sabes? Teníamos que caminar... mucho... todos los días y no sabía qué más decir. Antes de que se llevaran a mi mami, nos dijo que viniéramos aquí...

—Veo —dijo la hermana Lottie—. ¿Tu mami es Liliana Ramírez?

—Sí —dije.

—¿Y se la... llevaron?

Asentí.

—Y vinieron porque le dije a tu mamá que la ayudaría.

Asentí de nuevo. Entonces le conté toda nuestra historia, empezando por la deportación de Papi. No podía contenerla más, era demasiado. Le conté a la hermana Lottie sobre las redadas en nuestro pueblo y en la granja. Describí ese último y horrible momento en el que vimos a Mami inmovilizada en el suelo. Intenté con todas mis fuerzas hablar con voz clara y tranquila, pero pronto me puse a temblar y a secarme las lágrimas. La hermana Lottie se agachó para tomarme de las manos y digerir cada palabra que decía, envolviéndome con sus brazos en un fuerte abrazo. Olía a menta y café.

—Te prometo que te ayudaré. Lo haré, los ayudaré —dijo con la voz entrecortada.

Estaba casi segura de que ella también estaba llorando. Cuando me soltó, me sentí aliviada de tener a alguien más para compartir mi tristeza y miedo. También, con mucha tristeza porque sabía que, en realidad, no tenía respuestas.

En la cocina, el ambiente era mucho más animado. Un grupo de personas, reunido alrededor de las mesas plegables, hablaba en varios idiomas, comiendo salchichas y gofres miniatura. Ernie me saludo con la mano y me hizo un gesto para que me acercara al fondo de la mesa, donde me había reservado no solo una silla, sino también un plato repleto de desayuno.

—Me dijeron que eres buena en matemáticas, pero no tanto como este chico —me dijo Esme al acercarme.

—¿En serio? —le pregunté a Ernie, que obviamente estaba encantando a cualquiera que lo escuchara.

—¿En qué curso estás, por cierto? —le preguntó Esme a Ernie.

Entonces, antes de que pudiera responder, intervino con un:

—¡Déjame adivinar: ¡estás en la universidad!

Ernie se rio. Le encantaba que la gente pensara que era más grande de lo que era. Empezó a contarles a Esme y a Lakshmi sobre su clase de segundo de primaria y que estaba haciendo un proyecto sobre la fotosíntesis. También que la mayoría de los alumnos de su curso seguían haciendo cosas sencillas, pero él multiplicaba con números de dos dígitos. Sin embargo, dijo que le daba miedo que terminara el año, porque era cuando empezaban los exámenes estandarizados.

Esme y Lakshmi escuchaban absortas, asintiendo de vez en cuando. A mí, sin embargo, me dolía mucho escuchar a Ernie hablando sin parar. No solo porque había olvidado cuánto le gustaba contarnos sobre su día a mí o a Mami en Southboro, sino, sobre todo, porque usaba frases como “al final del año”, como si solo estuviéramos tomando un pequeño descanso, como si esto fuera un paseo para encontrar a Mami. Como si todo pudiera volver a la normalidad algún día y los exámenes estandarizados volvieran a ser la preocupación más aterradora.

—¡Coman! ¡Tenemos veinte minutos más para terminar! —dijo la hermana Lottie antes de volver a su oficina—. Recuerden, si quieren dejar sus pertenencias aquí durante el día, etiquétenlas con cuidado y nada de comida.

Mientras devoraba mi desayuno caliente, Ernie me explicó que la hermana Lottie tenía que cerrar las puertas desde las nueve de la mañana hasta las cuatro y media de la tarde, mientras daba clases y cuidaba grupos de preescolar en la iglesia.

—¿Qué? ¿Por qué?

Sentí una oleada de alarma al pensar en volver a la calle.

—*Monday, monday* —cantaba Esme con una melodía que solo ella podía seguir.

Señaló un reloj sobre la nevera que no solo daba la hora, sino también la fecha. Al parecer, en el mundo real, era lunes 31 de mayo. Lo que significaba que ya llevábamos unos dieciséis días de viaje.

—¿Qué? —dije en voz alta, asombrada por lo largo y corto que se me hizo todo.

—¿Qué, qué? —preguntó Ernie, recogiendo mi plato.

—Nada. No importa.

Cuando todos habían guardado los platos y alistado sus cosas para el día, la hermana Lottie nos llevó hasta la puerta principal de la iglesia. Nos explicó que teníamos que salir dejando unos minutos de diferencia para que pareciéramos feligreses que terminan sus oraciones matutinas. Kelso y Eduardo saldrían primero. Kelso saludó con la mano y esbozó una sonrisa radiante al salir. Eduardo lo siguió con la cabeza gacha. Lakshmi salió unos minutos después y luego Esme. La hermana Lottie, obviamente, nos estaba dejando para el final.

—Escuchen —dijo, cuando la iglesia estaba casi vacía—. No tienen que salir si les parece demasiado riesgoso, pero tendré que dejarlos escondidos en mi oficina o, mejor dicho, en el cuarto de limpieza. Hasta la tarde.

—Eh…

No sabía cómo eran las calles de este barrio ni lo que significaría vagar por ahí durante horas. De igual forma, no sabía si mi hermanito podría quedarse quieto en un cuartico tanto tiempo. Sin embargo, Ernie ya lo había decidido.

—Gracias, pero tenemos que salir a buscar a Mami. ¿Verdad?

Asentí, sintiendo la mirada de la hermana Lottie sobre mí.

—Bueno, hace un día precioso y les preparé algo para picar —dijo, entregándome una bolsa de papel—. Ya saben que las reglas son no hablar con desconocidos ni con nadie de la iglesia que vean, por favor. Seguro lo van a pasar muy bien. Ha estado muy tranquilo por aquí.

Tan pronto oímos la puerta metálica cerrarse detrás de nosotros, Ernie me atacó con preguntas:

—¿Adónde vamos ahora? ¿Qué hacemos? ¿Te dijo la hermana Lottie dónde encontrar a Mami?

—Ernie, solo tenemos que...

Necesitaba decir la verdad y contarle que ni la hermana Lottie ni yo sabíamos dónde encontrar a Mami.

—¿Solo tenemos que qué? ¿Solo tenemos que qué? —Ernie estaba balanceándose en las puntas de los pies, tan ansioso y tierno.

—Solo tenemos que... esperar a que sea seguro —dije, débilmente.

Todavía era una cobarde, incapaz de confesar.

—Pero ¿cuándo sabremos?

—Espera.

Saqué el mapa de Mami, como si todavía guardara información nueva e importante. No era más que una serie de líneas y puntos aleatorios, algunas marcas de sombreado —rutas de tren, me imagino— y unas manchas azules, que supuse que era ríos que ya no existían. Todos, todo, desaparecía.

Una vez más me pregunté por qué estábamos aquí. No solo afuera de esta iglesia o en esta calle, sino en este mundo. En este día nuevo, pasando de algo desconocido a lo siguiente. La luz del sol se filtraba entre un grupo de nubes como si tuviera un secreto. Al mirar hacia arriba sentí unas ganas incontenibles de llorar.

—¿Y entonces? —preguntó Ernie

Doblé el mapa y esbocé una sonrisa.

—Oye, es complicado. Te prometo que estoy intentándolo. Por ahora, solo... exploremos.

Sabía que a Ernie le molestaban todas mis excusas y dilaciones, pero tal vez la posibilidad de que Mami estuviera cerca lo hacía portarse bien. Me siguió sin protestar durante unas cuadras mientras yo intentaba averiguar qué podíamos hacer todo el día sin llamar demasiado la atención.

En la siguiente esquina, vimos a una de las mujeres que había estado donde la hermana Lottie la noche anterior. Actuó como si no nos conociera. Unas cuadras más adelante, vimos un parque infantil lleno de niños meciéndose en las barras y persiguiéndose con pistolas de juguete. Vimos a Eduardo en el parqueadero de un supermercado llamado Snack 'N Save. Estaba sacando botellas y latas vacías de la basura y metiéndolas en un carrito.

—¿Qué está haciendo? —preguntó Ernie.

—Si encuentra suficientes, las puedes llevar a una máquina de reciclaje y cambiarlas por algo de dinero —respondí.

Observamos a Eduardo unos minutos. Luego volteamos por una calle llena de cafés y olor a curry. Pasamos un rato contando cuántas escaleras de incendios había en cada edificio, luego contando cuántas grietas había en las aceras de cada cuadra y luego contando cuántos minutos nos quedaban para que el reloj de la iglesia marcara las cuatro y media.

Ambos nos sentíamos impacientes, frustrados y también hambrientos. A pesar de tener tres comidas completas de la iglesia en el estómago, Ernie estaba muerto de hambre. Le di casi todas las manzanas y el pan que la hermana Lottie nos había empacado para el día, pero me seguía rogando que paráramos a comprar algo más. Me daba demasiado miedo que hubiera escáneres dentro del Snack 'N Save, entonces traté de distraerlo regresando al parque infantil cerca de San Agustín. Estaba casi vacío, solo había unos niños pequeños que entraban y salían de una casita de plástico y dos mujeres latinas que empujaban cochecitos cerca de una banca.

—Ve a jugar —le dije a Ernie.

En tres segundos, se subió por el tobogán metálico y enganchó las piernas en el pasamanos para balancearse como un murciélago. Luego, encontró una pelota de básquet parcialmente desinflada y empezó a driblarla por el suelo de caucho negro. Uno de los niños pequeños empezó a perseguirlo, riendo sin parar.

—¡Cuidado! —gritó una de las mujeres detrás de mí. Luego se corrigió—: *¡Be careful!*

Las mujeres volvieron a charlar en voz baja, excepto que, no sé cómo, sus voces seguían llegando hasta mí. Me empezó a latir el cuerpo, sentí un hormigueo al oírlas hablar español, discutiendo cómo llegar a California.

—Ay, ay, ay. La cosa está muy difícil.

—Pero en California no nos pueden joder. Nos quieren allí.

California. ¿Podría ese ser el único lugar en este mundo al revés donde sería bienvenida?

Tenía demasiado miedo de acercarme y llamar la atención, pero necesitaba escuchar cada palabra, cada detalle.

—Lo único que se... es que me tengo que ir. *We have to go.*

—¿Cómo?

—Coyotes.

Hubo un silencio espinoso mientras esa palabra resonaba en mí: coyotes.

Los coyotes eran para quienes dejaban atrás sus pueblos devastados por la guerra, sus hogares inundados o sus granjas quemadas en Centro y Suramérica. Cientos de miles de nosotros les habíamos confiado nuestra vida. Los coyotes eran el puente que conectaba la América del sur con la del norte. Si es que cumplían lo que prometían.

Quienes habíamos viajado con coyotes, arriesgamos muchísimo. La mayoría llegó. Muchos no. Las historias de terror sobre coyotes me daban vueltas en la cabeza: coyotes que robaban ahorros de toda la vida, coyotes que violaban mujeres y secuestraban niños, coyotes que asesinaban brutalmente a tanta gente y tantos sueños. Su hambre se alimentaba de nuestro miedo.

—*I don't have other option.*

Nosotros tampoco teníamos otra opción.

—Renata...

De cierta forma, era como hoy. Huíamos de un país que quería destruirnos y exterminarnos, hacia algún posible refugio. Solo que ahora, en lugar de ir al norte, huíamos al oeste en busca protección.

—Tú tampoco tienes otra opción. Si no es hoy, será mañana.

—¡Alma, ayuda! ¡Alma! ¡Alma! —se quejó el niñito en la arena.

Alma corrió y lo levantó en sus brazos. Era evidente que lloraba porque se había metido arena en la boca y no le gustaba cómo se sentía. Me pregunté si ese niño recordaría la cara de Alma si un día se fuera.

—*Tut tut tut* —cloqueó mientras lo acunaba.

Él se contorsionó y pateó, pero ella no dejaba de llenarlo de besos.

—¡No! ¡Quiero ir a mi caaaasaaaa!

—Bueno, nos vamos —le dijo Alma.

Vi que se despidió de su amiga Renata.

—Hablamos más tarde —le dijo.

—Eso espero —respondió Renata.

Porque quién sabía si habría un después.

—¿Nos tenemos que ir también? —gritó Ernie.

—No, todavía no.

Sentí una certeza apremiante. Este debió ser el plan de Mami. Y si no lo era, ahora era el nuestro. No me iría de este parque sin antes descubrir cómo llegar a California. Antes de que pudiera arrepentirme, me acerqué a Renata.

—Disculpa, ¿qué hora es?

—Son las cuatro.

—Bonito día, *¿right?*

—Sí...

Ella empezaba a sospechar. Su cara redonda se endurecía mientras mecía el cochecito azul marino de un lado a otro, fingiendo estar muy interesada en todo menos en mí.

No sabía cómo hacer que confiara en mí, así que solté:

—Necesito un coyote.

Se levantó de la banca de un salto.

—*I don't know what you're talking about* —dijo en inglés. Tenía la voz tensa y cortante.

—Por favor —supliqué—. Se llevaron a nuestra mami.

La mirada de la mujer me atravesó. Señalé a Ernie pateando la pelota de baloncesto y también lo observó, intentando entender y ver si mi historia coincidía con la verdad.

—¿Ellos? —dijo.

—Las FD. Te lo juro.

Me llevé una mano temblorosa al corazón para demostrar que hablaba en serio.

—Es peligroso —advirtió—. Cinco mil dólares cada uno.

—¿Cada uno? —sentí mareo. Apenas nos quedaban unos seiscientos dólares de los ahorros de Mami—. ¿Nos dejarán hacer un plan de pago?

—No.

La mujer parecía nerviosa, como si quisiera terminar la conversación lo más pronto posible. Como si hubiera revelado más de lo necesario y ahora se arrepintiera de lo que me había dicho. Guardó la pañalera y meció al bebé en el cochecito, aunque este dormía profundamente. Luego llamó al pequeño que seguía en la casita de plástico y lo alzó con un brazo. Las ruedas del cochecito resonaron en el camino pedregoso mientras intentaba darle las gracias.

—Ten cuidado —fue lo último que dijo al alejarse.

x

CUANDO ERNIE Y yo volvimos a San Agustín más tarde ese mismo día, la hermana Lottie nos mostró los dientes con una gran sonrisa y nos preguntó cómo nos había ido durante el día, como si acabáramos de volver de la escuela. Nos ofreció un vaso de leche fría y unas galletas, que ambos devoramos. Quise preguntarle sobre la posibilidad de encontrar un coyote, pero no me atreví delante de Ernie. Ya se veía con menos color y descanso que esta mañana. Esa noche, mientras estábamos sentados alrededor de una mesa con platos de canelones y pan grueso, estaba más tranquilo, pensativo.

—No lo entiendo —dijo mientras nos alistábamos para dormir—. ¿Cuánto tiempo nos quedaremos aquí? ¿Y por qué la hermana Lottie no hace nada?

—Bueno, pues nos está dando comida y un lugar donde quedarnos —le recordé.

—Claro. ¿Pero cuándo vamos a encontrar a Mami e ir a California?

—Pronto —dije.

Se me estaban acabando las mentiras y el tiempo.

x

A LA MAÑANA SIGUIENTE, Ernie preguntó si pronto era ahora.

—Casi —dije—. Pero tengo una idea divertida para hoy. ¿Quieres oír?

Le dije que íbamos a buscar latas como Eduardo, para que también pudiéramos ganar dinero.

—¿Podemos usar el dinero para traer a Mami? —preguntó Ernie.

—Probablemente —dije—. Tratemos de recolectar cincuenta dólares, ¿te parece?

—¿Por qué cincuenta? —preguntó Ernie.

—Porque esto va a ayudar. Lo juro.

No es que cincuenta dólares fueran a pagar a un coyote ni que fueran siquiera una meta factible, pero al menos era una cifra. Ese día, juntamos suficientes latas para reclamar siete dólares y treinta y cinco centavos. Al día siguiente, llegamos a nueve dólares y diez centavos. Ernie, sin embargo, no estaba impresionado. No paraba de murmurar que todo tardaba demasiado y que yo lo obligaba a hacer todo este trabajo cuando lo único que quería era ir a buscar a Mami.

El jueves por la tarde, cuando volvimos a la iglesia, la hermana Lottie debió de ver lo exhaustos y derrotados que nos sentíamos. Le preguntó a Ernie si la ayudaba a hacer galletas en la cocina y me ofreció el baño de su oficina para que pudiera lavarme el pelo en el lavamanos. Oler esas galletas en el horno y sentir el agua caliente en el cuero cabelludo fue milagroso. Mientras me recogía el pelo mojado en una cola de caballo, empecé a tiritar por el aire fresco y no podía parar. Al poco tiempo, estaba temblando y llorando. Todo me parecía demasiado doloroso, demasiado imposible.

Ya no podía seguir evadiendo las preguntas de Ernie con mentiras. Necesitaba contarle la verdad. Mami no estaba aquí. A Mami la habían detenido, quizá deportado. Tampoco podíamos recoger latas y vivir en una iglesia indefinidamente. Tal vez encontraríamos un coyote o tal vez tendríamos que volver a salir solos por la noche. Incluso con las calles repletas y los montones de basura que revisar, era demasiado estresante estar afuera a plena luz del día. Veía cada vez más cámaras instaladas en postes y más toldos de tiendas cerrados.

—¿Estás listo? —le pregunté a Ernie en nuestro cuarto día de recolección de latas—. Creo que hoy llegamos a por lo menos veinte dólares.

—¡Guau! —dijo Ernie con voz apagada.

Mientras íbamos a recoger un carrito de supermercado vacío del Snack 'N Save para envasarlo, vi dos camionetas grises estacionadas una junto a la otra en la entrada de la tienda, con las palabras FUERZAS DE DEPORTACIÓN estampadas en el lateral. Tan pronto oí los primeros gritos provenientes de la tienda, agarré a Ernie y me di la vuelta. Más adelante, dos agentes de las FD corrían hacia nosotros. Entré en pánico. Empujé a Ernie hacia la esquina y salimos disparados. El terror, tan familiar, me quemó, me atravesó los pulmones y casi no podía respirar. Corrimos de vuelta a la iglesia y golpeamos la puerta metálica junto a la estatua de la Virgen.

—Lo siento mucho, hermana Lottie —susurré contra el marco de la puerta—. ¡Están aquí! ¡Nos van a atrapar!

La hermana Lottie no dijo ni una palabra. Simplemente abrió la puerta metálica y nos llevó directamente a su oficina. Nos metió en el cuartico de limpieza y nos hizo jurar silencio absoluto antes de encerrarnos. Oímos la estampida de pies de los niños de preescolar cuando subieron las escaleras y empezaron a cantar sus canciones sobre el alfabeto. Luego alguien dio una misa y prometió redención. Y entonces…

Se oyeron golpes en la puerta metálica de la parte de atrás de la iglesia.

—¡Abran! ¡Abran ahora mismo! ¡El Gobierno nos ha autorizado a registrar las instalaciones!

—Pueden registrar todo lo que quieran afuera —gritó la hermana Lottie—. ¡Pero este es un lugar sagrado, de culto y no estoy obligada a abrir esta puerta!

Más golpes. Parecía que también estaban pateando. O tal vez usaban las culatas de las armas contra el grueso metal.

—El artículo cinco de la Trigésima Primera Enmienda establece claramente...

—¡Ley de Registro de Extranjeros de 2032! —gritó uno de los agentes.

—*¡Las fuerzas de deportación puede arrestar a los sospechosos sin orden judicial! ¡También pueden entrar en propiedad privada sin orden judicial!* —añadió otro.

Se sabían de memoria todas las proclamaciones presidenciales.

Ernie tenía la cabeza hundida en mi hombro; me clavaba las uñas con tanta fuerza que pensé que me haría sangrar. La hermana Lottie permanecía inmóvil. Empezó a citar versículos de la Biblia sobre la santidad de todas las criaturas de Dios mientras los agentes golpeaban la puerta una y otra vez. Luego, tras tres angustiosos minutos que parecieron trescientos, las FD desistieron, no sin antes jurar que regresarían a "limpiar este roto".

Todo palpitaba, latía mientras la hermana Lottie abría la puerta del cuarto de limpieza y ambos salíamos despavoridos.

—Lo siento, lo siento. Es todo culpa mía. Salí corriendo cuando los vi. Mi chip funciona. Solo que no estaba pensando. Y ahora ellos saben...

—Shhh... shhh —me tranquilizó la hermana Lottie.

Ernie y yo la abrazamos, entre jadeos y sollozos.

—Todo va a estar bien —dijo, con el ceño fruncido.

—¡Esos son los que se llevaron a Mami! —gimió Ernie—. Tenemos que ir tras ellos y recuperarla.

—No —dije en voz baja—. Tenemos que irnos.

—¿Qué? —chilló.

No sabía cómo decir esto, pero había lidiado con esas palabras de tantas maneras diferentes desde que llegamos a San Agustín, que ahora no tenía más remedio que dejarlas salir.

—No podemos quedarnos aquí. Nos van a llevar, o al menos a mí... también.

Los ojos de Ernie estaban ansiosos y vidriosos.

—¿Y Mami?

—No está aquí, Ernie. Yo... yo... yo... no sé dónde está. La hermana Lottie tampoco.

Nos miró boquiabierto, intentando descifrar qué pasaba.

—Pero... pero... —dijo.

—No quería mentirte. No quería hacerte daño. Necesitábamos llegar aquí y decirte que Mami estaba aquí era la única manera...

Intenté abrazarlo, pero él seguía mirándome, atrapado en una nube de dolor y confusión. Entonces empezó a gritarme en la cara, jalándome la camisa; la carita arrebatada por la furia mientras me decía lo horrible, mentirosa y traidora que era.

No lo paré. La hermana Lottie lo apartó de mí. Lo abrazó y dejó que se desvaneciera. Estaba tan agradecida de que ella estuviera ahí para presenciar mi confesión, aunque no pudiera absolverme.

—No fue mi intención —les dije a ambos de nuevo—. No sabía qué hacer.

La hermana Lottie mecía a mi hermanito mientras él lloraba en su pecho. Quería tocarlo, abrazarlo, pero sabía que no quería saber nada de mí. La hermana Lottie podía darle la paz que yo no. Yo era incapaz de mirar a Ernie mientras le contaba mi plan.

—Una señora me habló de un coyote que podría llevarnos a California. Nuestra tía Luna vive allí —expliqué.

Los ojos de la hermana Lottie brillaron también.

—Ay, los coyotes —susurró—. Sí, ese también era el plan de tu madre.

—¿Lo era? —prácticamente salté hasta el techo—. ¿Oíste eso, Ernie? ¡Esto es lo que Mami iba a hacer!

Sentí un nuevo atisbo de esperanza creciendo en mi interior. Aunque estuviera sepultada bajo capas de culpa y terror, estaba ahí. Era Mami guiándonos hacia un lugar seguro.

—¿Puedes ayudarnos con eso? —le pregunté a la hermana Lottie—. ¿Por favor?

—Sí —medía sus palabras con cuidado—. Pero debes saber que mucha gente está intentando llegar a California en este momento. Los coyotes pueden hacer… lo que quieran. Y ahora dicen que, mientras más te acercas a California, las FD son más…

Ni siquiera intentó llenar los espacios en blanco.

—Pero no sé qué más hacer —gemí—. Una mujer me dijo que cuesta cinco mil dólares cada uno.

—Sí. Encontraré el dinero. Si esto es realmente lo que quieren hacer, encontraré a alguien que los lleve. Pero solo si están seguros…

Las palabras de la hermana Lottie quedaron colgando pesadas en el aire.

California significaba posibilidad. California significaba libertad. California significaba la tía Luna y salir a la calle sin miedo. Pero California también significaba dejar a Mami. Significaba entregarla a las Fuerzas de Deportación. Significaba no volver a verla jamás.

Ernie me miró entre lágrimas, esperando mi respuesta. Yo no podía hablar. Las palabras se agitaban en mi interior, atrapadas. Lentamente, avergonzada, asentí.

Sí, porque creía que esto era lo que Mami querría.

Sí, porque Ernie necesitaba una hermana mayor y un futuro.

Sí, porque quedarse aquí más tiempo era imposible.

Un aullido bajo y lacrimoso salió de Ernie. Su dolor me golpeó más fuerte y profundo que cualquier otra cosa que hubiera sentido en mi vida. Y, sin embargo, seguí asintiendo.

Todos estábamos haciendo lo mejor que podíamos. Intentábamos sobrevivir.

CAPÍTULO 14

No di las gracias. Tampoco me despedí.

Unas horas después, cuando la hermana Lottie nos despertó a Ernie y a mí a las tres de la mañana y nos acompañó diez cuadras hasta una camioneta estacionada con las luces apagadas, no dije nada. Me sentía demasiado aturdida en ese momento; a la hermana Lottie le había costado diez mil dólares conseguirnos un lugar en la camioneta de este coyote. No había forma de pagarle ni agradecerle lo suficiente.

Entonces la abracé y me di la vuelta. Y siempre me arrepentiré de eso.

El coyote parecía un tipo normal. Después de imaginarme cómo sería, no sabía qué esperar, pero fácilmente podía ser un hermano mayor o un tío cualquiera. Era un poco más alto que yo, con el pelo negro y ondulado. Sin embargo, tuve cuidado de no mirarlo a los ojos ni decir nada. Recibió el pago de la hermana Lottie, luego abrió la puerta trasera de la camioneta y levantó la puerta de metal corrugado con un golpe.

—¿Qué esperan? —me dijo al oído.

Luego miró cómo Ernie y yo nos subíamos y cerró la puerta de un golpe.

Apenas cerró, caí en el compartimento de carga, oscuro y húmedo, y choqué contra algo cálido y carnoso.

—¡Uf! —oí en la oscuridad.

—Lo siento —susurré.

Intenté darme la vuelta, pero choqué con otro pasajero.

—¡Ay!

—Lo siento —repetí.

No tenía ni idea de cuánta gente había ahí. El hedor era más que pútrido. Era una mezcla de gasolina, axilas sudorosas y algo agrio y penetrante. Intenté respirar por la boca en lugar de por la nariz, pero eso me provocó más náuseas. Sentía como si los olores me subieran por la nariz y se me pegaran a los párpados.

—Vali, ¿qué es eso? —oí susurrar a Ernie.

Apenas se filtraba un rayo de luz por la puerta trasera, entonces no sabía de qué hablaba.

—Carne —se oyó una voz a mi lado.

—¿Qué? —tartamudeó Ernie.

Se me revolvió el estómago y me dieron arcadas. Ahora mis ojos se iban acostumbrando a esta pesadilla, quisiera o no. En apenas unos metros cúbicos, había más de una docena de cuerpos apretados. Más si contaba los cadáveres de vaca que colgaban del techo. Me negué a contar. No sabía qué daba más miedo: los animales descuartizados balanceándose de un lado a otro o las caras famélicas entre estos. En realidad, no éramos más que pedazos de carne: unos estaban agobiados por la pérdida y la vergüenza y otros estaban desmembrados y congelados. Todos éramos bestias de presa.

Encontré un sitio para Ernie y para mí contra una pared resbaladiza y caliente. Había dos terneros desollados colgando frente a nosotros, balanceándose en los ganchos.

—¿Estás bien? —murmuré, apretándole fuerte la mano.

—Quiero a Mami.

Yo también. Ahora más que nunca, al sentir al conductor ponerse en marcha y salir a la carretera a toda velocidad.

Tenía miedo de hacer contacto visual con alguien a nuestro alrededor, aunque sabía que los demás también estaban ahí aterrorizados y en necesidad de ayuda. Hubo silencio por un buen rato, excepto por algún suspiro o susurro fugaz. Debíamos llevar horas en la carretera cuando alguien empezó a hablar. Luego, poco a poco, la gente se presentó en voz baja y empezó a hacernos preguntas:

—¿Dónde se subieron? ¿Vieron a alguien de las FD cerca?

Eran las preguntas de Lydia y Kyrie, dos chicas más o menos de mi edad, sentadas juntas en una canasta de leche.

—¿Qué tan mal está la situación? ¿Creen que hicimos lo correcto?

Eran las de un hombre llamado Román, que sostenía a una mujer frágil. Supuse que era su madre.

La única respuesta que pude darle fue:

—Mal. Sí.

Otros dos pasajeros asintieron, pero no quisieron compartir sus nombres. Uno se mecía en un rincón, con un chal encima, recitando lo que parecía una oración. El otro era un hombre grande y musculoso que permanecía de pie, luego sentado, luego crujía sus nudillos y carraspeaba como si fuera a anunciar algo importante. Al final, no dijo nada.

—¡Hola! ¡Soy Tomás! Tengo cuatro años. ¿Cómo te llamas? —dijo un niñito.

Murmuré mi nombre y le di un codazo a Ernie para que hiciera lo mismo.

—¿Les gustan los deportes? A mí me gustan —siguió parloteando Tomás—. Mi comida favorita son los espaguetis y el helado, y ya he estado en cinco estados diferentes. ¿De dónde son?

Ernie y yo no dijimos ni una palabra.

—¿De dónde son? —repitió Tomás—. Soy de Estados Unidos, lo cual es muy bueno, ¿verdad, Mami? —continuó. Su madre estaba justo a su lado en el suelo, amamantando a un bebé bajo su sudadera—. ¿*Right*, Mami?

La voz de Tomás sonaba cada vez más fuerte mientras seguía parloteando. O quizás no era que hablara más alto, sino que el camión se había detenido.

—Shhh —exigió el hombre corpulento, crujiendo los nudillos.

No tenía ni idea por qué nos habíamos detenido, dónde estábamos ni cómo hacer que este niño se callara.

—¿Qué pasa? —preguntó Kyrie.

—¿Es normal que nos paren? —añadió Lydia.

—¡Cállate! —ordenó el hombre corpulento.

Se oían muchos susurros en varios idiomas. Algunos en español, otros en creole. Muchos idiomas que no podía nombrar, pero el miedo era palpable. Oímos que la puerta del conductor se abrió y cerró, y unos pasos que se alejaban, seguidos de un silencio inquietante. Todos contuvimos la respiración.

—No pasa nada —dijo una voz ronca desde detrás de uno de los cadáveres—. No oigo a nadie más ahí fuera. Creo que solo paró para orinar.

—¡Ay, ay, Mami! —dijo Tomás, dando saltitos—. Tengo que hacer pipí —suplicó.

El resto de la camioneta intentó ignorarlo, mientras su madre lo acercó hacia ella. Pero Tomás no aguantaba.

—¡Tengo que hacer pipí! —repitió, subiendo el volumen.

El hombre de los nudillos estaba exasperado y resopló por la nariz como un dragón.

—¡Cállalo! —rugió—. Cuando estamos quietos, *no se puede hablar.* ¿Entiendes?

—Pero tengo que hacer...

—¡Cállate!

Oí a la mamá de Tomás susurrar rápidamente. Le ofreció un pañal, pero él insistió en que ya era "un niño grande". Entonces ella le explicó que hasta los niños más grandes usaban pañales en casos de emergencia y que, si no quería, tendría que aguantarse, pero lo más importante, tenía que callarse antes de meternos en problemas.

—¿Qué clase de problema? —chilló Tomás—. ¡Me hice pipí en los pantalones! ¡Está todo mojado!

—Por favor —susurró el hombre que rezaba.

—¡Silencio! —murmuró alguien más.

—Cállalo o lo callaré yo —dijo el musculoso. Su voz retumbó como si fuera un volcán humano—. No dejaré que arruines esto, niño.

Aunque susurraba, sus palabras se sintieron como puñales clavados en ese aire húmedo y asqueroso. Docenas de pares de ojos se iluminaron con miedo, al ver a Tomás retorciéndose y a su mamá rogándole que se sentara y se callara.

—Por favor —susurró—. Tomás. No puedes hablar.

Tenía la voz débil y desesperada.

—¡Pssst! ¡Tomás! —intenté—. ¿Y si jugamos a los superninjas?

Superninjas era el truco que usaba Mami para tratar de que Ernie se callara cuando estaba demasiado nervioso para dormir.

—¿Superninjas? —los ojos de Tomás estaban abiertos y brillantes.

Se acercó sigilosamente para escuchar más.

—Superninjas significa que tienes que estar completamente callado —le dije a Tomás.

Se paró frente a mí, entrecerrando los ojos. Observándome.

—O mejor todavía, podríamos jugar fútbol ninja.

Abrí la cremallera de la maleta de Ernie y cogí su balón verde limón. Cuando se lo dieron a Ernie, los parches verdes brillaban en la oscuridad. Recé para que aún brillaran lo suficiente como para encantar también a este niño.

—¿Qué te parece? —susurré.

Tomás asintió con una gran sonrisa pícara. Me quitó el balón y se quedó mirando los parches verdes, perdiéndose en ellos, al menos por un momento. Luego se sentó a pocos metros de mí y rodó el balón por el suelo del camión. Cuando lo levanté entre las manos, ya estaba resbaladizo con una sustancia viscosa y asquerosa, probablemente sudor, orina y sangre de vaca. No podía dejar que eso me detuviera. Al devolverle el balón a Tomás, vi que su madre respiraba hondo y se secaba los ojos con la manga de su sudadera enorme. Volcanoman me miró con desaprobación y no dijo más nada. Sentí una oleada de alivio al ver que nuestro partido de fútbol de superninjas continuaba y Ernie también se unió.

Apenas regresó el conductor y el camión se puso en marcha, Tomás me pasó el balón y dijo:

—Espera. ¿De verdad los superninjas juegan *soccer*?

Su mamá y yo nos reímos un poco.

—No. Juegan fútbol —dijo Ernie.

—¿Te gusta?

—Soy muy bueno —dijo Tomás con orgullo.

A partir de entonces, los dos fueron incansables, pasándose el balón por esos cuatro metros cuadrados de espacio en la cancha. Me tomé un descanso del partido para recomponerme y respirar. Estaba tan agradecida por ambos niños y su inocencia. Solo esperaba que algún día Ernie pudiera volver a jugar fútbol en un campo de verdad y que, de alguna manera, Mami pudiera estar ahí para animarlo.

Estuvimos en ese camión durante horas. Días, incluso. O al menos eso fue lo que sentí. No había forma de medir el tiempo, salvo al mirar ese fino rayo de luz debajo de las puertas traseras del camión. Lydia intentó prender su teléfono, pero todos saltaron sobre ella con alguna versión de:

¡No! ¡Es demasiado peligroso!

Nos rastrean por GPS.

¡Guárdalo!

Se disculpó y lo apagó inmediatamente, mientras lo guardaba.

Después de un rato, empezaron a surgir fragmentos de conversaciones en voz baja.

—No, ¿sabes qué extraño? El loroco.

—Sí, sí. Y aún más, la pepesca.

Hubo un montón de conversaciones sobre comida. Aunque estábamos en el lugar con el olor más asqueroso del mundo, casi podía saborear algunas de las comidas que describían.

—Cuando salga de aquí, me voy a comer cinco tazas de cereal, una de plátanos, una de ajiaco, me voy a tomar treinta litros de agua helada y helado de fresa de postre —intervino Ernie.

Tomás aplaudió alegremente.

—Yo me voy a comer *cien* tazas de helado. Y después mangos. Luego más helado y luego... ¡Mami, tengo mucha hambre!

La gente pasaba pedazos de pan o fruta que había traído. La hermana Lottie nos había dado una bolsa llena de cosas para el viaje. Ofrecí algunas de nuestras manzanas y galletas al grupo. Sin embargo, guardé las barras de granola y las botellas de agua para mí y para Ernie.

En un momento dado, oí un fuerte ronquido detrás de mí. Supongo que Volcanoman se había quedado dormido. Lo que nos tranquilizó un poco a todos. Luego debí quedarme dormida también. Soñé con fútbol y vacas, y con Mami atrapada detrás de una ventana, fuera de mi alcance. Le estaba explicando que nos encontraríamos junto a una palmera y comeríamos galletas cuando...

Los frenos de la camioneta chirriaron y nos detuvimos bruscamente.

Esta vez, la puerta de la cabina se abrió y se cerró de golpe. Se oyeron voces masculinas. Al principio amortiguadas, junto al conductor. Luego, cada vez más fuertes, se dirigían a la parte de atrás de la camioneta.

—¡Shhh! —soltó Volcanoman, nadie adentro estaba hablando.

Ernie giró la cabeza hacia mí, suplicándome con la mirada que le dijera otra vez que esto no era nada: solo una parada más o una parada planificada. Tenía muchísimas ganas de asentir y sonreír, pero solo pude apretarle la mano con fuerza.

Oí a nuestro conductor hablar de carne sin parar.

—Sí, costillas, molida, en pedazos. Querían todo lo que había ayer, ¿sabe? ¡Qué fastidio!

La otra voz que habló era más baja. Ilegible e indistinta. Exigía ver algo.

—No, entiendo —respondió el conductor—. Es mucho para *rastrear.*

Había algo aterrador en la forma como pronunció esa palabra. Me provocó una descarga eléctrica en la columna vertebral, que se me acumuló en el pecho y se arremolinó como un tornado. Sin hacer ruido, todos en la camioneta empezamos a alejarnos del metal corrugado de la puerta de atrás. Estábamos agachados detrás de los cadáveres que se descongelaban, incluso abrazados a las grandes costillas.

No atraparán a Ernie. Su chip es de verdad, me repetía una y otra vez. Me tenía que aferrar a ese pensamiento y usarlo como chaleco salvavidas Rodeé a Ernie por el medio con los brazos y lo obligué a mirar hacia la cabina del camión, para que, si algo pasaba ahí fuera, mi cuerpo le sirviera de escudo.

La puerta trasera de la camioneta se abrió con un chirrido. Metal rechinando contra metal. Sentí una ráfaga de aire fresco en los tobillos. La luz del día se coló lentamente porque, a pesar de todo, el mundo seguía girando. A pesar de todo había amanecer y atardecer y...

¡Puuuuum!

El sonido de un disparo atravesó el mundo. Abrió el camión, la puerta, el cielo.

¡Puum! ¡Puuuum!

Tomás aullaba. El bebé lloraba. Sentí que un grito estaba a punto de estallar dentro de mí, pero no había suficiente aire entre el crepitar del fuego y el resto del mundo. Apreté a Ernie contra mi pecho con tanta fuerza que pude sentir su pulso en mis costillas.

—Te amo —gemí contra el cuello sudoroso de Ernie—. ¡Te amo! ¡Te amo! ¡Te amo!

Ernie sobreviviría. Encontraría a Mami. Le diría que lo intenté. Que, a pesar de todo, era una buena hermana.

—¡Yo también te quiero! —gritó Ernie.

Una fracción de segundo se convirtió en una eternidad mientras intentaba averiguar a quién o a qué le habían disparado.

Ernie seguía ahí. Yo seguía ahí. Al mirar a mi alrededor, vi que el camión estaba inundado por una neblina que olía a quemado. Era sangre, carne y terror. La luz del sol que entraba a raudales me quemaba los ojos. Parpadeé y tosí. A mi alrededor, la gente se acercaba lentamente a la puerta abierta. Al borde de la caja del camión.

Y ahí,
en el suelo,
estaba un agente de las FD.

Tenía una camisa gris abotonada y pantalones a juego, ambos con las orgullosas letras amarillas que anunciaban su autoridad. Tenía la papada gruesa, estaba bien afeitado, el pelo corto y color arena.

Y un torrente de sangre le manaba del cuello. Justo al lado del cuello de la camisa.

CAPÍTULO 15

Nunca había visto que mataran a alguien. Nunca me había atorado con el humo acre ni sentido el temblor del disparo de una bala, arrastrando todo a mi alrededor y dentro de mí a un vacío. El antes y el después de ese momento fueron claros e irreversibles. Y ahora había un hombre muerto frente a nosotros en una mañana despejada de cielo azul. Éramos testigos de un asesinato. Un asesinato al borde de una carretera de un solo carril, rodeada de arbustos y campos amarillentos y sin vida. Donde nadie, o tal vez todo el mundo, podía vernos.

Era incapaz de decidir qué era más aterrador: el cadáver tendido a nuestros pies, supurando sobre el asfalto caliente, o el conductor de pie junto a este con la pistola aún en la mano. Observando su presa.

El conductor se llamaba Jorge. Al menos eso fue lo que nos dijo. También explicó que eso no era parte de su trabajo. Le habían pagado para transportarnos de Nueva York a "algún pueblo de mierda" en Oklahoma. Desde donde después, al parecer, un tipo llamado BJ nos llevaría al oeste.

—Pero los salvé, ¿ven? —dijo Jorge, señalándonos con un dedo carnoso.

—Gracias —dijo alguien entre la atónita multitud.

—Sí, gracias —susurramos algunos más.

—Mami, Mami, ¿nos va a disparar también? —gritó Tomás.

Su madre lo abrazó a su costado mientras balanceaba al bebé que lloraba.

—¡Mierda! —dijo Jorge—. Esto me jode el plan.

Empujó al muerto con el pie.

—No puedo... Van a venir a buscarlo... así que... —hizo una pausa para mirarnos a todos antes de declarar—: ¡Supongo que esto significa *adiós, amigos*!

—¡Espera! ¿Adónde vas? —preguntó Volcanoman—. Ya te pagamos.

Ahora que veía a este hombre a la luz del día, ya no parecía un volcán. Era grande, sí, y corpulento. Tenía la piel oscura, la mandíbula cuadrada y la cabeza rapada. Sus anchos hombros se hundían hacia adelante y le temblaban los labios al hablar. Al igual que todos nosotros, parecía asustado y exhausto.

—Lo siento, no puedo. Me tengo que ir —dijo Jorge. Pasó por encima del cadáver y echó un vistazo al interior de la camioneta—. Todos, agarren sus cosas.

¿Por qué? ¿Qué?

—No, no, no, no, no —dijo Volcanoman—. Les di los ahorros de toda mi vida. Necesito llegar a California. *Todos* lo necesitamos.

Jorge o no lo escuchó o no le importó o ambas cosas. Miraba su teléfono y presionaba botones.

—Es por su bien —dijo—. Seguro tienen sus coordenadas y, cuando vengan a buscarlo, no querrán estar conmigo, ¿verdad?

—¿Pero no puedes al menos llevarnos a otro lugar? —pregunté.

Jorge me dedicó una sonrisa burlona.

—Qué tierna, cariño. Escuchen, la próxima parada iba a ser... —volvió a mirar su teléfono para ver los detalles—. No sé. ¿Un lugar llamado Seutter, Oklahoma? Parece que queda a unos cincuenta y cinco millas al suroeste.

—¿Noventa? —exclamó Lydia.

—Sí —respondió Jorge—. Cuando lleguen, preguntan por BJ.

—¿Cuándo lleguemos a dónde? Necesitamos la dirección —dijo alguien más.

—Buen punto, buen punto —Jorge volvió a su teléfono para verificar—. Sí. Parece que BJ está en la calle Thistlebrook. Número diecisiete. Suerte.

Nos quedamos ahí mirándolo mientras tecleaba en su teléfono. Como no nos movimos, añadió:

—¡A ver! Saquen sus cosas del camión o me las llevo.

No teníamos opción y, si la teníamos, no entendía cuál era. Ninguno de nosotros entendía.

—¿Y si dejamos el cuerpo aquí y seguimos adelante? —sugirió Volcanoman.

—No, no —dijo Jorge.

Empezó a sacar nuestras cosas y a tirarlas a la carretera.

—¿Por qué no? —preguntó Román.

—¡Porque yo llego hasta aquí! —rugió Jorge, levantando su arma al aire.

Todos sabíamos de lo que esa arma era capaz y empezamos a correr para buscar nuestras cosas. Tomás chillaba mientras se aferraba al balón de fútbol de Ernie.

—Tranquilo, amigo —ofreció otro chico de nuestro grupo.

No lo había visto antes. Parecía tener diecisiete o dieciocho años. Alto, delgado, con una melena negra azabache y atisbos de una barba en la quijada. También tenía unos ojos marrones que tal vez eran los más tristes que había visto en mi vida.

—Lo lograremos. Juntos.

Tomás volvió a hundir la cabeza en la sudadera de su madre, sin estar convencido.

—Sí. Vamos —acepté.

No porque tuviera ningún plan, sino porque Jorge nos rodeaba con la pistola en alto y la mirada de ese chico me ponía nerviosa. Necesitábamos una salida de aquel lugar desolado, *¡ya!*

—Pero ¿dónde? ¿Cómo...? —balbuceó Volcanoman.

Jorge empezó a vaciar la bodega. Recogió todas las bolsas y pertenencias que encontró y las tiró al suelo.

—¡A ver! —ladró Jorge—. ¡Les salvé el pellejo! ¡Ahora váyanse!

Me aseguré de que Ernie y yo tuviéramos nuestras maletas y la de Mami. Luego volví a subir a la camioneta y les llevé las cosas a Tomás y a su familia. Jorge apenas esperó a que saliera la última bolsa de la bodega antes de subir de un salto y bajar la puerta, cerrándola desde adentro. Debió de abrir el panel entre la parte trasera y la delantera de la cabina, porque lo siguiente que oímos fue que arrancaba el motor desde el asiento del conductor. Todos nos dirigimos al lateral del camión.

—¡Vamos, hombre! ¿Qué demonios? —bramó Volcanoman.

Los cambios del camión emitían un chirrido a medida que el motor se hacía más ruidoso. Entonces, tal vez como una ofrenda de paz, Jorge bajó la ventanilla y gritó:

—¡El camino más rápido para llegar a Scutter es la Ruta 44, pero cuidado con las inundaciones!

Todos corrimos tras él mientras se abría paso hacia la carretera. Las llantas, al girar, levantaron terrones de grava y tierra hacia nuestra cara. Volcanoman maldecía y agitaba los fornidos brazos como si intentara volar. No funcionó. Estábamos varados a un lado de la carretera con cincuenta y cinco millas por delante y sin idea de por dónde ni cómo empezar.

La gente empezó a dispersarse en direcciones diferentes. Algunos regresaron y se acurrucaron alrededor del agente muerto. Otros rodearon la camioneta gris del oficial. Tomás se acercó a Ernie con los ojos enrojecidos y le preguntó si todavía íbamos a "Cali-forna".

Ernie se encogió de hombros y me miró.

—¿Todavía vamos?

—Sí —respondí—. Solo necesito...

Agité la cabeza, tratando de aclararme, pero no podía. Frente a mí, se abría el camino más desolado que jamás había visto, con enormes franjas de tierra y zanjas que se abrían a cada lado. Había árboles volcados con las raíces extendidas y troncos partidos en junturas irregulares. Todo estaba lleno de moscas que picaban. Llevé a Ernie hasta una rama caída entre la maleza y me senté con él.

—¡Maldita sea! —exclamó Volcanoman.

Caminaba de un lado a otro junto al muerto, mientras juraba cazar a Jorge y matarlo con sus propias manos. Pero eso no nos sacaría de ahí.

—Mierda. Mi teléfono está muerto —dijo.

—Si a todos les parece bien, puedo comprobar dónde estamos —dije, sacando mi teléfono.

Al menos podía ofrecerle algo al grupo.

Unos pocos asintieron.

—Apúrate —advirtió Román.

Según mi GPS. Estábamos en algún lugar del sur de Misuri. Tecleé *17 Thistlebrook Street, Scutter, Oklahoma* y me salió una ruta sinuosa con un *60 millas* escrito en la parte inferior.

—Vámonos en el carro del agente —dijo Lydia.

—¿Estás *loca*? —bramó Volcanoman—. ¡Eso es lo primero que van a buscar!

No podía no estar de acuerdo. Irnos en un carro de las Fuerzas de Deportación me parecía una idea horrible, pero Lydia y Kyrie ya se estaban subiendo a los asientos delanteros, jugueteando con el activado por voz. Otras personas del camión también se subieron al asiento trasero con sus cosas.

—¿No dijiste que eras un *hacker* o algo así? —le preguntó una de las chicas a Román.

Él asintió y se encogió de hombros, dirigiéndose al coche.

—Probablemente pueda acceder al código fuente del motor, pero igual necesitan una huella dactilar para desbloquear el timón —informó.

Al menos, eso fue lo que creí que dijo, pues hablaba muy rápido, en términos informáticos. Lo que sí entendí fue:

—En realidad no creo que sea buena idea.

Las dos chicas ignoraron su advertencia. Empezaron a debatir quién arrastraría al muerto hasta el carro para poder usar su huella. Alguien en el asiento de atrás dijo que le cortaran el dedo y se lo llevaran.

—Eh, NO —dije tan duro y firme que me quedé atónita. Todas las miradas estaban puestas en mí mientras me levantaba—. Quiero llegar a California, pero esta no parece la mejor manera.

—Exactamente —dijo el tipo de los ojos tristes.

—Es de las Fuerzas de Deportación —continué—. Seguro lo buscarán a él y al carro. Tenemos que dejarlo aquí y llegar a la Ruta 44.

—¡Sí! Gracias —dijo Volcanoman, lo cual me tranquilizó un poco, aunque me seguía intimidando. Sobre todo, cuando continuó con—: ¿Y cómo llegamos? ¿Cuál es el plan?

No tenía ningún plan. Solo tenía un mapa, un teléfono que podría estar enviando mis coordenadas a las FD y una misión que parecía cada vez más insostenible: mantener a mi hermano a salvo y llegar a California. Volví a abrir el mapa de Mami solo para sentirme con algo de autoridad o conocimiento. Revisé mi teléfono una vez más para ver la ruta con curvas hacia la calle Thistlebrook y luego lo apagué.

—Seutter está por aquí —lo señalé en el mapa para quien quisiera mirar—. Entonces tenemos que caminar hacia el suroeste.

Cuando dije la palabra *caminar*, Ernie me lanzó una mirada de dolor y súplica que tuve que ignorar. No había otra opción, que yo supiera. Román y su madre estaban sentados en una roca, bebiendo agua. El hombre con el chal de oración había empezado a adentrarse en el bosque. Los que estaban en el carro seguían discutiendo sobre la mejor forma de cortarle el dedo al oficial de las FD, cuyo cuerpo se estaba asando al sol en la carretera, a pocos metros de nosotros. Ya no podía esperar más a que alguien tomara una decisión.

—Vamos —ordené.

—Me parece bien —dijo Volcanoman.

—Tengo una brújula, por si sirve de algo —dijo el tipo de ojos tristes—. Soy Malakas.

—Mami, Mami, ¿podemos ir con ellos, por favor? —suplicó Tomás.

Su madre estaba apoyada contra un árbol, dando pecho de nuevo. Era más bajita que yo, con un moño oscuro tirando de su piel morena y una sudadera que decía: PENN STATE NITTANY LIONS, que era tan grande que cabía ahí con toda su familia. Me pregunté cuántos años tendría esta mujer. Cómo había llegado aquí con dos niños sola y dónde esperaba encontrar seguridad.

—No sé —murmuró.

—Perdón —dije, agachándome a su lado—. Me llamo Valentina. Soy de Colombia. ¿Y tú?

—De Guatemala —dijo—. Me llamo Rosa.

Le expliqué que íbamos a caminar hasta donde nos tenían que dejar. Desde ahí, nos llevarían a California. Teníamos que irnos ya y usar carreteras secundarias porque las Fuerzas de Deportación vendría a buscar al agente muerto en cualquier momento. Rosa asintió, inexpresiva. Sin decir nada más, recogió sus maletas y agarró a Tomás de la mano, mientras el bebé seguía mamando. Malakas se ofreció a llevarle una de sus maletas, pero ella se negó. Podía sentir su tristeza profunda que llegaba en oleadas.

Volcanoman se ajustó la mochila y le gritó al grupo que estaba en el carro de las FD:

—¡Buena suerte!

—Sí, cuídense —dije, por encima del hombro.

Me aferré a Ernie aún más fuerte para que no mirara atrás.

Y así partimos Rosa y sus hijos, Volcanoman, Malakas, Ernie y yo. El sol todavía se alzaba por el este y podía sentirlo arder en la nuca. Los vientos también eran mucho más fuertes aquí y levantaban un montón de ramas y hojas que nos azotaban la cara.

—¿No es Misuri conocido por sus tornados? —preguntó Volcanoman.

—¿En serio? —respondió Malakas.

—¡Misuri es mi nuevo estado! —declaró Tomás y pude ver que hasta Volcanoman sonrió.

Ernie y Tomás empezaron a correr unos metros adelante, recogían bastones y "piedras mágicas" para todos. Luego quisieron jugar sigue al líder. Y luego los dos quedaron demasiado cansados para avanzar un centímetro, pero los obligué a continuar.

Íbamos ridículamente despacio. Sabía que no ayudaba para nada el hecho de que yo insistiera en viajar cerca del bosque y entre las sombras por seguridad. Teníamos muy poca comida y podía sentir que las nubes se acercaban, trayendo consigo una niebla húmeda y densa.

Pero nos estábamos moviendo. Hacia adelante, esperaba. Todo era traicionero. Desconocido.

La diferencia era que, por primera vez, estaba eligiendo el camino, aunque no supiera qué nos deparaba.

Y en este mundo de mierda, eso me dio fuerzas.

CAPÍTULO 16

El sol se había ido y el viento nos lanzaba una lluvia intensa y punzante. No habíamos avanzado mucho desde donde nos dejó Jorge, pero el cielo ya estaba cubierto por densas y amenazantes nubes por todas partes.

—¿Oyeron? —murmuró Volcanoman, con amargura—. El presidente dice que el cambio climático también es culpa nuestra.

Cuanto más al sur íbamos, más sombrío se volvía el panorama. Todo el sur de Misuri estaba completamente destrozado. Parecía como si una serie de tornados lo hubiera arrasado recientemente. O como si se tratara de un embudo continuo, que giraba de pueblo en pueblo succionando ropa, juguetes, muebles y ganado, lanzándolos tan lejos y tan rápido como podía. Dondequiera que fuéramos, había una carrera de obstáculos de barrancos pantanosos, cables eléctricos enredados y lo que parecía y olía a pozo séptico abierto. Pasamos junto a casas móviles completamente desprendidas de sus cimientos y tiradas en el suelo, con las puertas abiertas de par en par. Había carros y cochecitos aplastados; una señal de tráfico clavada como una lanza en el techo de una cabaña. Un rastro de vidrios rotos que iba de una puerta a otra, como una alfombra brillante de pasarela, hacia el mayor espectáculo del mundo.

Recordé a Mami cuando me decía que la naturaleza era un milagro feroz, que debíamos respetarla y cuidarla, y confiar que después de la tormenta siempre llega la calma. Quería tener esa clase de fe mientras caminábamos penosamente por ese paisaje apocalíptico, pero me costaba. Todos queríamos tenerla. Era principios de junio, pero la lluvia me daba frío. Entonces dejó de llover de repente y me dio tanto calor que me asfixiaba.

En un momento de la tarde, Ernie y Tomás vieron un triciclo rojo atascado en una carpa destrozada. Tiraron de la tela de la carpa, intentando liberar el triciclo. Cuando lo lograron, Ernie hizo que Tomás se sentara en el manubrio y lo llevó a dar una vuelta.

—¡No, mijo! —dijo Rosa.

—¿Por qué no? —gritó Tomás, con cara de desilusión.

La verdad es que no sabía por qué no dejaba que los niños se montaran en el triciclo. Me pareció una idea genial. Ojalá hubiera suficientes para todos. Empecé a rebuscar entre los montones de muebles y a levantar trozos de revestimiento de aluminio.

—No pasa nada —dijo Volcanoman—. Correré al lado de ellos un rato, para asegurarme de que estén bien.

Volcanoman me estaba empezando a caer bien. Nunca se disculpó con Tomás por haberse enfadado tanto en el camión, pero sin duda entendía que su mal genio era solo miedo disfrazado. Como íbamos a pie, se había dedicado a ayudar. Malakas también era muy cariñoso con los niños, les decía que eran guerreros y que estas rocas mágicas nos mantenían a todos a salvo. Se me aguaron los ojos cuando les dijo eso, pues deseaba mucho que fuera cierto.

Terminamos turnándonos en el triciclo. Pedaleamos, corrimos o caminamos todo el día, y solo parábamos cuando el bebé tenía hambre o alguno se quedaba atascado en un pantano o en una zanja. Cuando el día comenzó a desaparecer, buscamos un lugar para dormir. Más que un refugio, era un espacio endeble entre el chasis inferior astillado de una casa rodante volcada y los bloques de concreto que antes la mantenían en pie. La casa rodante también estaba inclinada en un ángulo precario: el techo aplastado ahora descansaba sobre el tronco de un árbol. Las dos ruedas derechas sobresalían como las patas de un animal atropellado y por la abertura cayó otra llovizna fría sobre nosotros.

—¿Estás bien? —le pregunté a Ernie.

Él asintió, aunque noté que no estaba nada bien. Estaba exhausto y hambriento. Rebusqué en nuestras maletas y le ofrecí al grupo el resto de la comida que nos había dado la hermana Lottie. Volcanoman tenía pan duro para compartir, Malakas unas manzanas y Tomás extendió la mano con una chupeta de cereza en pedazos que llevaba en el bolsillo desde que salieron de casa.

Rosa se veía tan mal y agotada por el viaje y la alimentación de su bebé que le dije a Tomás que le diera la chupeta a su mamá. Ella repetía: *No, no, no*, pero apenas se llevó la bola rosada de caramelo a los labios finos, pude ver que el cuerpo le temblaba de alivio.

Cuando dejó de llover por completo, ya era de noche. Lo único que quedaba arriba era una cubierta de ramas crujientes y un puñado de estrellas que se asomaban. Todo el grupo suspiró al unísono. Nos escurríamos las camisas y el pelo mojado, mientras buscábamos una parte de tela seca en las maletas para descansar la cabeza, si eso era posible. Traje a Ernie hacia mí e hice una almohada con el balón de fútbol. Le froté la nuca con la esperanza de que cayera en algún estado de inconsciencia. Al poco rato, oí el zumbido de varios ronquidos.

También vi una luz azul gélida que salía de algo justo debajo de mi brazo derecho.

O, mejor dicho, de mi *muñeca* derecha.

Di un pequeño grito silenciado.

—Tú también, ¿no? —dijo una voz suave en la oscuridad. Era Malakas.

—¿Qué? ¡No! —contesté rápido, escondiendo la muñeca contra mi cuerpo como si pudiera borrarla u ocultarla.

—No pasa nada —dijo con una vaga calma—. O sea, no está bien, pero... si te sirve de algo, la mía también acaba de brillar.

Giró la mano derecha para mostrarme el interior de su muñeca. Esa luz azul hielo también le brillaba bajo la piel. Era casi como un grano de arroz. Del tamaño exacto de un microchip.

Volví a mirarme el interior de la muñeca para asegurarme. Ahí estaba: la misma manchita de luz inquietante entre mis venas. Marcándome.

—¿Crees que esto es... la *actualización del sistema*? —pregunté con voz temblorosa.

—Sí, debe ser —dijo Malakas—. Quién sabe cuánto tiempo nos queda antes de que nos encuentren. Apuesto a que tienen toda nuestra información en una pantalla gigantesca, proyectada como una constelación gigante.

Había tantas cosas que quería decir o gritar. Sin embargo, no sabía por dónde ni cómo empezar. Me dolía todo el cuerpo por contener tanta rabia y miedo. Me sentía como un nervio gigante al descubierto.

Revisé la muñeca derecha de Ernie, pero no estaba iluminada. La de Tomás tampoco, por lo que pude ver. No iba a husmear en el cuerpo de Volcanoman, así estuviera dormido. Sin embargo, sí vi el brillo en la muñeca de Rosa, reflejándose en la mejilla de su bebé mientras la abrazaba fuerte.

—¿Será que la despierto y le cuento? Me pregunto cuánto tardará en dejar de brillar así —le susurré a Malakas.

—No, no la despiertes. ¿Para qué? —ofreció.

Sacudí el brazo con todas mis fuerzas, intentando apagar ese punto brillante. Como no funcionó, metí el brazo bajo la camisa empapada. Me agarré la muñeca derecha como si estuviera rota.

Lo estaba. *Yo* estaba rota.

—Oye, lo siento —dijo en voz baja—. No quise empeorarte las cosas.

—No las empeoraste.

—¿De dónde sacaste el tuyo? —preguntó.

Hice una pausa, instintivamente temerosa de decir demasiado. Pero ¿qué podía hacerme este tipo, en realidad? Estaba tan condenado como yo.

—California —le dije.

—Ah, nuestra única esperanza.

—Tal vez —dije—. ¿Has hablado con alguien allá?

—Yo... no conozco a nadie allá.

—Ah...

Sentí lástima por él. Su voz sonaba tan hueca.

—En este punto, no sé a dónde más ir —dijo.

—¿De dónde eres?

—De Filipinas, pero tampoco sé si queda alguien allá.

—¿Qué quieres decir? —pregunté, asustada por su respuesta.

Me contó que nació en un lugar llamado Luzón Norte, donde había una pobreza increíble y tantos tifones que vivió con su mamá en una choza sin techo durante los primeros cinco años de su vida. Cuando cumplió seis años, Luzón sufrió una serie de ciclones y tormentas mortales que sepultaron su escuela primaria en un aluvión de lodo. Las aguas se contaminaron y su mamá se enfermó tanto que ni siquiera podía tragar arroz. Le rogó a una amiga de la infancia que la ayudara a traer a Malakas a Estados Unidos. Una calurosa mañana de octubre, la mamá de Malakas lo subió a un avión con una sola maleta, una visa falsa y una promesa.

—Me dijo que mirara la luna, ¿sabes? Y que ella también la miraría, para estar, más o menos, juntos —se rio entre dientes—. Es un poco tonto, lo sé.

—No, no lo es.

Apenas podía pronunciar las palabras.

—Es que... —suspiró—. En fin, llegué a Nueva York, donde vive mi "lola", mi abuela —se corrigió—. Vivía.

Vivió con su lola en Brooklyn durante los siguientes diez años. Malakas me contó lo amable e inteligente que era su lola, que tenía tres trabajos y cuidaba de Malakas.

Él iba a la escuela. Jugaba básquet y ganó una feria de ciencias con su trabajo sobre exploración espacial. Estaba agradecido de poder hablar con su mamá por teléfono todo el tiempo.

—Hasta que… se murió.

Ya podía sentir sus ganas de llorar mientras me contaba que había conseguido el chip falso en la trastienda de un salón de belleza y esa misma noche se enteró de que su pueblo, en Luzón, había sido arrasado, borrado del mapa. Su mamá, su casa, todo lo que conocía como hogar, había desaparecido. Siguió yendo a la escuela, porque eso era lo que su mamá hubiera querido que hiciera. Su lola sabía que le encantaba la astronomía, así que luchó para que fuera a una prestigiosa secundaria para "*nerds* de las supernovas". Estudió con disciplina, para que se sintiera orgullosa.

—Pero al final, no importa lo inteligente que seas, ¿no? —dijo—. No importa lo amable, generoso, guapo o rico que seas…

Y entonces, hace un par de semanas, Malakas regresó un día del entrenamiento de básquet y su casa estaba completamente destrozada. Las ventanas estaban hechas añicos. Su lola había desaparecido. Empacó las únicas pertenencias que le quedaban: su libro favorito sobre las estrellas, sus binoculares y echó a correr.

Oí que Malakas contenía la respiración para contener las lágrimas. Exhaló con fuerza y se tapó los ojos con las manos. Parecía que estaba intentando reiniciar su corazón o, al menos, su cabeza.

—¿No sería genial si esto fuera una estrella más? —dijo, levantando la muñeca que brillaba por encima de nosotros—. Hay tantas en el universo que nunca veremos, porque son invisibles a simple vista.

Malakas dijo que quizá por eso amaba tanto las estrellas: porque siempre estaban ahí, cuidándolo.

No sabía dónde había oído eso de las estrellas ocultas, pero me sonaba familiar, casi reconfortante.

—Si tan solo fuéramos invisibles también —murmuré.

—Sí —respondió Malakas—. Si lo fuéramos.

CAPÍTULO 17

Tan pronto Ernie empezó a despertarse a la mañana siguiente, le enseñé mi chip brillante y le dije lo que creía que significaba.

Ernie asintió.

—Pero el tuyo está bien —le aseguré.

—*Okay* —dijo.

Tenía los ojos apagados y ojeras que parecían moretones.

—Es algo bueno.

—Si tú lo dices.

—¡Lo es! ¡Lo es! —casi que le estaba gritando.

Ernie frunció el ceño. Fui a abrazarlo y se quedó ahí sentado, como un muñeco de trapo, en mis brazos. Se hacía cada vez más pequeño con el paso de los días, más melancólico también. Me preguntaba si tenía miedo de perderme o si todavía me guardaba rencor por haber dejado a Mami en esa estación de autobuses y, en realidad, por cada momento desde entonces. Me preguntaba si alguna vez volvería a ser tan tonto o libre como para ponerse crema de dientes en el pelo.

—¿Y ahora qué hacemos? —preguntó Ernie, mirando mi muñeca que brillaba.

—Nosotros... seguimos —dije, escondiendo el brazo, como si eso pudiera protegernos o escondernos—. Llegaremos a la casa segura y luego a California.

—*Okay* —respondió sin variar el tono.

x

LLÁMALO FE. Llámalo destino. Llámalo delirio o terquedad acelerada. Nos demoramos otros cuatro días y medio caminando a través de más pueblos saqueados y granjas destruidas, pero llegamos a la calle Thistlebrook en Seutter, Oklahoma.

De hecho, no entiendo por qué se llama calle, si era un tramo de asfalto que descendía en pendiente sobre campanarios pisoteados y una cerca de alambre de púas puesta entre dos postes de metal. Al otro lado de la cerca había un barranco de tierra, rocas y una camioneta que antes era azul, pero ahora estaba quemada. Al acercarnos, vi que también había un rancho de una sola planta. Estaba casi oculto tras un olmo decrépito. Su revestimiento amarillo estaba salpicado de barro y había trozos de madera contrachapada que cubrían lo que supuse que alguna vez fueron ventanas.

Sobre la puerta principal había un solo bombillo sin lámpara que iluminaba el número diecisiete.

El número diecisiete de la calle Thistlebrook no era una casa embrujada típica, como las de esas películas viejas con esqueletos que se asoman por los áticos y murciélagos que vuelan por todas partes. No había cinta de *peligro* ni fantasmas revoloteando entre las sombras, mientras gemían *CUIDADO*. Sin embargo, incluso antes de entrar, supe que este lugar iba a ser horrible. Sentí un ardor en la piel al levantar el brazo para tocar a la puerta. Como nadie nos contestó, Malakas sugirió que fuéramos por la parte de atrás. Sin embargo, no pude encontrar otra entrada, solo más ventanas selladas, un montón de huellas anchas de neumáticos que marcaban el suelo y pilas de bolsas de basura rodeadas de moscas.

—¿Estamos seguros de que nos dijo diecisiete? —preguntó Volcanoman. Parecía que quisiera irse de ahí—. Pues, me parece que podríamos tratar de caminar un poco más y ver si...

Pero alguien nos había olfateado.

Oímos que arrastraban por el suelo unos muebles adentro de la casa. Y alguien dijo:

—¡Mierda! Creo que es la carga de Jorge.

Oímos el clic de los cerrojos al abrirse. Se abrió una puerta lateral oculta y vimos que la cara de un hombre apareció tras el cañón de una pistola. Vestía de negro y tenía la piel blanca como la tiza. Por debajo de la frente se le asomaba un par de ojos hundidos. También tenía la barba al estilo candado, una pañoleta negra en la cabeza y un cigarrillo entre los dientes delanteros del que chorreaba ceniza.

Agitó el arma para que pasáramos y gritó:

—¡Apúrense! ¡Entren!

Entré primero, extendiendo la mano hacia atrás para guiar a Ernie adentro. Malakas llegó después con Tomás en brazos. Luego, Rosa, la bebé y Volcanoman.

Esta casa segura no tenía nada de seguro. Aliento a cigarrillo ya cerraba la puerta y le ponía seguro otra vez. Nos dijo que se llamaba Ronny y que estaba harto de arreglar los problemas de los demás. Se quejó de que Jorge esta vez la había cagado de verdad al matar a ese agente de las DF. Luego se alejó, murmurando que todos pagarían por este error.

El interior de la casa era repugnante. Una nube de humo de cigarrillo, olor corporal y lo que olía a excrementos humanos nos invadía. La única luz provenía de una linterna fluorescente de *camping* que estaba sobre una mesa de tres patas en medio de la habitación, que debió haber sido una cocina. El lavaplatos y la estufa estaban cubiertos de pilas de cartones de cigarrillos. Había una nevera desenchufada cuya puerta colgaba de la bisagra. Oí lo que debían ser patitas de roedor correteando adentro.

El amigo de Ronny, BJ, entró en la habitación a continuación. Era todo lo contrario de Ronny: bajito y rechoncho, de mejillas coloradas, vestía *shorts* de básquet de nailon rojo que le llegaban casi a los tobillos y una camiseta amarilla con una mascota furiosa extendida sobre el pecho. BJ hablaba sin parar y se reía entre palabras como si estuviera drogado. Lo que era muy posible.

—¿Cuántos tenemos esta noche? Uh, hola, chicas.

Cruzó los brazos sobre su gran barriga y nos miró a Rosa y a mí, inspeccionándonos. Incluso levantó la linterna de *camping* entre nosotras para vernos mejor. Había visto que Mami hacía lo mismo con el ganado en la granja de Vermont, para ver mejor los flancos de las vacas, mientras tarareaba suavemente si estaba contenta con lo que veía. BJ, por otro lado, no tarareó. Simplemente se acercó cada vez más, nos miró fijamente y chasqueó la lengua. Luego me puso sus dos húmedas manos sobre los hombros y dijo:

—Mi casa es su casa. ¿*Capiche*?

Malakas se interpuso entre nosotros. Él y BJ se miraron fijamente. De repente, BJ rugió como un tigre y el bebé de Rosa rompió a llorar.

—¡*Whoa, whoa, whoa!* —dijo BJ, riendo.

Ronny volvió corriendo del pasillo en sombras, con la pistola cargada y lista de nuevo.

—¡Más te vale callar a esa cosa! —bramó—. ¡BJ, por esto te dije que no lidio con bebés! ¡Esto es una locura, *man*! ¡Me voy!

—Bájale a las revoluciones, Ron. Bájale.

Los dientes de BJ brillaron y me guiñó un ojo como si estuviéramos al tanto de un gran secreto. Intenté sonreír educadamente, pero Ronny vio el intercambio y golpeó la pared de la cocina con la mano. BJ volvió a reírse a carcajadas.

—No es chistoso, imbécil —gritó Ronny—. Nada de esto es chistoso. Ya tenemos demasiados sudacas que tapan el inodoro. Ni siquiera nos han pagado todavía.

Ronny se quitó la pañoleta y se pasó las gigantescas manos por la cabeza calva. Empezó a abrir cajas de cigarrillos vacías, agitándolas para ver si tenían cigarrillos y las botaba al suelo.

—No tengo ni para un cigarrillo —gruñó, con la ira hirviéndole por dentro.

—A ver, Ron. Nos van a pagar. Te lo prometo —dijo BJ—. Y tenemos buena carne fresca…

Aquí me guiñó el ojo otra vez y yo me obligué a enderezarme, aunque la habitación me daba vueltas.

Malakas habló:

—Mira, hermano, solo intentamos llegar a California. No necesitas...

—¡Ah, ya veo! La quieres para ti —dijo BJ, inclinando la cabeza hacia mí—. No me importa compartir, *hermano*.

—Nadie va a compartir nada —dijo Malakas—. Solo estamos buscando la forma de llegar a...

—¿Qué mierdas te pasa? —gritó Ronny.

Agradecía que Malakas me defendiera, pero lo único que quería era que todos volvieran a sus rincones, pues necesitábamos que uno de estos tipos nos llevara el resto del camino a California.

Volcanoman intervino:

—Lo siento, hermano, creo que todos estamos muy cansados. Llevamos días viajando.

—¡Cállate la boca! —ordenó Ronny, inundando toda la habitación con su veneno.

BJ se rio entre dientes y se deslizó delante de mí y de Malakas. Cuando habló, tenía la cara a pocos centímetros de la nuestra.

—Ey, ya entiendo. Están cansados. Tienen hambre. Solo quieren un sitio donde tumbarse esta noche. Tal vez algo de comer caliente, ¿verdad?

—No es un puto Holiday Inn —se oyó la voz de Ronny a sus espaldas.

—Ronny, ¿por qué no te relajas? Has estado trabajando demasiado. Yo me encargo.

—Estoy bien —soltó Ronny.

—O ve a comprarnos... cosas para una fiesta, ¿no? Ya sabes, de esas que vienen en botellas de 120 ml y huelen a sexo.

Sentía la mirada de BJ clavada en mí mientras hablaba, pero la ignoré lo mejor que pude. Me obligué a mirar fijamente uno de esos cartones vacíos mientras Malakas me apretaba la mano cada vez más fuerte.

—Te digo, Ron. Te lo prometo, vamos a tener una noche divertida.

BJ sacó unos billetes de veinte dólares de la cinturilla de sus *shorts* y los agitó delante de mi cara antes de dárselos a su amigo. Ronny cogió el dinero y gruñó.

—Es una estupidez —salió furioso de la cocina y se fue por el pasillo—. ¿Saben? ¡Una estupidez!

Lo oímos abrir lo que debía ser la puerta principal del otro lado de la casa, cerrarla de un golpe y echar el cerrojo desde afuera.

—Lo siento —dijo BJ—. Es esa época del mes, ¿saben? Vengan, déjenme mostrarles la casa.

Nos empujó a Malakas y a mí por el pasillo, y no tuvimos más remedio que caminar. Los demás lo siguieron.

—¿Ven? Soy el único con modales por aquí —dijo, con una risita.

—¡Me quiero ir! —oí que Tomás gimió detrás de nosotros.

—Todo va a estar bien —le dijo Rosa—. Ya casi nos vamos.

—No te vas a ir de ningún lado, mamacita. Están pegados a nosotros hasta que queramos. No podemos tenerlos ahí afuera chismeando sobre lo que pasa aquí, ¿entienden? —dijo BJ.

—¿Vali? —preguntó Ernie.

Su voz sonaba tan débil, temblorosa, al borde de las lágrimas.

—Estoy aquí —dije.

Intenté darme la vuelta y tomarlo de la mano o al menos tranquilizarlo con una sonrisa falsa, pero BJ me rodeó los hombros con el brazo para que no pudiera girarme.

—¡Salgan, salgan, dondequiera que estén! —canturreó, mientras empezaba a abrir puertas de un golpe a ambos lados del pasillo.

En una habitación, había dos mujeres con ojos vidriosos y camisetas demasiado grandes, acurrucadas en un rincón. Estaban atadas a la estructura de una cama vacía con una cuerda.

Ernie jadeó.

—¿Por qué están así? —suplicó.

No supe qué responderle, pero BJ sí.

—¿Sabes que si te metes en problemas en la escuela tienes que ir a la oficina del rector?

Ernie asintió y miró al suelo. Se notaba que lamentaba profundamente haber preguntado.

—Bueno, pues estas chicas se han portado muy, muy mal. Y como castigo, tienen que sentarse aquí y pensar en cómo ser más amables. Cómo hacerme *sentir* mejor. ¿Verdad, chicas? —dijo BJ.

Su voz me recordaba al lodo tóxico, supurando hacia nosotros.

Las mujeres levantaron la vista y parpadearon lentamente, parecían sedadas. Tuve que imaginarlas como cuerpos o incluso muñecas; cualquier cosa menos personas vivas. De lo contrario, era demasiado aterrador. Una de ellas empezó a asentir, pero se cansó demasiado y cerró los ojos. BJ volvió a reír mientras cerraba la puerta. Ahora me miraba directamente.

Yo miré al suelo.

—Siempre viene gente a pedirme ayuda. Tienes mucha suerte de que te haya acogido, ¿no? —me pellizcó la muñeca brillante y me dio la vuelta para enseñársela a todo el grupo—. ¿Verdad? ¿No creen que ella me debe algo por mantenerlos a todos a salvo?

—No. Nos vamos —dijo Malakas.

Me atrajo hacia él.

En ese mismo instante, BJ sacó una pistola de su cinturón y le puso el cañón justo en la cabeza a Malakas. Todos nos quedamos paralizados de miedo, mientras BJ le quitaba el seguro al arma. Entonces levantó el chip brillante de Malakas como prueba B.

—¿En serio, fortachón? —se burló BJ—. ¿Y adónde van a ir exactamente? Es una actualización a nivel nacional, entonces las DF están recopilando datos ahora mismo para enviar a las tropas. La única razón por la que no los han atrapado todavía es porque los agentes de por aquí me conocen. Les caigo bien. O, al menos, les gusta lo que les ofrezco.

De nuevo, BJ me miró lascivamente y luego a Rosa. El bebé estaba inquieto y ella intentaba proteger los ojos de Tomás de la pistola.

—Está bien. No pasa nada —dije, con falso optimismo—. No tenemos que irnos a ninguna parte. ¡Estamos bien aquí! —aseguré intentando disimular el temblor en mi voz, aunque no estoy segura de haberlo logrado.

BJ sonrió.

—Bien dicho —dijo, mirando a Malakas.

—*Okay* —fue todo lo que Malakas pudo murmurar. BJ bajó el arma.

—¿Crees que podríamos buscar un lugar para alimentar al bebé? —pregunté.

—Claro, claro. ¿En qué estaba pensando? Acomódense en la cocina. Siéntanse como en casa. No se preocupen, iré a buscarlos en un rato.

Al girar para regresar por el pasillo, sentí la carnosa palma de BJ en mi trasero. No podía darme la vuelta ni decir ni pío. No podía dejar que Ernie viera lo aterrorizada que estaba ni que Malakas intentara intervenir otra vez por mí. Me temblaba todo el cuerpo, me palpitaba toda la piel mientras intentaba volver a la cocina sin perder los estribos. Sabía que BJ probablemente seguía observándome. Quería arrancarle los ojos de las órbitas y arrancarle la carne de la cara, pero en lugar de eso, seguí caminando.

Cuando llegué a la cocina, abracé a Ernie muy fuerte.

—¿Por qué estaban amarradas? ¿Nos van a amarrar también a nosotros? —gimió.

—No pasa nada. Estamos bien. No pasa nada —balbuceé.

Eran buenas palabras, aunque yo misma no pudiera creerlas.

—¿Cuándo estaremos en California? —gimió Ernie—. No quiero estar aquí. Quiero irme a la casaaaaaa.

Tenía ocho años, al fin y al cabo. Estaba hambriento, agotado y, aunque no pudiera asimilarlo, completamente traumatizado.

—Pronto, Ernie, pronto —lo abracé—. Siento mucho haberte traído aquí. Perdóname... por todo esto.

No sabía si aceptó mis disculpas o si alguna vez aceptaría que habíamos dejado a Mami atrás, pero me abrazó fuerte y por eso le estaba muy agradecida. Nos acurrucamos así durante al menos una hora, hasta que la habitación quedó tan oscura que ni la linterna pudo darnos algo más que un pequeño círculo de luz. Entonces Malakas y yo hicimos un pequeño refugio para todos detrás de los botes de basura, extendiendo nuestras maletas en semicírculo.

—Prometo —me dijo Malakas—, que no dejaré que te toquen. No dejaré que...

Se le apagó la voz en un silencio profundo que se sentía tan impotente. No sabía cómo podría protegerme: de BJ, de Ronny, de nada. Quería empujarlo y decirle: *¡Déjame en paz, puedo cuidarme sola!* Pero eso también parecía imposible.

Rosa ya estaba agachada en un rincón de la cocina, detrás de dos botes de basura repletos. Estaba convenciendo a su hijo para que se subiera a su regazo e intentaba alimentar al bebé sin levantarse demasiado la blusa.

—¿Crees que las FD de verdad están enviando tropas? —le pregunté a Malakas.

—No sé. Pero tenemos que irnos de aquí.

Ambos miramos en silencio la muñeca brillante de Rosa y luego la nuestra, supongo que sopesando qué se sentía más peligroso: los monstruos dentro o fuera de la casa. No sabía cómo, pero obviamente el Gobierno me había encontrado. Me había registrado en su base de datos y no dejaría de perseguirme hasta que me encontrara y me capturara.

—Tenemos que encontrar la forma de sacarnos estos chips —le dije a Malakas.

—Ya quisiera —dijo.

—En serio.

Fue el mango del cuchillo de cocina de Mami lo que me dio la idea de cómo hacerlo.

Estaba revolviendo todo en la maleta, tratando de encontrar otra barrita de granola o una rodaja de manzana para alimentar a Ernie, pero no encontraba nada. Cuando mi mano se topó con el cuchillo de Mami, supe lo que tenía que hacer. Puse el balón de fútbol verde de Ernie en el piso y les dije a él y a Tomás que apoyaran la cabeza sobre él, uno al lado del otro. Cuando estuve segura de que ambos dormían, saqué el cuchillo, lo limpié y se lo di a Malakas. Saqué la linterna y extendí el brazo derecho para que pudiera ver el bulto azul hielo que tenía debajo de la piel.

—Sácame el mío y yo te saco el tuyo —le dije.

Era una orden, más que una petición.

—Pero... —empezó Malakas.

Le brillaron los ojos de miedo.

—Hazlo —insistí, acercando mi brazo a su cara.

Intenté mantener la voz firme. Era la única manera, al menos por lo que veía.

Malakas me tomó de la muñeca, aunque todavía parecía estar demasiado horrorizado para seguir adelante.

—Por favor —le supliqué—. *Hazlo.*

La hoja estaba mucho más desafilada de lo que me imaginé. Malakas empezó a hurgar y a cortar, haciendo una mueca de dolor con cada roce.

—No pasa nada —le aseguré—. Puedo soportarlo.

Cambió de posición las manos e intentó clavar el cuchillo en un ángulo diferente, pero tampoco funcionó. Solo me estaba haciendo pequeños rasguños en la piel que me ponían más ansiosa. En algún momento, fue insoportable ver a Malakas suspirar y forcejear. Le agarré la mano y presioné la hoja hacia abajo, perforándome la piel con un chasquido distintivo.

Ambos jadeamos.

Se comenzó a acumular la sangre por todas partes, pues me goteaba por el brazo a chorros. La sequé con el borde de mi camiseta, pero la tela pronto quedó empapada.

—No duele —le dije, aunque el dolor me atravesaba el cuerpo—. Sigue. Por favor. Sácalo.

Se sentía como si me estuviera cortando las venas, abriéndome en dos. Tuve que bajar la vista para asegurarme de que mi muñeca seguía unida al resto de mi cuerpo. Y todavía seguía. Ver ese cuchillo abrirse paso por mi piel, mientras intentaba arrancar el chip... la camiseta empapada de sangre...

Saboreé la bilis en la garganta y vi que la habitación se ponía patas arriba.

Y entonces todo se volvió negro.

CAPÍTULO 18

Todavía era de noche, cuando volví en mí. Oí el petardeo de un motor afuera y el crujido de ramas bajo las llantas.

—¿Qué pasa? —susurró Ernie.

Intenté responderle, pero seguía desorientada. Todo estaba oscuro y húmedo, apestaba a sangre. Mi brazo derecho estaba rígido y me quemaba con oleadas de dolor.

—No pasa nada —murmuré.

Solo que ahora alguien pateaba la puerta principal de la casa, golpeaba con el talón tan fuerte que las paredes temblaban.

—¡Abre! —gritó Ronny.

—¿Cuál es la contraseña secreta? —bromeó BJ en el pasillo.

—¡Abre la puerta, imbécil!

Malakas también se había despertado. Mientras mis ojos se acostumbraban a las baldosas frías de la habitación, vi que teníamos vendas iguales en la muñeca derecha. Se debió quitar el chip él mismo. Quería darle las gracias, preguntarle si estaba bien, pero se oían demasiadas voces furiosas y estruendosos pasos de botas marchando por el pasillo.

—¿Qué pasa, Lochland? —preguntó BJ.

—¿Qué hay? —gruñó una voz que no reconocí.

—Dos nuevas. Rebuenas. Ambas mexicanas, creo —informó BJ.

—Me parece bien. Llévalas a mi habitación —dijo el desconocido.

—¡Sí, señor!

Ronny y BJ se dirigieron a la cocina con pasos firmes, y yo intenté ponerme de pie. Mi instinto inmediato era agarrar a Ernie y arrancar el tablón de la ventana para poder saltar y correr, pero mi brazo derecho era como un peso muerto y me jalaba hacia el suelo. Estaba empapada en sangre y tan mareada que volqué uno de los botes de basura que teníamos delante.

Malakas señaló los armarios bajo el lavaplatos. Agarré a Ernie por una de sus manos temblorosas y nos metimos en uno de los armarios. El espacio era probablemente de un metro por un metro y yo estaba tan apretada que mis dos dientes atravesaban la piel de mi rodilla. Estaba oscuro, así que esperé que eso significara que estábamos a salvo.

—¡Vamos! —ordenó Ronny en la cocina.

Le tapé la boca a Ernie con la mano y le dije que respirara, lo que era mucho más difícil de lo que parecía con los ratones que nos correteaban sobre los pies y un hedor tan intenso que era imposible no sentir náuseas.

—¡Levántate! —gritó BJ.

—Por favor —gritó Rosa—. ¡Por favor, no! ¡Mis bebés!

—¿Adónde la llevas? —preguntó Volcanoman.

—¡Cierra la boca! —ordenó Ronny.

Me estremeció el recuerdo de cuando a Mami se la llevó un agente a un callejón oscuro. Sentí la misma culpa aplastante que me paralizaba. Ahí estaba yo, escondida en un armario, dejando que pasara, igual que hice con Mami. Se oyó un fuerte golpe, el sonido de un cristal rompiéndose.

—¡Para! —dijo Malakas.

El golpe de puños contra pieles, gemidos. Los ojos de Ernie estaban justo frente a los míos, brillantes por el miedo. Sentí que los labios le temblaban bajo mi palma. Quería taparle los oídos, los ojos, la cabeza, el corazón y la mente para que no asimilara todo esto, pero ya no podía protegerlo de nada.

El bebé estaba llorando.

—¡Mami! ¡Mami! —gritó Tomás.

—¡Cierra la jodida boca! —exclamó Ronny.

—Todo va a estar bien —lloró Rosa—. ¡Ya vuelvo!

Luego se oyeron más portazos, más gritos. El sonido de un cuerpo que se retorcía mientras lo arrastraban por el suelo de linóleo. Rosa imploraba piedad. Si no de los humanos, entonces de Dios.

Ernie se aferró a mí. Sus lágrimas estaban hirviendo. Me quemaban incluso a través de la camisa.

—¡Mami! ¡Mami! ¿Dónde estás? —gimió Tomás.

No pude aguantar más. Salí a rastras del armario y me abrí paso entre el laberinto de basura del piso hasta que logré tener a los dos hijos de Rosa en mis brazos. Entonces Ernie también nos abrazó con su cuerpo mientras todos jadeábamos y sollozábamos.

—Está bien —intenté decirles—. Recuperaremos a tu mami. Ya viene, te lo prometo.

Sabía que no tenía derecho a hacer ese tipo de promesas, pero no podía permitir que nadie más quedara huérfano. No podía permitir que se separara a otra madre de sus hijos. Me aferré a esos niños tanto como ellos a mí. Desesperada por reconfortarnos un poco.

Ernie fue quien primero vio a Malakas. Estaba inconsciente, tendido en el suelo bajo la mesa de tres patas y sacudía la cabeza lentamente de un lado a otro, gimiendo.

—¿Malakas? —susurré.

Malakas se incorporó aturdido al oírme.

—¿Estás bien? —pregunté, aunque claramente no lo estaba.

—¿Dónde está Rosa? —gimió Ernie.

Y entonces, desde la otra habitación, un disparo.

Puuuuum.

Esta vez, reconocí el sonido al instante.

Conocía ese olor amargo, ese temblor frenético mientras la saliva me inundaba la boca.

Puuum, puuuuum.

Oí otro cuerpo caer al suelo.

—¿Qué demonios? —chilló Ronny.

—¡Cállate! —bramó Volcanoman.

—¡Por favor! —gimió BT—. No quise...

Otro golpe y dejó de hablar. Había cuerpos que se movían torpemente, puertas que se abrían y cerraban, llantos, susurros. Luego, silencio. Incluso los hijos de Rosa guardaron silencio mientras esperábamos a ver qué pasaba.

—¿Podemos irnos? —dijo la voz apagada de Ernie.

—Todavía no —susurré.

No sabía cómo confiar en que todo había terminado. No sabía quién había disparado esa pistola ni si se dirigía a la cocina. El aire estancado era aterrador. Mi corazón estaba en carne viva, hecho de electricidad estática, a punto de estallar en llamas.

Oímos más puertas que se abrían. El sonido de múltiples pasos frenéticos que tropezaban por el pasillo. Personas tropezando unas con otras, chocando contra las paredes.

—¡Vamos! ¡Corran! —gritó Volcanoman.

—¡Tomás! ¡Lupe! —lloró Rosa.

Llegó corriendo a la cocina en nuestra dirección. Me arrancó a sus hijos de los brazos y los llenó de besos.

—Vamos. Por aquí —dijo Malakas.

Quitó el tablón de la ventana de la cocina y empezó a dejar que la gente pasara. A la luz manchada del amanecer, pude ver que tenía un ojo hinchado y morado, y el labio inferior partido.

—¿Estás... bien? —pregunté de nuevo.

Malakas no me respondió, solo guio a Ernie hacia la ventana. Rosa y sus hijos fueron los siguientes, Tomás todavía tenía el balón de fútbol de Ernie entre las manos.

—¿Qué hay de...? —miré alrededor de la cocina.

Había basura por todas partes. La nevera seguía abierta y los ratones no se veían por ninguna parte. Me asomé cuidadosamente para mirar por el pasillo si quedaba alguien más, pero lo único que vi fue una oscura marea de sangre que se filtraba por el suelo.

Sentí que iba a vomitar. El ácido hedor a sangre me llenaba la nariz y me asfixiaba.

—Vamos —dijo Malakas, extendiendo la mano hacia mí—. Tenemos que salir de aquí.

Saltamos por la apertura de madera contrachapada hacia la tenue luz de la mañana. Vi a las dos mujeres de ojos vidriosos huir entre una hilera de árboles dispersos y a Volcanoman correr hacia nosotros, cubierto de sudor y lágrimas.

—*Okay* —nos dijo, con todo el cuerpo crispado—. El de las FD está muerto. BJ y Ronny se han ido, pero tenemos que salir de aquí antes de que aparezcan más FD.

—¿Estamos todos? —pregunté.

—¡Tomáááááás! —Rosa iba y venía por el campo, agarrando a su bebé y gritando por su hijo—. ¡Tomás! ¡Tomás!

Ernie, Volcanoman, Malakas y yo nos unimos a ella en el campo, en busca de Tomás.

—Salgo y le digo que espere, pero sale corriendo —nos dijo Rosa—. Está aquí. Y de repente está corriendo. ¡Tomás! Estaba asustado. Entonces, corrió. *¿Tomás?*

Sus palabras se volvían cada vez más estridentes y desconcertantes. Se tambaleaba de un árbol a otro, buscando, levantando hojas y ramas, pateando piedras. Todos estábamos así.

—Le digo que nos espere... —repetía.

Repetía la misma escena una y otra vez. Nunca llegaba al final.

¡Tomás, Tomás, Tomás!

Todos recorrimos el campo pisoteado, gritando su nombre. Luego nos adentramos en el bosque, desplegándonos en una modesta formación en V.

¡Tomás! ¡Tomás!

—¡Tomás! ¿Quieres jugar fútbol? —gritó Ernie.

Su voz era tan temblorosa y aterrorizada que sentí que me desmoronaba. Solo quería agarrar a Ernie y correr lo más lejos posible en cualquier dirección. Poner la mayor distancia posible entre nosotros y este momento. Entre nosotros y el creciente ejército de gente que quería exterminarnos.

—¡Tomás! —grité—. ¡Tranquilo! Puedes salir ya. Es... ¡mierda!

Había pisado un charco hondo. El agua me subía por el pantalón. En realidad, era más que un charco. Al intentar dar la vuelta, se me hundía el pie cada vez más en un estanque pantanoso y fangoso. Parecía extenderse y serpentear entre metros y metros de árboles caídos. La única interrupción en el paisaje era una pequeña boya brillante. Verde limón.

—Ernie, ¿es ese tu balón de fútbol?

Subía y bajaba. Y junto a este, flotaba una pequeña zapatilla deportiva. ME SUMERGÍ. El agua me golpeaba la cara, llenaba todos los espacios que gritaban en mi cabeza, pero nunca podría llenarla por completo. Había demasiado dolor desgarrándome. Desgarrando este mundo. Arrancando hijos de sus padres y ahogándolos en el dolor. Me abrí paso entre las marañas de algas, reboté entre las rocas y...

Ahí estaba.

El dulce Tomás. Era demasiado ligero para hundirse, estaba demasiado pálido para estar vivo y se había ido, se había ido, se había ido. Rodeaba con el brazo un tronco podrido.

Los aullidos que salieron de la boca de Rosa eran insoportables. La cara se le retorcía en un agujero salvaje e insondable. Una vez había visto cómo mataban cerdos en la granja McAuley, donde trabajaba Mami. Destriparon sus cuerpos frente a nosotros. La agonía desgarradora de Rosa sonaba infinitamente peor. Bombeó el pecho de Tomás y le sopló aire en el cuerpo, pero estaba claro que no tenía sentido. Entonces se desplomó sobre el cuerpo de su pequeño, con la bebé aún atada en el pecho. Quedó entre ellos, gritando.

Acerqué a Ernie hacia mí e intenté protegerle la cara. Era demasiado horrible. Demasiado inconcebible.

Pero no podía evitar que oyera el llanto de Rosa ni que oliera ese horrible pantano.

No podía hacer que nada de esto fuera mentira.

CAPÍTULO 19

Malakas intentó ponerle una gorra de béisbol a Rosa. El sol era fuerte y supongo que quería protegerla del resplandor. Parecía algo tan lamentable e inútil, pues en su regazo ella sostenía el cadáver hinchado y violáceo de su hijo de cuatro años. Y, sin embargo, cuando la gorra se caía porque Rosa no paraba de temblar, todos nos inclinábamos para ponérsela otra vez. Repetimos esta acción inútil una y otra vez: verla perder la gorra y luego, en silencio, turnarnos para volvérsela a colocar.

Era lo único que podíamos hacer.

Lo único que supimos hacer.

El cuerpo de Rosa era demasiado pequeño para contener todo ese dolor. Su dolor se expandió en un enorme vórtice y nos absorbió a todos en su miseria. Me sentía sin aliento. Como si su agonía fuera a devorar lo que quedaba de este estanque cubierto de algas y tierra marchita, de este cielo engañosamente soleado.

Casi lo deseaba. Quería proyectar el rostro de Rosa al éter como un enorme holograma para que todo el planeta y todas las constelaciones tuvieran que conocer su tragedia. Para que tuvieran que mirar su cuerpo encorvado, sosteniendo a la bebé que se retorcía y a su hijo muerto sobre sus rodillas. Sus ojos, como dos piedras oscuras: sintiendo todo, pero sin mostrar nada.

Ya no podía mirarla. Tenía que hacer algo, lo que fuera. Me puse de rodillas y empecé a escarbar en la tierra para cavar una tumba para el pequeño Tomás. El dolor en mi muñeca derecha era insoportable. Todo mi brazo estaba hinchado y caliente, se ponía rojo de la ira.

—¿Por qué haces eso? —lloró Ernie.

—Solo... ayúdame —le dije.

No sabía si Ernie sabía lo que hacía o no, pero se unió a mí en el suelo; su cara era una nube de tormenta mientras apartábamos matorrales empapados y maleza. Si nos topábamos con una roca grande o un nudo de raíces, cavábamos más hondo y arrancábamos con más fuerza. Necesitaba seguir desgarrando la tierra. Sentir algo afilado o frío o sucio. Cualquier cosa menos esta muerte devastadora.

Cuando terminamos la pequeña tumba, extendí los brazos para llevar a Tomás hasta ella. Rosa no lo soltaba. Abrazó con más fuerza a sus dos hijos y apartó la mirada de mí.

—Quiero decir algo —anuncié, sorprendiéndome a mí misma tanto como a los demás.

En Southboro, si tenía que hacer una presentación en la escuela o algo por el estilo, sentía náuseas. Ahora no había espacio para esas sensaciones. Sentía una necesidad feroz que me subía por los pulmones.

—Aprendí esto en español e inglés. Y...

Empecé a cantar una vieja canción que mi mami solía cantar. No sabía exactamente por qué, pero me salió sin pensarlo ni contenerme.

Intentaron enterrarnos. No sabían que éramos
semillas.
No sabían, no sabían, no sabían que éramos semillas.
They tried to bury us, but they didn't know we
were seeds.
They didn't know, they didn't know, they didn't
know we were seeds.

Oí que Ernie retomaba la letra por debajo de mi voz, la suya entrecortada por las lágrimas. Cuando terminó la canción, dio un paso al frente y se paró junto a su amigo muerto. Tomó su querido balón de fútbol verde limón y lo puso a los pies de Rosa. Luego se arrojó en mis brazos, atormentado por el llanto.

Uno a uno, rendimos homenaje al dulce Tomás como pudimos. Malakas recitó una oración en tagalo. Entonces sacó de su maleta un rosario, lo rompió con los dientes, y puso la cadena rota sobre el pecho inmóvil de Tomás.

Volcanoman esparció tierra sobre los pies hinchados de Tomás. Luego, empezó a apretar los labios y a entrecerrar los ojos. Se esforzó tanto por contener sus emociones, pero fue una batalla que perdió. Yo también la perdí. De alguna forma, ver a Volcanoman temblar era lo más difícil. Su ancha figura se convulsionaba, como una montaña a punto de desatar una avalancha. Sentí que los ojos se me llenaban de todas esas lágrimas de rabia y desesperación que había estado conteniendo durante días, y simplemente dejé que corrieran por mi cara, calientes y rápidas. Las lamí para alejarlas de los labios, sabiendo que siempre habría más.

—Corrió —gimió Rosa—. Corrió para estar lejos de ellos...

Mientras la voz se le hacía más débil, oí un zumbido agudo. Malakas debió oírlo también. Sacó un par de binoculares de su maleta y los apuntó más allá de una hilera de árboles torcidos. La luz del sol cambió cuando un banco de nubes vaporosas se acercó desde el este. Se movían demasiado rápido para ser nubes de verdad y el zumbido se hacía más fuerte a medida que se acercaban.

—Drones —anunció Malakas, inspeccionando el horizonte.

—Mierda —dijo Volcanoman.

—Parece que todavía están a nueve o diez millas, pero...

—Tenemos que irnos —dijo Volcanoman.

Le di una palmadita a Rosa en el hombro. Fue un roce mínimo y, aun así se desplomó hacia adelante. Tenía miedo de que se rompiera en mil pedazos.

—No —dijo ella. Sin dejar de mirar el estanque—. Yo no me voy.

—No puedes quedarte aquí —dijo Volcanoman.

—Me quedo con Tomás —declaró.

—No, no, no. Si quieres, puedo cargarlo en mi espalda. Tienes que levantarte en este instante.

Volcanoman extendió la mano hacia el niño muerto, pero Rosa lo detuvo con la palma.

—Ustedes vayan —dijo—. Me. Quedo. Con. Tomás.

No había ni una pizca de autocompasión en su voz. Estaba centrada y segura de lo que quería. Como si hablara no solo por sí misma, sino por todas las madres que habían perdido a un hijo antes que ella. Se mecía con los dos hijos en su regazo. La bebé seguía tomando de su pecho.

—¿Y la bebé? —pregunté.

—Mi bebé —murmuró Rosa, ladeando la cabeza para poder inspeccionar a su hija desde otro ángulo—. Sí, mi Guadalupe —me dijo.

Quise sacudir a Rosa, suplicarle que confiara en nosotros, aunque no hubiese garantía de nada.

—Guadalupe te necesita —intenté—. ¿Y si vienes con nosotros? Te llevaremos a algún lugar seguro y…

No tenía derecho a decirle que podíamos arreglarlo o que la haríamos sentir bien. Sobre todo, porque el zumbido de los drones se hacía cada vez más fuerte.

—No tenemos mucho tiempo —dijo Malakas.

Dejó los binoculares, metió la mano en su maleta y sacó dos de esas mantas grandes de aluminio que el Gobierno les daba a los detenidos en la frontera.

—Todos, cúbranse —dijo Malakas—. Oculta tu calor corporal, así que estropea las cámaras térmicas de los drones… O eso espero.

Envolví a Rosa y a sus hijos con una de las mantas de aluminio.

Los drones seguían acercándose. Hasta podía verlos bordeando aquellos árboles en una sombra amenazante que zumbaba. Podía sentir su zumbido dentro de mi piel. El cielo se cerró y nos apretó con su garra feroz y zumbante.

—Lo siento —murmuró Volcanoman—. No quiero decir esto, pero… creo que deberíamos irnos.

—Sí. Tiene razón —dijo Malakas—. Incluso con las mantas, es demasiado peligroso que nos quedemos.

—VÁYANSE. ¡YA! —dijo Rosa.

Su boca se abrió a la perfección. Fue clara y decidida al quitarse la manta de aluminio y alzar la cara al cielo. Igual que mi mami en el suelo de aquella estación de autobuses, dándonos la seguridad que ella ya no tenía.

No era una mártir. Era una madre.

Volcanoman nos indicó con un movimiento que lo siguiéramos lejos del estanque. No podíamos esperar más. Cuando me giraba para irme, sentí que algo helado me apretaba el tobillo izquierdo. Jadeé y miré hacia abajo. Era la mano de Rosa.

—Por favor, Vali —dijo. Sus ojos brillantes encontraron los míos—. Por favor, no lo olvides.

—No, no lo voy a olvidar.

—Se llama Tomás Roberto Mejía. Es un buen niño. Se ríe, hace chistes y corre rapidísimo.

Asentí para demostrarle que lo entendía.

—Nunca lo olvidaré. Lo prometo.

Volvió a abrazar a Tomás y meció a toda su familia sobre aquella tumba abierta. Cerró los ojos y les inundó las cabezas de besos, como si estuviera en una acogedora habitación tratando de dormir a sus hijos. Cantándoles una canción o contándoles una historia que tiene un final feliz.

Y aunque en este mundo nunca podría haber un final feliz para ellos, los vi unidos por un amor que trascendía la vida y la muerte.

Un amor que se los llevaría de este lugar hacia lo que vendría después, fuera lo que fuera.

Un amor que los sostendría, los protegería, incluso cuando esa bandada de drones se abalanzara directamente sobre sus cabezas.

Eran más grandes de lo que jamás había visto: brillantes orbes de color gris metálico con brazos que se extendían hacia abajo. Parecían arañas gigantes y amenazantes. Malakas, Volcanoman, Ernie y yo corrimos hacia un montón de madera en descomposición que probablemente alguna vez fue un granero. Mientras nos escondíamos ahí, bajo nuestra manta de aluminio, la levanté lo suficiente para ver cómo uno de los drones descendía hasta quedar justo encima de Rosa y su familia. Entonces escupió una gruesa red de alambre que los cubrió y atrapó.

No sabían, no sabían, no sabían que éramos semillas...

Seguí cantando mientras levantaban a Rosa, Tomás y Guadalupe del pantano fangoso.

Y se alejaron volando a toda velocidad.

CAPÍTULO 20

Corrimos todo el día, impulsados por la imagen de los labios azules de Tomás y la red metálica que elevó a la familia de Rosa hacia el cielo. No había nada más que hacer, nada más que decir. Solo nos podíamos comunicar entre jadeos y lágrimas. Ernie cojeaba, con los pies llenos de ampollas. La muñeca derecha me palpitaba y hormigueaba. Teníamos la boca seca y agrietada.

Estábamos tan débiles.

Para la "cena", encontré algunos frutos que parecían comestibles y masticamos la corteza más limpia que pudimos encontrar solo para que nuestros estómagos dejaran de roerse a sí mismos. De "postre", Malakas dijo que chupáramos algunas piedras para ayudar a evitar la deshidratación. Encontramos una zanja que nos sirvió de refugio y nos desplomamos, jadeando y gimiendo. Nuestros teléfonos estaban ya sin batería. Ernie se aferró a mí mientras intentaba averiguar dónde estábamos en el mapa de Mami. Su línea azul de bolígrafo ya no podía ayudarnos; había dejado de existir en Nueva York. No había más pistas que seguir, salvo esas marcas que empezaban en algún lugar del norte de Texas. No tenía ni idea de dónde estábamos con relación a estas.

—¿Supongo que estamos en algún lugar… entre aquí y aquí? —dije, señalando una franja de color rosa pastel que estaba bajo Seutter, Oklahoma.

Malakas tenía una brújula que al menos nos daba cierto sentido de orientación. También observó el paisaje con sus binoculares y nos aseguró que no había más drones.

Sin embargo, Volcanoman no pudo decir nada. No paraba de sollozar.

—Lo siento —gritó.

Era enorme y estaba sin aliento, y tenía la camisa cubierta de sangre. Era la sangre del agente de las FD al que le había disparado esa misma mañana.

—Lo juro, nunca… jamás… es que… vi a ese tipo abalanzarse sobre Rosa y algo se quebró. Tenía que detenerlo. Era demasiado… familiar.

No sabía qué me impactaba más, si las palabras que Volcanoman decía o el tono suave y vulnerable que tenía ahora mientras lloraba por Rosa, Tomás, Guadalupe y un dolor personal que solo podía adivinar. Había quebrado esa armadura llena de espinas de ira y nos miraba sin pretensiones. Era hermoso, horrible y fascinante oírlo hablar así. Empezó a describirnos lo mucho que le había gustado crecer en Río de Janeiro. Amaba su barrio. Amaba a sus amigos. Amaba a su familia. Tenía dos hermanas mayores que lo adoraban y le enseñaron a bailar samba, pero una de ellas tenía un novio que terminó en una pandilla. Ella intentó terminar la relación y él llegó a la casa de Volcanoman con dos amigos. Cada uno con una pistola en la cintura.

Ahora Volcanoman casi que balbuceaba, se le atropellaban las palabras.

—Agarraron a Juliana por el pelo. Le daban vueltas como si fuera un juguete. Entonces mi mamá entró e intentó detenerlos. Le dispararon a mamá en el estómago... pero yo no podía... moverme. Había tanta sangre. Tantos gritos.

Ernie gimió.

Su madre y hermana sobrevivieron milagrosamente. No podía creerlo.

—Pensé que las dos iban a morir ese día, sobre todo mi mamá. Pensé que no la volvería a ver y la idea de que ella no supiera quién era yo en realidad me entristecía muchísimo. Más triste de lo que jamás...

Cuando se recuperó, Volcanoman le contó a su mamá que era gay.

—Recuerdo que cuando le conté, me regaló una gran sonrisa con todos sus dientes. Me tomó la cara entre las manos y me dijo lo perfecto que era. Solo que ser gay en Brasil en esa época... *no era fácil*. Así que, mi mamá...

Ahogó un sollozo entrecortado mientras esperábamos a que completara la frase. Sin embargo, por el dolor en su voz, ya podía adivinar que estaba muerta.

—Ella sabía que no yo sobreviviría en ese lugar —murmuró Volcanoman—. Hizo tanto para que yo pudiera llegar aquí.

Ella vendió prácticamente todas sus pertenencias para pagarle a un hombre que llevaría a Volcanoman ilegalmente a Estados Unidos. Cuando llegó aquí era apenas un adolescente, al que trasladaron de una familia a otra en la ciudad de Nueva York.

—Por fin conseguí trabajo —continuó—. Lavaba platos y empecé a ahorrar cada centavo.

Las redadas comenzaron poco después. Volcanoman intentó usar todo el dinero que tenía para comprar un chip falso, pero el hombre que realizaba el procedimiento le quitó el dinero y lo abrió con herramientas sucias. Contrajo una infección terrible y gastó todo lo que le quedaba en medicinas en clínicas que prometieron no denunciarlo.

Pronto se quedó sin hogar en las calles de Nueva York. Pasaba días y noches viajando en el metro por los diferentes distritos, a la deriva. Nos dijo que vivía en el tren. Comía en el tren, dormía en el tren; incluso se colgaba de la parte trasera cuando salía del subsuelo, solo para poder disfrutar de un rayo de sol o de una gota de lluvia.

—Mi lola y yo viajábamos mucho en tren —dijo Malakas—. Sobre todo los fines de semana, cuando ella no tenía que trabajar. Quería que conociera cada rincón de Nueva York.

Él y Volcanoman empezaron a hablar de todas las locuras que vieron en el metro. Casi parecía una broma pesada o un acertijo, el hecho de que pudieron estar viajando uno al lado del otro sin enterarse. Pudieron haberse peleado por el mismo asiento, sin imaginar que un día estarían acurrucados bajo unas rocas en el desierto. Rezando por sobrevivir.

—De hecho, así fue como descubrí estas mantas plateadas —explicó Malakas—. Me encantaba coger el tren hasta Morningside Heights para ver las estrellas. Lola las compró para que pudiéramos quedarnos fuera hasta tarde, aunque hiciera frío.

Cerré los ojos e intenté imaginar esas noches frescas, los trenes que subían y bajaban a toda velocidad por las ciudades, las montañas, el espacio, el tiempo. Nos llevaban a un lugar seguro, cualquiera.

En cambio, tuve una visión de mis propios recuerdos con los trenes. O, mejor dicho, un tren en específico: La Bestia. La Bestia era el tren de carga que recorría México y ayudaba a transportar a la gente que huía de las sequías, las hambrunas, las guerras y la pobreza de Latinoamérica. Me acordé de estar quemándome al sol en el techo de La Bestia con Mami y Papi. Estuvimos ahí durante días después de salir de Colombia. Sentía mucho miedo en esos trenes, porque la gente podía atacarnos en cualquier momento. Quedarse dormido también podía matarte. No había forma de sujetarse bien al techo de metal caliente. A veces la gente se dormía y, de repente, se caía.

La Bestia era cruel, pero también nos daba esperanza. Mami, Papi y yo recorrimos casi todo México en su techo. Cuando llegamos a Estados Unidos y vimos esa extensa ladera de palmeras en San Diego y el jardín construido solo para mariposas, Papi gritó: *¡Dios bendiga a La Bestia!*

—¡Espera! Y si... ¡el tren! —exclamé.

—¿El tren? —preguntó el Volcanoman.

Malakas nos miró con incertidumbre mientras Ernie me jalaba la manga.

—¿Vamos a subirnos a un tren? —preguntó—. Por favor, di que sí. Por favor, por favor, por favor, por favor, di que sí.

Me mostró sus pies calientes y ampollados de nuevo para enfatizar su punto.

—No *en* un tren. *Encima* de un tren —aclaré.

Malakas abrió mucho los ojos al comprender lo que estaba diciendo.

—Por aquí tiene que pasar un tren que vaya a California, ¿no? Miren este mapa. Creo que esto significa que hay vías férreas por aquí —dije, señalando las marcas de las tramas.

Malakas, Volcanoman y Ernie se acercaron para ver de qué hablaba. Usando el meñique de Ernie como "regla", calculamos que teníamos que caminar unas veinte millas al suroeste para encontrar las vías férreas más cercanas.

—¿Veinte? —repitió Ernie con tristeza.

—Sí —le dije—. Pero eso es mejor que sesenta. O doscientos.

Ya habíamos llegado muy lejos. Ya habíamos perdido tanto. No podía dejar que se rindiera ahora.

Pensé en Rosa levantando la cabeza al cielo y en Mami diciendo con los labios la palabra *¡YA!*

—Podemos lograrlo —le dije a mi hermano pequeño—. Tenemos que irnos.

CAPÍTULO 21

Un problema de palabras.

Porque en algún momento de mi vida, estas eran solo palabras, no mi realidad.

Si cuatro personas están de pie en la ladera de un campo desolado y chamuscado, sin comida ni agua, y sin tener ni idea de si algún día volverán a reunirse con su familia, y un tren de carga sin conductor se acerca a ellos a aproximadamente cincuenta millas por hora, ¿a qué velocidad y a qué distancia tienen que saltar para subirse al tren sin morir?

Por mucho que repasáramos la velocidad probable del tren y su trayectoria, sabía que no podía sentirme realmente lista. No había nada predecible ni solucionable en esta ecuación. Habíamos caminado otras dieciocho millas, examinando el mapa de Mami y la brújula de Malakas para orientarnos hacia la vía férrea más cercana. Parecía que, si lográbamos subirnos *cuando* llegáramos, podríamos tomar el tren hasta el Valle Verde, cerca de la frontera con California.

Al menos, esa era la esperanza.

Pasamos otro día entero escondidos, rebuscando comida en alguno que otro contenedor de basura, en un intento por recuperar fuerzas y descifrar los horarios de los trenes. La mayoría de ellos eran eléctricos y sin conductor, pero irónicamente transportaban carbón por las llanuras, dejando su carga en una serie de silos de extracción. Era demasiado arriesgado subirse a un tren en una de estas paradas, claro, pero si nos acercábamos lo suficiente a un silo, el tren tenía que reducir la velocidad al acercarse.

Y así, a la mañana siguiente, los cuatro estábamos junto a un dique polvoriento que llevaba a una vía férrea, a unas tres millas de un silo que brillaba. Parecía que solo tendríamos unos diez segundos cuando el tren desacelerara y aun así seguiría avanzando a toda velocidad.

—¿Listo, hombrecito? —le preguntó Malakas a Ernie.

Ernie asintió. Se veía aterrado y emocionado en partes iguales. Volcanoman, en cambio, parecía solo aterrorizado. No paraba de decirnos, una y otra vez, que no tenía fuerzas y que tenía que haber otra forma. Se ofreció a caminar solo si le dábamos un punto de encuentro. Tal vez podía seguir la vía férrea y alcanzarnos cerca de la siguiente estación de extracción.

—Oye, yo tampoco quiero hacer esto —admití—. Pero nos quedan casi mil millas por recorrer. Las FD podrían estar en cualquier parte; siento que se me va a caer el brazo y no sé tú, pero yo no puedo vivir de restos de comida y frutos por mucho más tiempo.

—Pero yo... yo...

—Tú puedes —dije, mirándolo fijamente a los ojos.

X

UN RECUERDO.

Porque se sentían tan valiosos y eran tan reales como este momento presente o cualquier futuro posible.

Estaba de pie en lo alto de una cornisa rocosa, con vistas al océano Pacífico. Papi ya estaba en el agua helada, animándome y Mami estaba en la arena amamantando a un bebé hambriento, Ernie.

—¡Tú puedes, mija! ¡Salta! —gritó Papi.

Quería demostrarle que tenía razón y ser su niñita valiente, pero parecía que el agua se alejaba cada vez más. Mi visión estaba borrosa y temblaba tan incontrolablemente que, en el último minuto, me acobardé.

Mientras corría de vuelta donde estaban Mami y Ernie en la arena, sentí una oleada de vergüenza que me recorrió el cuerpo. Papi salió disparado del agua, empapado.

—¿Qué le pasó a mi valiente Valentina? —preguntó.

Enterré la cabeza en una toalla, demasiado decepcionada conmigo misma para hablar.

—No la presiones, Juan Pablo —dijo Mami.

—¿De qué hablas? ¡Ella puede! ¡Ella es valiente!

—¡Intenta impresionarte! —contestó Mami, como si no estuviera a su lado, hecha un nudo de autocompasión—. Déjala en paz.

—Lo siento —dijo Papi, con la voz más suave—. Trataremos de nuevo la próxima vez, ¿bueno? Sigues siendo mi Valentina valiente.

Pero no hubo una próxima vez. Al menos, no con mi papi. Un mes después, lo encerraron en un centro de detención y yo le hablaba por teléfono, rogándole que me dijera cuándo podíamos volver a la playa.

—Pronto, mija. Pronto.

—Porque estoy practicando mis saltos —le dije—. La próxima vez saltaré.

x

—¡AHÍ VIENE! —anunció Malakas—. Pónganse las maletas...

El aire se sentía tan cercano y cargado. Mi visión estaba borrosa. Temblaba sin control, pero no había forma de que pudiera acobardarme. Mientras esperaba a que el tren se acercara a toda velocidad, decidí que mis padres tenían razón. Era demasiada presión y yo era muy valiente.

—A mi cuenta —dijo Malakas—. Veinte, diecinueve, dieciocho...

—¡Espera! —gritó Ernie—. ¿Y si no alcanzo a llegar lo suficientemente lejos? ¿Y si todos se suben menos yo? ¿Y si el tren nos aplasta o si hay FD adentro y salen por las ventanas? ¿Y si...?

Todas eran preguntas válidas que ni siquiera podía tratar de responder. Lo único que podía decirle a mi hermanito con seguridad era esto:

—Si me subo y tú no, me bajo, y yo...

—Tres, dos, uno, ¡vamos!

Y entonces hicimos lo único que podíamos hacer: saltar. Sentí esa sensación nauseabunda de que todo mi cuerpo se contraía y se tensaba. Malakas iba un poco por delante de nosotros. Ernie estaba justo a mi lado. Estábamos al borde del abismo, saltando entre la vida y la muerte. Me aferré al brazo de mi hermano y nos lanzamos hacia adelante, arañando apenas exterior abrasador del tren.

Pum.

Mi nariz se golpeó contra el revestimiento y me mordí la lengua con tanta fuerza que al instante se me llenó la boca de sangre. Aparte de eso, estaba viva y Ernie también. Me miraba con una especie de mirada triunfal. Ambos teníamos las manos metidas en las rejillas de ventilación y las rodillas pegadas al torso.

—¿Están bien? —preguntó Malakas.

—¡Sí! —respondí.

Todavía sentía la muñeca derecha como si se me estuviera partiendo, pero me obligué a respirar a pesar del dolor.

El lateral del tren estaba mucho más resbaladizo de lo que esperaba. Los pies se me resbalaban, como si estuviera en una caminadora demente. Sin embargo, Ernie lo estaba haciendo muy bien, escalando el lateral del vagón a solo unos metros de mí. Sus piernas largas y delgadas estaban hechas para este tipo de movimiento de Spider-Man.

Apoyé el pie izquierdo en una veta metálica. Desde ahí, pude levantarme con la rodilla y el codo derechos. Rodé hasta el techo y sentí que mis ojos eran un charco de alivio, pero no había tiempo para disfrutar del momento. Volcanoman seguía colgado del lateral del tren y maldecía y forcejeaba.

—¡Esto es… demasiado! —gritó Volcanoman.

—¡Tú puedes! —gritó Malakas.

—¡No, no puedo! —entró en pánico—. No puedo.

Sus dos manos agarraban un ducto de ventilación, con los nudillos blancos y apretados como garras. Se agitaba como un loco. Gritaba:

—¡No puedo! ¡No puedo!

—¡Sí puedes! —le grité.

—¡No!

Le dije a Ernie que me abrazara por el estómago y luego le pedí a Malakas que hiciera lo mismo con él. Juntos, formamos una polea humana. Jalamos y levantamos hasta que Volcanoman se desplomó sobre el techo como una ballena encallada. Jadeaba y tartamudeaba una especie de disculpa o agradecimiento.

—No... No podía... Ustedes...

No dejaba de repetirnos lo mucho que significábamos para él. Yo no entendía mucho de lo que decía, porque estaba ocupada en sollozos, entre el terror y el asombro.

Ernie fue quien logró soltar:

—¡Rayos somos increíbles!

Y los cuatro pudimos al fin reír.

Amarramos la cuerda de Malakas a las rejillas metálicas del techo del tren y nos atamos con fuerza. Yo estaba entre Ernie y Malakas, moviéndome y empujando a ambos. Las primeras veces que choqué con Malakas, me disculpé. Después de un rato, dejé de disculparme. No tenía sentido. Todo esto estaba fuera de nuestro control.

Si tan solo pudiera olvidarme de todo lo que posiblemente acechaba a nuestro alrededor. O incluso debajo. Las llanuras se extendían ante nosotros en un zigzagueante mosaico de marrones y grises. Las únicas manchas de color provenían de las hileras de maíz modificado genéticamente: sus hojas eran demasiado verdes y perfectas, sus tallos demasiado gruesos, con borlas de color amarillo neón en la parte superior.

No sabía qué me dolía más, si el cuerpo o mi roto corazón. Lo oía latir con fuerza en el pecho, en los oídos, en el cuello, incluso detrás de los ojos. Tenía la abrumadora sensación de que, aunque el cielo ya estaba despejado de drones, estaba a punto de cerrarse y aplastarnos de un solo golpe.

—Oooh, es divertido con los ojos cerrados —dijo Ernie.

Quería decirle que esto no era un juego, que teníamos que estar alerta ante cualquier cosa. Pero se veía tan tranquilo con los ojos cerrados y la cabeza ladeada, que una sonrisa discreta se le dibujó en los labios.

Así que también cerré los ojos y tuve que admitir que me sentí un poco mágica. Al principio, fue casi como estar en una montaña rusa, que me arrastraba y me hacía girar hacia una nueva dimensión. Recordé esa montaña rusa en la que me subí con Mami hace años, en San Diego. Daba vueltas y vueltas, y se deslizaba en espiral por montañas falsas y bosques encantados. Hadas y dulces tan grandes como el cielo. Me hizo creer en princesas, en frijoles mágicos y en un ratón gigante que podía hablar.

Pensé en la chica con la camiseta de Mickey Mouse en la frontera y mi pulso volvió a acelerarse. Solo que ahora, aquí arriba, no era tanto por esa sensación de persecución. Era más una sensación de ímpetu. Ella era tan valiente, tan deliberada. Me preguntaba, cuando estalló en pedazos, ¿fue un dolor hirviente y abrasador? ¿O se habría sentido como una liberación? ¿Ingrávida, suspendida en el aire y libre?

No sé cómo, pero quería decirle a aquella chica que me había dado valor y un propósito. Que sus quince pasos no habían sido en vano. No sabía con certeza si llegaríamos a California, pero sí sabía que su cara me estaba dando una pizca de esperanza.

x

MIENTRAS EL SOL empezaba a ocultarse y el cielo a refrescarse, seguíamos aquí. El viento arreciaba. Abracé a Ernie con fuerza y sentí que el aire me azotaba, borraba cada momento anterior y vaciaba mi mente.

Malakas me ofreció su hombro para apoyarme y acepté sin decir palabra. Su pulso estaba tan cerca que podía oírlo latir con fuerza en mi oído.

Pum, pum, pum. Sólido, estable.

Era lo más cerca que podía estar de sentirme segura.

El tren era silencioso y sigiloso, serpenteando a través de la silenciosa tarde hacia la noche. Ernie se acurrucó en mi regazo y pronto quedó flácido por el sueño. Lo miré a los ojos, tan parecidos a los de mami, con los párpados altos y arqueados y largas pestañas oscuras. Quería que lo viera. Estaría tan orgullosa.

Pronto oí a Volcanoman roncar al otro lado de Ernie. Había miles de estrellas palpitando e incluso una uña de luna. Malakas sacó sus binoculares y me dijo que no tenía problema en quedarse despierto para vigilar si yo también quería cerrar los ojos.

Intenté hacerlo, sin mucho éxito. Mi cabeza no dejaba de proyectar ráfagas de imágenes que no me dejaban dormir.

Tenía tanto adentro esta noche. Tanto miedo, esperanza, confusión y alivio burbujeando en el pecho. No sabía cómo contener tantas emociones a la vez. Y aún quedaban mil preguntas sin respuesta.

—¿Puedo preguntarte una cosa? —le dije a Malakas.

—Claro.

—¿Cuánto tiempo llevas haciendo esto?

—¿Haciendo qué?

—Corriendo.

Malakas hizo una pausa.

—Desde que se llevaron a mi lola. Pero en realidad, desde que me mudé a Estados Unidos —dijo—. ¿Y tú?

—Igual, supongo.

Le conté cómo Mami, Ernie y yo nos quedamos despiertos la última noche que estuvimos todos juntos en Vermont. Acurrucados bajo las mantas, dejando que Ernie preguntara una y otra vez: *¿Y por qué? ¿Por qué? ¿Por qué?*

—Vermont. ¿De ahí eres? —dijo Malakas.

—No —enderecé la espalda y me incorporé con orgullo—. Soy de un pueblo llamado Suárez, en Colombia.

—Siempre he querido ir a Colombia.

—¿En serio?

—Sí, tengo muchas ganas de ir al desierto de la Tatacoa. Donde hay esas increíbles lluvias de meteoritos, ¿sabes?

—No, nunca he oído hablar de eso —admití.

—Supongo que soy un nerdo de la astronomía —dijo Malakas—. En fin... ¿cómo es Suárez?

Le conté todo lo que recordaba de mi pueblo natal en el Cauca. Los tranquilos pícnics junto al río Ovejas. Las hojas verdes y brillantes que formaban un dosel. El sabor del mango fresco, tan dulce que me hacía llorar y todos los viajes que hicimos a Buga para que Mami pudiera visitar la gran iglesia rosada y rezar para pedir milagros. No sabía si creer en los milagros, pero si estuviera allí ahora, rogaría por tantas cosas: que Mami estuviera a salvo; Rosa y su hija, también; que pudiéramos llegar a California sin que las FD inventaran una nueva forma de rastrearnos. Clavé los ojos en mi muñeca palpitante.

—Espera un momento —hice una pausa—. Nunca te agradecí que me quitaras el chip.

Malakas me tomó el brazo derecho con cuidado, e intenté no hacer una mueca. El suyo parecía igualmente hinchado, por lo que podía ver con esa luz.

—Sí, creo que no quiero ser cirujano —dijo con una especie de risita triste.

—Sí, yo tampoco. ¿Pero *qué* quieres ser?

—¿Además de libre?

—Sí.

Malakas empezó a hablarme de astronomía otra vez y de cómo quería estudiar exoplanetas y la evolución de las galaxias.

—¡Guau!

—Me encanta saber que existen todos estos otros mundos ahí fuera. Que los humanos no somos el centro del universo.

Eso tenía todo el sentido para mí y me emocionaba. Hasta los agentes de las FD y sus drones eran impotentes frente el sol y la luna.

Ninguno de los dos dijo nada durante un rato después de eso. En cambio, sentí que Malakas tomó mi mano entre las suyas. Respiré lenta y profundamente. Sus dedos se sentían cálidos y reconfortantes al entrelazarlos con los míos. Nos sentamos así, en un pozo de silencio, durante un largo rato. Ni siquiera era un silencio aterrador. Porque, ¿a qué teníamos que temerle en este punto?

Me pregunté cómo habría sido la vida si Malakas y yo nos hubiéramos conocido en un contexto totalmente diferente, como caminando por los corredores de cualquier escuela o encontrándonos en la fila de un concierto. Quizás Malakas también pensaba algo así, porque entonces preguntó:

—Si pudieras ir a cualquier parte del mundo, ¿adónde irías?

—A California —respondí sin dudarlo—. ¿Y tú?

—Siempre he querido ir a las islas Galápagos o a la Estación Espacial Internacional.

—Uyy, sí.

No había pensado en esas posibilidades ni en la de escoger ir a cualquier parte o ser cualquier persona. En la vida más allá de toda esta locura.

—Bueno, un momento, ¿puedo cambiar mi respuesta?

—Claro.

—Yo también quiero ir a la estación espacial. O sea, si no te importa. Podríamos compartir la nave o algo así.

Malakas se rio. Luego se llevó mi mano a la boca y la besó suavemente.

—Sí —dijo—. Hagamos eso.

CAPÍTULO 22

El cielo no se veía tan mágico al día siguiente, mientras nos asábamos bajo el sol de la mañana. Nos comimos lo último que nos quedaba y nos terminamos el agua compartida. Entonces Malakas sugirió que nos volviéramos a meter bajo las mantas de aluminio para tener algo de sombra y protección. Mientras Ernie y yo nos sentábamos juntos en nuestro pequeño capullo plateado, sentí que me derretía en un charco.

Nos turnamos para vigilar con los potentes binoculares de Malakas. Sin embargo, me costaba concentrarme. El paisaje era tan desolador. Otra tormenta había azotado la zona, claro, o tal vez eran incendios forestales. Mientras serpenteábamos hacia el suroeste, vi hectáreas y hectáreas de campos y pastos resecos por el fuego, molinos de viento derribados, ranchos en pedazos y sin techo. Al fondo, se veían hileras de plataformas petrolíferas abandonadas que acechaban como dinosaurios olvidados.

Al consultar la brújula de Malakas, supe que íbamos en la dirección correcta. No estaba segura de cuánto habíamos avanzado. Al final del segundo día, lo único que podía decir con certeza era que el clima se ponía cada vez más seco y caluroso, y hasta me dolía parpadear porque me quedaba muy poca humedad en el cuerpo.

Y, sin embargo, al menos era libre todavía.

x

—LAMENTO despertarte, pero tienes que ver esto —susurró Volcanoman.

Era casi de día en nuestro tercer día aquí arriba. Él había estado de guardia durante las últimas horas y señalaba algo en el horizonte con la cabeza.

Le quité los binoculares y miré a través de estos. No podía distinguir lo que veía, por mucho que acercara el lente. Todo estaba cubierto de una capa de hollín y, a medida que avanzábamos a toda velocidad, levantábamos más polvo y escombros.

—¿Qué crees que es? —preguntó.

—No estoy... segura.

Al principio, me pareció ver nubes grises gigantescas que flotaban justo encima del suelo, al este. Luego me di cuenta de que no eran nubes: eran carpas enormes en medio del desierto. Cada una tenía al menos el tamaño de varias canchas de fútbol unidas.

—Creo que tiene que ver con el Gobierno —le dije a Volcanoman.

Manipulé los botones de los binoculares y giré el lente al máximo, con la urgencia cada vez mayor de descifrar lo que estaba viendo.

Vi las letras pintadas en amarillo brillante en el lateral de una de las carpas: FUERZAS DE DEPORTACIÓN.

—¡No! ¡Mierda! ¡No, no, no!

—¿No qué? —preguntó Ernie, despertándose sobresaltado.

—¿Qué pasa? —dijo Malakas confundido.

Volcanoman intentó explicarles lo que vimos, aunque sus frases estaban llenas de *eeeeh* y *tal vez*.

—¿Son las FD? —preguntó Ernie.

—Déjame ver —dijo Malakas.

Pero no podía soltar los binoculares. Me temblaban los brazos y podía oír que el pulso me latía en los oídos mientras me inclinaba hacia adelante para ver más. Vi que una de las solapas de la carpa se abrió. Adentro, algo brillaba intensamente y reflejaba la luz del sol en todas las direcciones. Entrecerré los ojos por el resplandor e intenté enfocar de nuevo. Parecía que todo adentro de esas carpas estaba hecho de metal brillante. Había columnas o tal vez barrotes. Con siluetas de gente detrás.

—¡Están en jaulas! —exclamé sin aliento.

Vi una hilera de siluetas encorvadas que emergía de otra de las carpas. Todas estaban encorvadas y caminaban con el tambaleo doloroso de alguien muerto en vida. Estaban atadas unas a otras con lo que parecían collares y correas, rodeadas por agentes armados de las FD.

—¡No! —gemí—. ¿Qué... qué están haciendo?

Sentí que se me cerraba el pecho por el pánico.

—¡Déjame ver! ¡Déjame, Vali! —Ernie intentó quitarme los binoculares, pero no había forma de que los soltara.

Ahora los agentes de las FD comenzaron a cortar el aire con sus porras. Derribaban a golpes a las personas encadenadas, una a una. Entonces, uno de los agentes disparó un rifle al aire y el resto de los cautivos levantaron los brazos en señal de sumisión.

Y ahí estaba: una hilera de astillas brillantes de color azul hielo en las muñecas. Débil, pero innegable, incluso desde esta distancia. Esa luz inquietante que irradiaba a través de mí y me hacía gritar.

—¿Qué? —gritó Ernie—. ¿Qué estás viendo?

—¡Vali! —dijo Malakas—. Necesitamos saberlo.

Estaba apartando la vista para entregarle los binoculares cuando la vi.

—¿Mami? —grité—. ¡Mami!

O, al menos, pensé que era ella. Me pareció ver la forma de su cara, sus fuertes manos, su ancha espalda. Creí verla cojeando entre una fila de inmigrantes encadenados. Entonces desapareció.

—¿Mami? —gritó Ernie—. ¡Mami! ¡Mami!

Intentó calmarse peinándose con los dedos y frotándose las mejillas con las palmas para darles color, haciendo todo lo que Mami solía hacer para prepararlo para un evento importante. Repetía sin parar: *Mami, Mami, Mami*...

—Tranquilo, Ernie —tomé sus manos frenéticas entre las mías. Estaban calientes y temblorosas—. Creo que era ella, pero tal vez... no... lo era.

—¡Pero dijiste que la viste! —gritó.

—No lo sé. Solo la vi un segundo. Yo... yo...

—¡Tenemos que encontrarla! ¡Tenemos que ir! ¡Vamos! ¡Vamos! —gimió Ernie.

Nuestro tren se alejaba de las carpas camino al oeste. Empecé a tirar de las cuerdas, desesperada por desamarrarnos antes de que las carpas desaparecieran por completo, pero estaban tan calientes por el sol que constantemente rebotaba en el techo metálico del tren, que me costaba mucho trabajo. Las fibras me quemaban las yemas de los dedos.

—¿Qué haces? —preguntó Malakas.

—No puedes saltar en medio del desierto —argumentó Volcanoman.

Pero no les estaba pidiendo permiso. Seguí tirando de las cuerdas, intentando bloquear sus protestas.

—Vali —dijo Malakas—. Mira lo lejos que estamos. No sabes lo que pasa allá dentro. No puedes irte a caminar por el desierto solo porque piensas...

—¿Y si *era* ella? —lo interrumpí—. Quiero decir, ¿y si tu lola también está ahí? ¿Y si es ahí adonde se llevaron a Rosa y a su bebé? ¿Y si...?

—¿Y si no? —dijo Malakas.

Dejé de tratar de desamarrar las cuerdas. Esos "¿Y si...?" me inundaban la cabeza. Me llenaban y me asfixiaban con todas las horribles posibilidades. Al soltar las cuerdas, sentí una impotencia que me destrozaba. Si Mami estaba allá, encadenada por el cuello en un campamento cruel, ¿cómo iba a dejarla marchitarse y morir? Al mismo tiempo, si no era ella, ¿cómo iba a poner a mi hermano en semejante peligro al saltar de un tren e ir hacia las FD?

No podía estar segura de que fuera Mami. No podía estar segura de nada. Estaba desesperada por hablar con ella, por pedirle consejo. Si había una santa o profeta en la que creía plenamente, era en Liliana Ramírez. Podría decir que la Tierra era plana y yo sería la primera en estar de acuerdo. Recuerdo lo agradecida que estaba de niña cuando me decían que parecía su gemela. Quería ser como ella.

Ella me hizo. No quería existir sin ella.

No. No sabía con certeza si Mami estaba en una de esas jaulas. Los "¿Y si...?" no me dejaban en paz. Mientras el tren giraba hacia el oeste, supe que lo que estuviera pasando en aquellas jaulas, pronto desaparecería de vista.

Volví a levantar las cuerdas.

—¡Por favor! —les rogué a Malakas y a Volcanoman—. ¿Me ayudan con estas cuerdas?

Ninguno de los dos se movió lo suficientemente rápido, a mi parecer. Y ahora Ernie tenía los binoculares en las manos y trataba de entender qué estaba pasando.

—Un momento —lo oí decir—. ¿Qué son esos camiones?

—Carpas —lo corrigió Volcanoman.

—No. Camiones —dijo, señalando hacia el desierto.

Malakas recuperó los binoculares justo cuando los frenos de nuestro tren empezaron a chirriar.

—Mierda —murmuró—. Tenemos que desamarrarnos. ¡YA! ¡Tenemos que saltar!

—¿Saltar? —dijo Volcanoman—. ¡Mierda!

No necesitaba los binoculares para ver los camiones que había visto Ernie. Venían a toda velocidad desde el este, levantando enormes franjas de tierra a su paso. Los cuatro rasgamos las cuerdas, arañando y tirando hasta que se soltaron.

Todo ocurría en cámara lenta y, a la vez, giraba tan rápido que sentía que nos iban a lanzar fuera de la órbita terrestre en cualquier momento. Los engranajes del tren aminoraban la marcha; las sirenas de las FD sonaban. El tren estaba casi parado por completo.

—¡Salten YA! —ordenó Malakas.

Ya no había tiempo para los "¿Y si...?". Agarré a Ernie de la mano y saltamos juntos, con las manos extendidas. Nos lanzamos al aire con nuestra manta de aluminio ondeando detrás de nosotros. Tal vez incluso en ese momento, parecimos una especie de ave gigante y majestuosa, que alzaba el vuelo. Elevándose por encima de todo.

CAPÍTULO 23

El suelo venía hacia mi cara y me golpeó en el hombro y el pecho. El aire se escapó de mí mientras tragaba un bocado de tierra y escupía.

Ernie estaba desplomado en el suelo junto a mí.

—¿Estás bien? —jadeé.

Él solo gimió, frotándose un lado de la cabeza y apretando los ojos, supongo que para contener las lágrimas.

—¡Vamos! ¡Corran! —instó Malakas a unos metros de distancia.

Tenía la cara cubierta de polvo y el vendaje de su muñeca parecía más ensangrentado que antes, pero lo importante era que estaba ahí y estaba vivo. ¿Pero dónde estaba Volcanoman?

x

NOS LEVANTAMOS RÁPIDAMENTE y empezamos a correr. No importaba en qué dirección, solo necesitábamos encontrar algún tipo de refugio y poner distancia entre nosotros y los agentes del tren.

Ernie me agarró.

—¿Pero qué pasa con Volcanoman?

Lo llamábamos así desde el camión con la carne, aunque había demostrado ser un tipo tan bueno y amable. Y ahora no estaba.

—No sé —le susurré a Ernie—. Vamos.

Le dije a Malakas que nos siguiera y tiré del brazo de Ernie para que nos deslizáramos por un terraplén rocoso. Con cada piedra o raíz se me hacía una herida diferente. Bajamos a una especie de matorral. Esa fue probablemente la parte más dolorosa de todas, porque había ortigas punzantes que se nos clavaban en las espinillas, brazos y mejillas.

—¡Au! ¡Au! —gimió Ernie.

Quería acunarlo en los brazos y curarle todas las heridas, pero eran demasiadas para contarlas y todavía podía oír a los agentes de las FD al otro lado del terraplén.

—¡Cállese! ¡Manos atrás! —gritó uno de ellos.

—¡Váyanse a la mierda!

Esas fueron las últimas palabras que le oímos decir a Volcanoman.

Me di cuenta de que los ojos de Malakas se llenaban de lágrimas. Apreté los labios, formando una línea tensa y temblorosa. Fue lo mismo que hice cuando se llevaron a mi papi, porque me daba demasiado miedo abrir la boca para gritar, chillar y destrozar el mundo entero con mi rabia.

Sentimos que las rocas y la arena a nuestro alrededor temblaban, la capa superior del suelo patinaba mientras un dron descendía del cielo. Ahora sabíamos qué era exactamente: era igual al que se llevó a Rosa y a su familia después del funeral de Tomás. La jaula de malla cayó del cielo y atrapó a su presa.

Al cubrirle los ojos a mi hermanito para que no viera la jaula, sentí su cara, húmeda por las lágrimas. El dron atrapó a Volcanoman y volvió a elevarse en el aire. Los agentes de las FD celebraron su momento de triunfo.

Ni siquiera tenía chip.

Olía a basura.

—¿Adónde se lo llevan? —susurró Ernie.

Miré el suelo bajo mis pies. No podía decirle lo que en realidad estaba pensando. Tal vez le cortarían la garganta. Tal vez lo dejarían caer en el desierto. O tal vez lo meterían en una de esas jaulas, lo encadenarían por el cuello y lo golpearían hasta que perdiera el conocimiento.

Quería que nos diéramos la vuelta y encontráramos la forma de llegar a esas jaulas para poder ver si esa era Mami con seguridad. Era claro que, incluso sin nuestros chips, Malakas y yo éramos objetivos. Las FD acababan de capturar a Volcanoman y él tampoco tenía chip. No había forma de saber cómo el Gobierno ahora nos estaba rastreando.

Miré a mi hermanito, acurrucado a mi lado. Ya estaba tan agotado y triste. Incluso si estuviera dispuesta a arriesgarlo todo y regresar para tal vez encontrar a Mami, no sería justo para él. Mami nunca me perdonaría si lo abandonaba en el desierto, sacrificándome por ella.

Una vez más, nuestra única opción era correr. Tal como había dicho Mami:

Cuando vengan por ustedes, corran. Corran más rápido que ellos. Corran con más inteligencia que ellos. Simplemente corran.

Corrimos a través de un laberinto de arbustos marchitos y rocas escarpadas, agachándonos bajo las ramas justo el tiempo necesario para recuperar el aliento antes de volver a correr. Sentía las piernas entumecidas. Sabía que se movían, pero solo porque tenían que hacerlo. No podía dirigirlas ni descifrar qué pie pisaba y qué talón se levantaba. Tenía que haber algún tipo de adrenalina de supervivencia que me impulsaba hacia adelante. Mi cerebro no podía procesar nada específico, excepto aferrarme a Ernie.

A él le estaba costando mucho, se desvanecía y tambaleaba. Tropezaba como si estuviera borracho. Entonces empezó a toser y no pudo parar.

—¡Respira! ¡Respira! —le animé.

Más fácil decirlo que hacerlo. El aire era tan leve y calcáreo. El suelo estaba tan agrietado y reseco. Una neblina de hollín y polvo lo cubría todo: mi piel, mi pelo, mis pensamientos. Incluso cuando intentábamos alternar entre correr y caminar, ninguno podía respirar bien. Sin embargo, en algún lugar de mi cabeza registré el sonido de nuestro tren de carga que se alejaba a toda velocidad junto con los camiones de las FD. En ese momento dejé de correr.

—¿Y ya? —gritó Ernie—. ¿Simplemente ya no está?

Me dolía el corazón por la punzada de esas palabras, por la punzada de añorar y la incertidumbre. Solo quedábamos los tres, con un interminable desierto por delante. Y ni una gota de agua en nuestras maletas.

—Creo... que tenemos que ir por aquí y apuesto a que encontraremos algún cactus —dije, intentando sonar segura o, al menos, no tan insegura.

"Por aquí" era el oeste.

"Por aquí" era la dirección opuesta a las carpas y jaulas, y la remota posibilidad de rescatar a Volcanoman, a Rosa, a lola y a Mami.

La lista de desaparecidos era cada vez más larga. Mientras veía a mi hermanito caminar con dificultad, tuve que decirme que era la decisión correcta. "Por aquí" era el único camino. Así que seguimos adelante.

El sol estaba tan fuerte que decidimos avanzar moviéndonos de un grupo de arbustos de hojas secas a otro. No sabía si de verdad avanzábamos o si solo dábamos tumbos en círculo. A veces, la única protección que teníamos era la sombra de una roca. Luego había tramos de tierra más aterradores donde estábamos completamente expuestos. Los retoños de las ramas marchitas y troncos quemados sobresalían del suelo. Ernie encontró un rastro de perritos muertos y lloró desconsoladamente.

Según el mapa de Mami y la brújula de Malakas, parecía que nos dirigíamos al Valle Verde, aunque no tuviera nada de verde. La única vegetación que pudimos encontrar fue pequeños grupos de arbustos marrones donde nos escondimos para tener un poco de sombra. Aproximadamente una hora después de comenzar nuestra caminata, encontré un cactus retorcido e intenté cortarle un pedazo con el cuchillo de cocina de Mami. Las espinas se me clavaban en las manos. Cuando intenté pelarle la piel para sacarle un poco de la jugosa carne, apenas quedaba nada. Le di lo que tenía a Ernie. Se lo metió en la boca e intentó masticarlo, pero tuvo que escupirlo inmediatamente.

—¡Qué asco! —dijo con voz áspera.

—¿Puedo ayudarte? —me preguntó Malakas, mirándome la mano, que parecía un alfiletero.

Antes de que pudiera responder, empezó a quitarme las espinas una a una. Sabía que estaba siendo amable, pero eso me dolía aún más.

—Lo siento —dijo mientras veía que pequeñas gotas de sangre me florecían de las palmas.

—No es tu culpa —dije con dificultad.

Traté de animar a Ernie diciéndole que estábamos en una gran aventura. El sol del mediodía hacía que todo brillara; la tierra estaba tallada en estas losas de piedra en bruto de un anaranjado intenso. Le dije a Ernie que estas rocas tenían muchas historias que compartir con nosotros. Habían estado aquí bajo la lluvia, la niebla, la aguanieve y el granizo. A lo largo de eones, épocas, vidas. Habían visto celebraciones de los nativos americanos, cruzadas y revoluciones, primeros besos y últimos deseos.

Me pregunté cuántas personas habrían recorrido este sendero, respirado este aire o incluso visto este tramo de horizonte. ¿Realmente habían coexistido aquí los apaches y las tribus yavapai? (Una vez intenté hacer un trabajo para la escuela sobre las tierras de los nativos americanos y recibí una severa advertencia de mi profesor: *Jamás trates de volver a hacer algo así*).

—Vali, por favor —gimió Ernie, rompiendo mi ensoñación—. Necesito parar un segundo.

—Dentro de un rato —le dije—. Tenemos que seguir.

Cuanto más tiempo pasáramos en el desierto, más fácil era que nos capturaran o que nos deshidratáramos hasta ser incapaces de movernos.

—¡Por favoooor! —gimió Ernie—. Por favor, paremos. No me siento bien.

Sus gruñidos y gemidos provenían de algún lugar profundo en su interior. Un dolor tan intenso y profundo que ni siquiera podía decirme dónde le dolía exactamente. Ya fuera por el cactus que le había dado o por las interminables caminatas, o por las noches sin dormir o el salto del tren, todo era culpa mía. Estaba cada vez más débil y yo no tenía ni idea de cómo ayudarlo. Intenté fingir que él era parte del paisaje sonoro: un pájaro cantando o una liebre esquivando la maleza. No mi hermano pequeño que se desmoronaba.

—¡Vali, por favor!

—Estás bien. Estás bien —le repetía una y otra vez.

Parecía como si no me importara, pero era porque su agonía me golpeaba. El cielo se oscurecía cada vez más, pasando a través de los polvorientos colores que quedaban del atardecer, hundiéndose en una noche espesa y lúgubre. Seguí dando tumbos, con la esperanza de escapar de la oscuridad, aunque sabía que era imposible. Ni siquiera sabíamos hacia dónde corríamos.

—¡Ernie! —gritó Malakas.

Me di la vuelta justo para verlo caer al suelo, inerte. Tenía la cara cavernosa y pálida, y no se movía.

—¡Ernie! ¡Vamos, Ernie! ¡Despierta!

Cuando tiré de su brazo, solo se agitó como un hilo mojado.

—¡Ernie!

Caí de rodillas y empecé a tocarle la cara, el cuello, los hombros, los brazos, las piernas. No había sangre, por lo que pude ver, pero tenía la piel caliente y quebradiza. Su rostro estaba inmóvil. Le recorrí el delgado cuerpo con las manos hasta que localicé un débil pulso justo debajo de su oreja. Se aceleraba. Estaba inconsciente, pero aún con vida.

—¡Ernie! —le supliqué al oído, sacudiéndolo por los hombros.

No quería sacudirlo, pero necesitaba recomponerlo todo o despertarlo o algo. Gritaba y lloraba, exigiéndole que me respondiera ya. No tenía que hacer nada ni ir a ningún lado. Solo tenía que abrir los ojos y dejarme saber que seguía ahí.

—¡Ernie, despierta!

Malakas buscó por la zona y encontró otro delgado cactus. Lo cortó por la base. Arranqué un pedazo y sentí de nuevo los alfileres desgarrarme las manos. Hundí los dedos en la parte superior y desprendí la pulpa dura para sacar el jugo. Apretando las mejillas de Ernie, conseguí que abriera los labios lo suficiente para que le cayera un poco del líquido en la boca.

—Por favor —dije—. Solo un poquito. Ahora traga.

Arqueó la espalda y empezó a tener arcadas. Lo puse de lado para que no se ahogara al vomitar en el suelo.

—*Okay, okay*.

Lloré, horrorizada, pero también aliviada. El cuerpo de mi hermanito luchaba con todas sus fuerzas por mantenerse con vida. Abría y cerraba sus válvulas, sus pulmones expulsaban dióxido de carbono para poder respirar aire fresco. Incluso imaginé su saliva caliente derramándose en el suelo como lava mágica, abriendo la tierra y forjando un túnel por el que trepar hasta un lugar oculto y seguro.

—Estás bien —le dije, aunque era evidente que no—. Estoy aquí. Todo está bien.

Sentía el calor palpitante en su piel. Abrió los ojos y empezó a vagar, como en búsqueda de algo a lo que llamar hogar.

—Vali, no puedo… —empezó a decirme.

Luego dejó de hablar para vomitar un poco más.

—Está bien —le acaricié la frente sudorosa—. Todo está bien.

Era cruel alimentarlo con esas mentiras. Cada vez que trataba, las escupía al suelo. Intenté concentrarme en la realidad de Ernie, en su naricita tersa y sus pestañas. Lo amaba tanto que dolía. El miedo a perderlo también me golpeaba las costillas hasta que me estremecí.

—Lo siento —le dije.

—Está bien —susurró.

Tenía la cara a centímetros de la mía, pero la voz le sonaba lejana. Tenía las pupilas dilatadas; los labios pálidos.

—Necesitamos encontrar un lugar para descansar —le dije a Malakas.

Él se veía más que exhausto y asintió.

No quería que paráramos, pero estaba claro que no podíamos seguir con Ernie tan enfermo. No sabía dónde estábamos ni si había FD rodeándonos, a la espera de atacar. Si querían llevarnos, podrían hacerlo.

Lo único que encontramos como refugio fue una maraña de arbustos marchitos. Llevé a Ernie hasta allí y Malakas lo arropó con una manta de aluminio. Bajo el arbusto, había justo el espacio para que Ernie extendiera todo el cuerpo, con la cabeza en mi regazo y los pies en los de Malakas. Nos sentamos a ambos lados de él e hicimos guardia. Apenas parecía protección, pero serviría para pasar la noche.

—Estás bien —le decía a mi hermanito—. Vas a dormir un poco y te sentirás mucho mejor por la mañana.

Tenía la cabeza tan caliente que debía de tener fiebre. Respiré profundo varias veces y conté en voz alta. Trataba de que Ernie sincronizara sus inhalaciones y exhalaciones con mi voz. Sin embargo, parecía miserable mientras gemía y se retorcía. Le puse una de mis camisetas sucias debajo de la cabeza, como si eso pudiera amortiguar su dolor. Intenté compartir algo esperanzador para que se concentrara en eso.

—Y luego iremos a California y luego...

—Y... luego... ¿qué? —murmuró.

Como si le estuviera contando un cuento de hadas, lo cual, probablemente, era.

—Y luego... y luego averiguaremos dónde está Mami y jugaremos fútbol todos juntos —le dije.

Porque se merecía todas las maravillosas posibilidades, aunque estuvieran tan lejos.

—*Soccer* —lo oí murmurar mientras volvía a escupir.

—Eres una buena hermana —me dijo Malakas.

—Sí, *claro* —dije con amargura.

Tuve que darme la vuelta, con los ojos llenos de lágrimas. Quería, con todas mis fuerzas, decirle a Malakas lo asustada y paralizada que me sentía, pero ni siquiera podía expresarlo con palabras. Me aterraba pensar que, si nombraba todos mis miedos feroces, solo se harían más fuertes. Lo único que podía hacer era seguir respirando y esperar a que Ernie hiciera lo mismo. Tenía tantas voces en la cabeza reclamando mi atención. Me gritaban que tenía que sacarnos de ahí.

¿Pero cómo? Le pedí al cielo nocturno. *Por favor, no permitas que Ernie se muera.*

Por favor.

La noche no me respondió. No podía hacer ninguna promesa. Oí un aullido solitario en la distancia y algo que se deslizaba por el suelo.

Este niño hermoso no quiere dormir...

Canté, tanto para ayudar a Ernie a dormir como para borrar esta horrible noche.

Cierra los ojitos y vuélvelos a abrir...

Intenté imaginar a Mami cantando conmigo, a través de mí. Tenía la lengua tan seca que se raspaba con la parte interior de los dientes, pero seguí cantando. Era movimiento, respiración y sonido.

Cierra los ojitos y verás qué calma...

Y lenta y dolorosamente, el jadeo de Ernie se alivió. Su pulso se estabilizó mientras se rendía al sueño.

CAPÍTULO 24

—Puedes hacer esto —le dije a mi hermanito más tarde esa noche.

Temblaba bajo la manta de aluminio empapada, tras despertarse de un sueño febril por el sonido de sus propios dientes que castañeaban. No importaba si esto se debía a un golpe de calor o a un cactus podrido; tenía que encontrar la manera de darle líquidos y bajarle la temperatura. Verlo luchar así era aterrador, pero no podía dejar que oyera el temblor en mi voz.

—Tienes que hacerlo —repetí—. Porque sigues vivo y yo sigo viva, y en algún lugar allá afuera, Mami sigue viva, esperando a que la busquemos y la llevemos a California. ¿Me oyes?

El calor era insoportable en nuestro refugio improvisado. Cogí la linterna y me alejé lo suficiente de nuestro escondite para encontrar otro tallo de ese grueso cactus. Corté dos hojas gigantes y me las llevé de regreso a los arbustos. Ese corto viaje me dejó sin aliento y mareada. Me picaba la piel y la tenía muy reseca y tirante, cubierta de una película de sal por todo el sudor seco. Hasta los párpados se me agrietaban.

—*Okay* —le dije a Ernie—. Despacio.

Malakas me ayudó a pelar las hojas y a exprimir el jugo de la planta en los labios de Ernie.

—Traga —le indiqué.

Le di un poco de pulpa también y vi cómo masticaba mientras me aseguraba de que no volviera a salir. Escuché cómo la respiración entraba y salía de sus pulmones. Sentí su piel caliente e intenté apreciar y aferrarme a su vitalidad. Mientras se quedaba dormido otra vez, rompí el resto de la hoja en trocitos para Malakas y para mí. La verdad es que estaba bastante sabrosa, pegajosa pero fresca.

A pesar de todo, sentí náuseas al pensar en todo el dolor y la pérdida que le había hecho pasar a Ernie: Mami atrapada en la estación de autobuses, Tomas ahogándose en ese lago, Volcanoman en el aire dentro de una red. Sobre todo, me sentía culpable al pensar en él frotándose las mejillas para Mami. Por la mínima esperanza de que pudiéramos encontrarla, rescatarla y huir juntos.

—Oye —dijo Malakas—. ¿En qué estás pensando?

—Es que... nada. Necesitamos encontrar más agua —le dije.

Me asomé entre los arbustos con los binoculares y busqué en el suelo frente a mí. Como si las rocas o las raíces de los árboles pudieran darnos algún tipo de sustento. El cielo estaba cambiando de un azul marino frío a un rosado grisáceo. Habíamos logrado estar para afrontar otro día. Sin embargo, lo único que veía frente a mí eran interminables extensiones de tierra seca.

—No sé qué hacer —admití.

—Déjame intentarlo —ofreció Malakas.

Tomó los binoculares y se escabulló. Lo veía pasar de un grupo espeso de árboles a otro. Arrancaba raíces y olía frutos. Luego bajó a una pequeña ladera rocosa y quise gritarle que parara y regresara, pero tenía la boca demasiado seca.

—Está bien —le dije a mi hermano dormido.

Sabía que en realidad lo decía para convencerme. Para acallar el mar de emociones mientras veía desaparecer a Malakas. Pero no se había ido. No era posible. El miedo a que me abandonaran de nuevo me golpeó con fuerza. Sentí enormes sollozos que me sacudían y estremecían, que me destrozaban y me vaciaban. Ni siquiera podía contar cuántas pérdidas estaba lamentando: Mami, Papi, Kenna, Volcanoman, Rosa, Tomás. ¿Y cómo se llamaba la bebé?

Guadalupe, susurré para mí misma, hundiendo la cabeza en el costado de Ernie. Me sentía tan perdida y deshecha.

—¡Hola! —escuché a Malakas susurrar detrás de mí.

Debí haber llorado hasta quedarme dormida. Sinceramente, pensé que estaba alucinando, incluso al sentir su mano en mi hombro.

—¡Vali, mira!

Tal vez *era* una alucinación. La visión más gloriosa, milagrosa y vital de todos los tiempos. Malakas había vuelto a nuestro escondite con dos garrafas de agua y una bolsa grande de frutos secos.

—¿Qué…?

—¿Puedes creerlo? ¡Ven aquí!

Abrió una de las garrafas de agua y me la acercó a los labios. Estaba un poco salada y caliente, ¡pero era agua! Con la otra jarra, Malakas mojó una de sus manos y la presionó contra mi nuca. El cosquilleo de la humedad hizo que todo mi cuerpo se sonrojara.

—¿Cómo...? ¿Quién...?

Había un campamento con una fogata. No había nadie.

Solo dos carpas vacías y unas huellas de llanta.

—Alguien pudo haberte visto.

—No, estamos bien. Lo prometo.

Malakas le puso un poco de agua en la boca a Ernie y vi cómo mi hermano se despertaba parpadeando.

—¿Vali? —preguntó con voz áspera.

La piel todavía se le sentía caliente, pero ya no temblaba tanto. Su mirada era más firme al clavarse en la mía.

—¿Cuándo vamos a jugar *soccer* con Mami? —preguntó.

—Fútbol —le dije.

Vi un atisbo de sonrisa en sus labios y exhalé profundamente por primera vez en horas.

Una vez que Ernie bebió un poco más de agua y volvió a cerrar los ojos, Malakas y yo nos sentamos con la bolsa de frutos secos. Al principio, me metía los trocitos dulces y salados en la boca y los masticaba a toda velocidad. Entonces vi que Malakas sostenía una almendra en la palma de la mano y la hacía rodar sobre su piel polvorienta como si fuera un diamante raro.

Recordé que Mami me contó que, la primera vez que se metió una almendra en la boca en Estados Unidos, la mantuvo en la mejilla durante horas porque no quería perderse nada de su sabor. Estaba demasiado hambrienta e impaciente para hacerlo en ese momento, pero metí la mano en la bolsa y saqué otra, maravillándome con su piel suave y masticándola lentamente hasta que se convirtió en una deliciosa pasta.

No recordaba la última comida de verdad que había comido. ¿Fue ese *manicotti* de la hermana Lottie? Según mis cálculos, Ernie y yo llevábamos más de un mes corriendo, caminando, buscando comida y huyendo. Hasta ahora, parecía que este era uno de los pocos momentos en los que podía parar y ver cuánto habíamos avanzado.

—Vali —dijo Malakas—, tenemos que estar cerca de California, ¿no? O sea, pareciera como si este desierto tuviera que acabarse pronto.

El calor nos azotaba de nuevo. Malakas puso nuestras maletas sobre las ramas más resistentes de nuestro refugio para que pudiéramos tener algo de sombra mientras comíamos y nos acurrucábamos adentro.

—Mi intención no es que estemos más apretados aquí —se disculpó.

—¡No, me gusta! —exclamé. Se me sonrojó el cuello de vergüenza—. Es decir, gracias. Me gusta... tenerte aquí.

—Y a mí me gusta tenerte aquí —dijo.

Me clavé en su pecho para un abrazo largo. Ni siquiera lo pensé, simplemente lo abracé. Aunque era tan sofocante y sabía que estaba siendo un poco atrevida, ya no había tiempo ni espacio para preocuparme por nada de eso. Al menos Kenna estaría orgullosa de mí. Siempre decía que necesitaba ser más intrépida y atronadora, y que la vida era demasiado corta para la timidez. Sentí otro sollozo atorado en la garganta al imaginar la última vez que vi a Kenna, subiendo la colina a toda velocidad, lejos de Uncle Jimi's.

—¿Qué? —preguntó Malakas.

—Es que no entiendo... No entiendo cómo estamos aquí y tanta gente ya no está.

—Lo sé —suspiró—. Antes me dedicaba a hacer planes para el futuro. Mapeaba las estrellas y soñaba con ir a la universidad. Me imaginaba trabajando en un laboratorio de investigación y ganando suficiente dinero para que mi Lola pudiera jubilarse. Incluso le dije que eligiera su papel de colgadura favorito porque le iba a comprar un apartamento y podría decorarlo como quisiera. Pensé que el chip siempre me protegería —se burló un poco de su propia idea—. Qué estúpido.

—No, no es estúpido —dije—. Es decir, yo ni siquiera tenía un plan. Mi mami me advertía todo el tiempo que debíamos tener cuidado y cuidarnos mutuamente, pero siempre esperaba que estuviera ahí. Y ahora...

Malakas apoyó la barbilla sobre mi cabeza.

—Sí —dijo—. Yo sé...

CAPÍTULO 25

Nos quedamos en ese escondite destartalado durante tres días y dos noches. O quizás fueron tres noches y dos días. Ya ni siquiera trataba de calcular el tiempo en amaneceres y atardeceres. Lo único que me importaba era repartir suficiente agua para que siguiéramos con vida y que la frente de Ernie se enfriara.

Cuando recuperó las fuerzas para quedarse sentado, lo primero que preguntó fue:

—¿Hay más cosas de comer?

Reí, lloré y me atoré cuando dijo eso. Había vuelto mi hermanito. Estaba tan agradecida de tenerlo vivo y pronunciando frases completas, que lo apreté hasta que me rogó que me "calmara".

Malakas también se secó las lágrimas. Le dio a Ernie el resto de la mezcla de nueces y frutos secos y le dijo que se alegraba de verlo de nuevo.

—¿Dónde estamos? —preguntó Ernie.

Le expliqué todo lo que pude. Incluso con el mapa, los binoculares y la brújula, no podía saber con certeza dónde estábamos.

—Si no me equivoco, diría que a unas cincuenta millas de California.

—¿Cincuenta? ¡Genial! —dijo Ernie—. ¡Vamos!

—Más despacio, hombrecito —dijo Malakas, haciéndole beber más agua—. Te daremos un poco más de tiempo.

Ambos estuvimos de acuerdo en que sería mejor esperar entre esos arbustos hasta que oscureciera antes de tratar de acercarnos más. El calor era demasiado intenso para correr y con suerte, al anochecer, seríamos menos visibles.

Mientras el sol se ponía y comenzaba el crepúsculo, le toqué la cabeza a Ernie por centésima vez.

—¿Estás seguro de que estás listo?

—Sí —dijo.

Revisamos y volvimos a revisar nuestro recorrido y provisiones. Tenía tantas ganas de salir de ese lugar, pero al mismo tiempo, la incertidumbre me paralizaba. Esa noche, al mirar desde nuestro refugio hacia ese cielo estrellado, sentí una electricidad y una determinación irrevocables. Estábamos demasiado cerca para hacer otra cosa que seguir adelante.

¿Cómo sabemos cuándo irnos?, le había preguntado a Mami. Estábamos escondidos en nuestro apartamento de Southboro y no podía imaginar que la vida fuera a empeorar.

No sé, había respondido ella. *Solo sabemos cuándo es demasiado peligroso quedarse.*

Eso se sentía como si hubiera pasado hace una eternidad y, sin embargo, todavía era cierto. Entendí entonces que Mami nos había estado preparando todo el tiempo para este momento. Esta era nuestra última oportunidad de encontrar un pasaje a California.

Estaba tan ocupada mirando hacia arriba y preparándome para lo que seguía que ni siquiera me di cuenta de la amenaza inmediata que venía hacia nosotros desde el suelo.

Sin embargo, sentí que la mano de Malakas apretaba la mía, mientras murmuraba:

—Ay, mierda.

—¿Qué?

Lo que empezó como una luz del tamaño de un alfiler se hacía cada vez más grande y brillante a medida que se acercaba zumbando hacia nosotros. En cuestión de segundos, se transformó en las luces delanteras de una especie de motoneta con una figura encorvada sobre el manubrio.

Eso fue todo lo que sabía.

Eso fue todo lo que necesitaba saber.

Empujé a Ernie hacia abajo para que volviera a quedar bien encajado bajo las ramas. Luego me arrastré y recogí dos piedras que parecían pesadas.

Malakas también estaba de pie.

—Espera. Vali, ¿qué haces?

Ni intenté responderle. Le pasé una de las piedras y lo arrastré hacia otro grupo de arbustos secos donde podíamos escondernos.

—¿Dónde están? —chilló Ernie detrás de nosotros.

—¡Shhh! —dije, en un grito sordo.

No podía dejar ni que Ernie ni Malakas oyeran el pánico que me quemaba por dentro ni que intentaran disuadirme de este plan a medias.

—Solo no dejes que se acerque demasiado —le dije a Malakas.

Sentí las luces cada vez más cerca, más calientes. Oí que el motor eléctrico se apagó bruscamente. El crujido de ramas bajo unos pies.

Vi una sombra que cortaba el haz de luz, haciéndose más alta y ancha.

Miré a través de dos ramas y vi al conductor de la motoneta, de pie y de espaldas a nosotros. Las letras FD amarillas tan cerca que casi podía verle las costuras. Se quitó el casco y se sacudió el pelo enmarañado. Luego sacó un paquete de cigarrillos de uno de sus bolsillos y prendió uno.

Era bastante bajito y flacuchento. O al menos, eso fue lo que me dije a mí misma para no desistir de este plan. No quería hacerle daño a este hombre; de verdad que no, pero tampoco podía dejar que nos atrapara. Entonces hice lo único que se me ocurrió en ese momento caluroso y espantoso. Apreté la piedra con todas mis fuerzas, salí del escondite y le di al agente un golpe en la cabeza. Esperaba que no hubiera sido muy fuerte como para matarlo. Sin embargo, el sonido del golpe fue horrible, como un crujido sordo que me sacudió.

El agente se desplomó y Malakas salió corriendo con la cuerda. Le amarró los brazos y las piernas mientras yo le tomaba el pulso. Seguía vivo. Con una herida fea en la frente, pero nada mortal.

—¿Por qué le hiciste eso? —preguntó Ernie, corriendo a mi lado.

—Él está bien. O... lo estará —le dije—. Ahora estamos demasiado cerca. Tenemos que hacer lo que sea necesario.

Besé a mi hermanito en la cabeza, tratando de no contener el llanto.

El agente era un hombre mayor. Tenía una cadena de plata alrededor del cuello con un crucifijo que me recordó al de mami. La culpa y el horror de lo que acababa de hacer me oprimían los pulmones mientras permanecía ahí de pie. Me sentí débil.

—¿Estás bien? —preguntó Malakas.

—Sí, supongo.

—Hiciste lo correcto —me aseguró.

Malakas levantó el casco del oficial y me lo puso en la cabeza. Luego le abrió la maleta. Adentro había un teléfono, un llavero electrónico, una pistola y una camiseta gris de las FD.

Ver esa camiseta hizo que todo se sintiera real: su humanidad comparada con la mía. Volví a tomarle el pulso al hombre. Estaba definitivamente inconsciente, pero respiraba más rápido. Era solo cuestión de tiempo antes de que se despertara y gritara por ayuda, entonces tenía que amordazarlo también. Con su propia camiseta.

El teléfono del agente empezó a vibrar y a parpadear. *¿Actualización de estado?*, preguntó una voz computarizada. Al no tener respuesta, el teléfono repitió: *Agente. ¡Actualización de estado!*

Era la señal de que no teníamos tiempo que perder.

—Tenemos que largarnos de aquí —dijo Malakas, quitándome las palabras de la boca.

Recogió las cosas del agente y me entregó su llavero.

—Vamos, Ernie. Vámonos —dije.

—Pero… ¿lo vamos a dejar aquí? —preguntó Ernie.

—Tenemos que dejarlo —dijo Malakas.

Ernie metió la mano en mi maleta y sacó lo que nos quedaba de agua.

—Puede quedarse con la mía —dijo, poniéndole el agua en el regazo.

No sabía cómo iba a poder beberla, pero abracé a Ernie con fuerza y le besé las mejillas saladas y agrietadas.

—Es una gran idea, Ernie.

Los tres nos subimos a la motoneta, yo al volante. Ernie me rodeó con sus brazos y Malakas se aferró a él. El motor arrancó con facilidad. Incluso había un mapa GPS en la pantalla. Cuando se iluminó, aplaudí de alegría. El punto de ubicación cobró vida y empezó a deslizarse hacia adelante.

—¡Guau! ¡Genial! —exclamó Ernie, asombrado.

No había duda: estábamos en el desierto de Sonora. Según el GPS, estábamos a unas ochenta millas al noreste de la frontera entre Arizona y California, y solo faltaban unas horas para que amaneciera.

—¡Agárrense! —advertí, pisando a fondo el acelerador.

Eran peligrosos estos caminos, si es que se podían llamar así. A veces íbamos flotando sobre piedras quebradas y cráteres. Otras veces nos desviábamos hacia bancos de arena. El mapa de la motoneta no nos indicaba hacia dónde nos dirigíamos en cuanto al terreno. Casi no podía distinguir los nombres de los pueblos por los que pasábamos. Simplemente aceleraba y trataba de sacudirme la tierra y las moscas que me golpeaban la cara.

—¿Están bien? —grité al viento.

Pero así Ernie o Malakas me hubieran oído, no tuvieron tiempo de responder. Mientras rodeábamos otra cresta de roca roja, vi a lo lejos una figura que luchaba por armar una carpa en medio de la arena que el viento levantaba. Era una carpa gris.

Un puesto de control de las FD.

—No, no, no —repetí una y otra vez.

En una fracción de segundo, antes de que llegáramos, pensé en apuntar el manubrio directamente sobre esos postes torcidos de la carpa y derribarlo todo. Pero ya nos habían visto. La agente dejó caer la carpa y levantó el rifle.

—¡Un momento! —gritó.

Pisé el freno y me detuve lentamente frente a ella. Quedamos cara a cara.

Lo más loco es que probablemente era apenas unos meses mayor que yo. Se parecía a Maddie Fitz, la chica de la secundaria Morrow Magnet, con las pecas y la postura segura de quien sabe que pertenece a un lugar. ¿Qué había dicho Maddie con esa mirada de suficiencia?

Eh, ¿triste para quién?

Esta agente llevaba los pantalones de las FD remangados hasta las rodillas. Vi por la luz de la motoneta que llevaba esas zapatillas rojas con cordones y broches todas las chicas de Morrow amaban. Estaba mascando chicle. Habíamos llegado tan lejos; habíamos luchado tanto, ¿y ahora todo iba a terminar con esta chica que probablemente se quejaba de las tareas de cálculo, justo como yo?

Era increíble. No había nada que nos diferenciara, excepto el lugar donde habíamos nacido. Sin culpa ni elección nuestra, ella era la cazadora y yo la presa.

Apretó los labios, sin dejar de apuntarnos con el rifle. Luego sacó una linterna y con ella me recorrió el cuerpo, mirándome de arriba a abajo en cámara lenta. La vi fijarse en mi casco torcido y la ropa manchada de sangre. El silencio era insoportable mientras sus ojos me atravesaban.

Ernie temblaba incontrolablemente, su dedos me apretaban con tanta fuerza la caja torácica que pensé que me iba a quebrar. ¿Y era Malakas a quien oía respirar por la nariz, intentando controlar el terror del momento?

Sin decir palabra, extendí la muñeca derecha. Sentí que Ernie y Malakas hacían lo mismo detrás de mí. Quería gritar: *¡Ernie, sigue derecho! ¡No mires para atrás! ¡Pase lo que pase con Malakas y conmigo, te alcanzaremos en California!*

La agente parecía horrorizada, incluso un poco mareada.

Bajé la vista hacia mi muñeca para ver qué miraba boquiabierta. El pedazo de camisa que Malakas había usado para vendarme había sido azul claro, pero ahora estaba cubierto de nubes de sangre seca. Unas vetas rojas intensas me subían por el brazo desde la herida y serpenteaban adentro y afuera de un enorme moretón amarillo verdoso.

Me miró con los ojos entrecerrados y luego volvió a mirarme la muñeca. Quizás no era tanto horror como lástima lo que vi en sus ojos.

—¿Nombre? —preguntó.

—Eh...

Ya no tenía sentido darle un nombre falso. No tenía chip para comprobar si era cierto o falso. Así que le dije quién era.

—Valentina González Ramírez. Veintidós de julio de dos mil dieciséis.

—¿El qué de julio? —dijo la chica frunciendo el ceño.

—Veintidós.

—Yo el veintitrés —dijo.

Un día de diferencia, pero toda una vida de divergencias. No dejaba de mirarme y de respirar profundo, el labio inferior le temblaba. Bajó el rifle. Sus pecas parecieron descolgarse mientras susurraba:

—Váyanse. Ya.

Parpadeé. No podía procesar lo que acababa de oír. Mi cabeza no sabía qué hacer. Ernie fue quien tuvo que devolverme a la realidad.

Me susurró al oído:

—Vali, vete. ¡Ya! ¡Ya! ¡Ya!

Aceleré y nos lanzamos hacia adelante.

No sabía por qué nos había dejado ir. Estaba casi convencida de que era una alucinación. Excepto que podía oír a Ernie llorar detrás de mí, aferrándose a mí y empapándome la espalda con sus lágrimas. Y ahora yo también sollozaba. Todos llorábamos. Las rocas y la arena se nos pegaban a la cara mojada mientras nos dirigíamos a California otra vez, dando vueltas y desviándonos por ese desierto durante las últimas cuarenta millas.

x

CUANDO EMPEZÓ A AMANECER, lo primero que vi en el horizonte fue una palmera solitaria que se mecía a lo lejos. Tenía las hojas largas y delgadas.

—¡Ernie! ¡Malakas! —reí—. ¡Miren!

Pensé en Mami cuando llamaba a Ernie *Ernesto Palmero*. Recordé a Papi cuando me levantaba por encima de su cabeza para que pudiera tocar las cáscaras ásperas de los cocos.

—¿Cuánto falta? —preguntó Ernie.

La pantalla de la motoneta indicaba que estábamos en el condado de Yuma, Arizona, a solo unas millas de la meta. Paré para ver mejor. Todos nos bajamos de la motoneta y Malakas sacó los binoculares.

—¿Qué ves? —preguntó Ernie.

Malakas no respondió.

—¿Hay un montón de controles? —añadí.

—No —dijo—. Hay una especie de... construcción.

Me entregó los binoculares y miré a través de estos. Había reflectores y postes de cámaras sobre ellos, ascensores hidráulicos que subían y apilaban bloques de concreto, uno encima del otro.

—¿Qué es eso? —preguntó Ernie.

No podía ser el Gran Muro de América. Esta barrera no tenía cinco capas de acero, cercas electrificadas, ángulos inclinados y láseres suspendidos. Esta cosa todavía estaba en construcción, con filas de camiones grises y excavadoras debajo, y grúas que subían nuevas láminas de metal al peldaño superior del andamio. Las deslumbrantes luces fluorescentes bañaban todo el desastre en un azul lechoso.

—Debe ser el nuevo muro que están construyendo alrededor de California.

El presidente nos había advertido. Iba a separar a California del resto de Estados Unidos con un muro, y cualquiera que intentara atravesarlo estaría sujeto a la ley marcial.

Malakas recuperó los binoculares.

—¡Mierda, tienes razón! —dijo—. ¿Cómo carajos lo vamos a cruzar?

—Ni idea. Mira.

Incluso sin los binoculares, podía ver grupos de avionetas y drones en el cielo lavanda. Algunos eran tan pequeños como pájaros. Otros parecían ser del tamaño de nuestra motoneta, con pinzas metálicas en la parte inferior. Bailaban unos alrededor de otros como una especie de constelación ebria. Intenté descifrar si había algún patrón en sus movimientos mientras se expandían en una colmena que zumbaba y ondulaba.

—¿Qué hacen los drones? —preguntó Ernie.

Observamos cómo se precipitaban hacia el suelo, depositando pequeños cilindros en una línea un poco al oeste de nosotros.

—No sé —respondió Malakas—. Me preocupa que tenga que ver con esto.

Señaló la pantalla de la motoneta. Cada vez que un dron depositaba algo en el suelo, aparecía un punto rojo en el mapa.

Vimos que otro punto rojo aparecía. Y otro.

—Tenemos que escondernos. Por si aparecen las FD —dije.

Volvimos a la motoneta y conduje lo suficientemente lejos para encontrar otra masa de rocas grandes detrás de la cual podíamos agazaparnos. Malakas nos tapó con las mantas de aluminio para que no se detectara nuestro calor corporal. Ya no sabía si eso nos protegería o no. Nos quedamos ahí, pasándonos los binoculares y sacando la cabeza a ratos para observar brevemente. Desesperados por averiguar qué estaban depositando esos drones y cómo podríamos pasar. Sin embargo, esos puntos rojos se multiplicaban en la pantalla de la motoneta. Malakas tenía razón: cada vez que un dron depositaba algo en el suelo, otro punto rojo aparecía. A medida que el sol se hacía más fuerte y alto en el cielo, vimos cómo ese mar rojo ocupaba casi todo el mapa.

Hasta que oímos una explosión.

—¿Qué fue eso?

Ernie temblaba en mis brazos.

—No sé —le dije.

Malakas tenía los binoculares y buscaba entre las rocas para entender.

—¿Parece que uno de los drones dejó caer algo que... explotó?

Tomé los binoculares y vi un camión de las FD cubierto en llamas. Había personas que correteaban mientras intentaban apagarlo con extintores.

—¿Minas terrestres? —supuse, horrorizada.

Me acordé de la niña de la camiseta de Mickey Mouse, que cruzaba la zona desmilitarizada mientras una explosión roja brillante la extinguió. Era atroz y simplemente impensable como para ser verdad.

Ernie me quitó los binoculares.

—¿Pero entonces cómo podemos...? —comenzó a decir mientras intentaba ajustar el lente.

Los tres volvimos a examinar el mapa de la motoneta. Uno de los puntos rojos estaba ahora tachado por una X negra. Acerqué la imagen para ver si la pantalla nos decía algo más. Solo tenía una respuesta: era una cinta azul que cruzaba el condado de Yuma, con el nombre RÍO COLORADO.

No tenía puntos rojos.

El agua es el milagro, había dicho Mami.

—¡Eso es! —se me puso la piel de gallina a pesar de

estar sudando por el calor sofocante—. ¡Eso es! ¡Eso es!

Gritaba. Reía. Lloraba. Señalaba esa línea azul con las lágrimas que me rodaban por la cara.

—¡Por ahí podemos cruzar! ¡Por el agua!

CAPÍTULO 26

—¡Más rápido! —aulló Ernie.

—¡Más despacio! —urgió Malakas.

Tenía tantas ganas de conducir a toda velocidad hasta la orilla del río, pero según esos puntos rojos en la pantalla, nos dirigíamos directamente hacia una barricada de minas terrestres. Volví a pensar en la chica de la camiseta de Mickey Mouse. Le había bastado dar un paso en falso para terminar aniquilada. Su rostro, tan sereno, mientras caminaba.

¿Pudo haber sabido que había minas terrestres debajo?

¿Hubiera dado ese paso adelante de todas formas?

Intenté zigzaguear la motoneta lentamente, con cuidado, pero no dejaba de parar y arrancar, dando bandazos entre la maleza y la sombra. Los tres juntos éramos demasiado pesados para este tipo de conducción; nos inclinábamos a cada momento y casi nos volcamos varias veces. Sin embargo, teníamos que evitar volcarnos a toda costa. En esta situación, sería una muerte segura.

En un momento dado, me acerqué tanto a uno de los puntos rojos que tuve que detenerme por completo. Mi corazón latía tan fuerte que no podía acelerar. Me quedé paralizada. Mi mente gritaba todo tipo de órdenes, pero mi cuerpo se negaba a moverse. No fue hasta que Ernie me frotó la espalda y me susurró al oído: *Tú puedes, Vali*, que mis dedos se volvieron a mover. Mi respiración empezó a calmarse; mi cerebro se apresuró a concentrarse en cómo llevarnos hasta el agua.

Estoy bien. Estoy bien, repetí para Ernie y para mí misma.

Los puntos rojos se agrupaban cada vez más. Conducir se estaba volviendo imposible, pero no podíamos deshacernos de la moto, porque necesitábamos la pantalla para guiarnos a través de este laberinto de minas terrestres. No teníamos otra opción que caminar con la motoneta. Malakas y Ernie caminaban detrás de mí, con cuidado de solo pisar las huellas de las llantas en la tierra.

Era angustioso ir a este paso de tortuga. Estábamos tan vulnerables y expuestos mientras nos tambaleábamos. Ya no había nada que nos tapara ni nos ocultara. Oí sirenas que atravesaron el aire seco. Las FD corrían hacia nosotros. Nunca sabríamos si habían encontrado al agente atado en el desierto o si la chica que se apiadó de nosotros en el último control nos había delatado. De todas formas, daba igual. Al acercarnos al agua, vi a los oficiales saltar de sus carros. Al menos ellos también tenían que frenar y arrancar para evitar las minas terrestres.

—¡Vali, cuidado! —gritó Malakas.

Yo estaba completamente concentrada en la pantalla de la motoneta y en guiarnos a través de las minas terrestres, pero ahora lanzaban redes desde arriba. Unas pinzas bajaban un cilindro a pocos metros. Malakas volvió a sacar las mantas plateadas. Eran nuestra única arma contra los grotescos drones. Si no detectaban nuestro calor corporal, no podrían atraparnos en sus redes.

Por un instante, aparté la vista del camino y vi una planta de hoja ancha justo delante de nosotros, en la distancia. Tal como nos había contado Mami en Southboro. Estaba absorbiendo el líquido de la fuente más cercana. Buscando la manera de sobrevivir. Todos necesitábamos esa agua para sobrevivir.

—¡Ya casi llegamos! ¡Tenemos que apurarnos!

Había tres puntos rojos entre nosotros y esa línea azul de agua, entre la vida y la muerte.

Miré con los ojos muy abiertos la pantalla de la motoneta por última vez para memorizarla. No había forma de llevar la motoneta más lejos. Las motonetas de las FD que venían detrás se acercaban cada vez más, resoplando y levantando polvo para abalanzarse sobre nosotros. El zumbido de los drones me calaba la piel, impulsándome hacia adelante. De repente, se oyó un fuerte estruendo. Ya conocía el sonido a la perfección. Una bala pasó zumbando junto a mi oído.

No había tiempo para esperar ni para planear estrategias. No quedaba nada más que este momento.

Este glorioso momento en el que mi pie se hundió en la arena mojada y los tres saltamos a ese río.

CAPÍTULO 27

Nos tomó quinientas ochenta y tres brazadas cruzar. Quinientas ochenta y tres, lo sé con seguridad porque las contaba con Ernie. Lo instaba a respirar y a agacharse bajo la tenue superficie del agua. Los disparos eran ensordecedores, rozaban la superficie del río a pocos centímetros de nosotros. Empujé a Ernie bajo el agua y me zambullí para sujetarlo. Inundé mi boca, mi nariz, mi mente con esta fría turbiedad. Cuando volvimos a la superficie para respirar, el cielo estaba plagado de drones. Algunos volaban tan cerca que podía ver el zumbido de sus hélices. Dejaban caer más de esas redes metálicas que se habían llevado a Volcanoman, a Rosa, a Tomás y a Guadalupe.

Pero no nos llevarían también a nosotros.

—¿Cuánto más falta? —jadeó Ernie.

—Tú puedes, hombrecito —respondió Malakas.

Ernie y yo no éramos los mejores nadadores. Vermont no era precisamente el lugar para aprender, pero Malakas era seguro y fluido. Braceaba con fuerzas y jalaba a Ernie cuando este ya no podía levantar los brazos. Tuviera o no la habilidad para mantenerme a flote, sentía que una corriente mayor me impulsaba hacia adelante. Quizás conectada con el sol y la luna o con la mágica ingravidez de todo lo que flotaba, se deslizaba, impulsándonos hacia adelante. Definitivamente conectada con Mami, Papi y la chica de la camiseta de Mickey Mouse. Porque todos estábamos tejidos del mismo hilo. Trenzados en un patrón intrincado. Solo en la tierra los humanos podían trazar todos estos límites y construir estos muros gigantescos.

—¡Vali, tengo miedo! —gritó Ernie.

Ahora chapoteaba mucho, agitándose.

—¡Todo está bien! Está bien.

Me aferré a cualquier jerga futbolística que pudiera recordar.

—Es como una escapada —le dije—. Mira el arco. ¡Ve adelante!

Volvimos a sumergirnos, serpenteando entre un laberinto de algas y lodo salobre. Cuando volvimos a la superficie, había una multitud reunida en el lado californiano. Una multitud enloquecida se lanzaba al agua, gritando.

¡Ustedes pueden!

¡Ya casi llegan!

—¡Vamos! ¡Vamos! ¡Naden más rápido! —gritó Malakas.

Sujetó a Ernie por las costillas y nos dijo a ambos que respiráramos hondo. Luego contó hasta tres, y nos sumergimos al unísono. Obligando a nuestros cuerpos a hundirnos, hundirnos, hundirnos.

Las voces y los disparos se fueron desvaneciendo tras nosotros.

La furia y la angustia se apagaron en el agua, se fundieron en un zumbido trémulo.

Ahora solo se oía el burbujeo de este asombroso universo submarino. Esta otra existencia donde todo y todos estaban suspendidos y libres.

Los peces nadaban en todas las direcciones, entraban y salían de las algas a su propio ritmo natural. Disfrutaban de un rayo de sol acuoso y luego se sumergían en otro rincón de oscuridad. Sabía que tenían algún tipo de jerarquía en la cadena alimenticia, pero al menos se basaba en impulsos y ansias primarias. No en odio ni adoctrinamiento. Para ellos, el mundo siempre estaba en movimiento, cambiando, transformándose. Todo evolucionaba, deslumbraba y estaba vivo.

Recordé a Mami contándonos a Ernie y a mí la historia del Génesis. Las aguas existían antes incluso que la tierra y el cielo. Cada uno de nosotros nació en un saco de agua, nos dijo. Estábamos hechos de agua. Me imaginé a Papi cargándome sobre su hombro en la playa, flotando en el agua debajo de mí mientras yo estaba de pie en ese saliente rocoso. Sentí que ambos estaban con nosotros ahora. Sosteniéndonos y guiándonos. Arrasando con todo y con todos los que nos perseguían.

x

ACABABA DE extender la palma de la mano por quinientas ochenta y tres veces cuando sentí algo blando y limoso bajo los pies.

California.

Malakas me sostenía la mano. Me ayudaba a subir. Ernie salía del agua jadeando y llorando.

Estábamos al otro lado.

Llámalo milagro. Llámalo una plegaria respondida. Llámalo la adrenalina de luchar o huir que da a todas las criaturas la oportunidad de sobrevivir.

Yo lo llamo

Santuario.

CAPÍTULO 28

No es un sueño.

Estoy aquí. Ernie está aquí. Malakas también.

El equipo de rescate nos está envolviendo con mantas enormes que huelen a suavizante. Estoy abrigada con un edredón con ilustraciones de una princesa de dibujos animados con un tutú rosado y una corona brillante. Ernie está arropado con una manta azul marino con dibujos de cohetes. Malakas tiene rayas cafés y verdes.

Nos llevan a una pequeña caseta, nos dan tazas de chocolate caliente y galletas que se nos deshacen en los dedos temblorosos. Hay tantas caras diferentes que entran a la habitación mirándonos fijamente. Tantos sonidos y olores, sonrisas y ceños fruncidos. Ernie, sin embargo, está radiante. Malakas les cuenta a todos lo valiente que es mi hermanito y lo lejos que nadó, con qué valentía luchó.

Nos hacen preguntas en español, inglés, creole, portugués. Preguntan *¿Quién? ¿Qué? ¿Dónde?* Pero no *¿Por qué?*

Nadie puede responder eso, en realidad.

Les digo lo que sé. O lo que creo saber. Las palabras salen de mi boca sin un orden coherente. Tengo tantas cosas que decir y no sé por dónde empezar.

—Las FD se llevaron a nuestra mami. Íbamos en un autobús. Luego en una camioneta, en el desierto. Llegaron a la casa y todos corrimos, pero este niño, Tomás... no sobrevivió.

Sé que lo que digo no tiene sentido. Sin embargo, no puedo contenerme. Simplemente suelto cualquier detalle que se me ocurra.

—Queríamos llegar a California. Nuestra tía Luna vive aquí, pero no sabemos a dónde se llevaron a Mami, ni a Volcanoman, ni a Rosa y sus bebés —Estos hilos de memoria siguen deshaciéndose. Yo me estoy deshaciendo—. Por favor, ayúdennos a encontrarlos.

Se me llenan los ojos de lágrimas. No puedo detenerlas. No quiero detenerlas.

Me prometen que harán todo lo posible por encontrar a nuestra mami. Juran que ahora estamos a salvo y protegidos por la nación de California.

x

La Liga de Servicios para Niños Refugiados está aquí. Quieren llevarnos a un hogar comunitario en San Bernardino, donde podemos bañarnos y dormir, pero les repito que mi tía Luna vive cerca. La verdad es que no estoy segura de dónde. Una de las consejeras de la Liga me da un teléfono para llamarla. Pruebo todos los números hasta que los recuerdo en el orden correcto. Entonces, oigo la voz de la tía Luna gritando por el teléfono:

—¡Vali! ¡Ernesto! ¡Mis amores! ¡Ya voy por ustedes!

Estamos en un pueblo a las afueras de Bond, California, al este del Parque Nacional Joshua Tree. Eso significa que la tía Luna tendrá que conducir una hora y media para venir a buscarnos. Malakas, sin embargo, tiene que ir al hogar comunitario. No tiene familiares aquí. No quiero que se vaya, pero me asegura que está bien; que nos volveremos a ver pronto.

—¿Cuándo?

—Pronto, pronto —dice—. ¿Te llamo luego?

—Claro —respondo.

Porque eso es lo que hace la gente cuando sabe o al menos confía en que existe el *después*.

Pero aún no sé cómo confiar. Sigo temblando mientras me tomo el chocolate caliente. Sigo llorando por todos los que no lograron cruzar el río Colorado con nosotros. Siento el agua inundándome la nariz, la garganta, el cerebro.

x

LA TÍA LUNA ESTÁ aquí. Su cabello es mucho más corto y puntiagudo de lo que recuerdo. Tiene los ojos desesperados y rojizos mientras se abalanza sobre nosotros. Me derrumbo en sus brazos con Ernie, los tres sollozamos abrazados. Hay tantas cosas que quiero decir, pero ninguna significa nada en este momento. Me aferro a la tía Luna cada vez más fuerte, intentando encerrarme en su respiración temblorosa. Estuvimos en sus brazos tanto tiempo que sentí que me había derretido hasta quedar inconsciente. Pero no era un sueño. Era real.

Nos subimos a su auto plateado. Me abre la puerta de adelante para que me siente en el asiento del copiloto, pero me da miedo dejar a Ernie solo atrás. O tal vez ya no sé cómo quedarme quieta sin abrazarlo, entonces me subo con él al asiento trasero. Nos apretamos en nuestras mantas y dejamos que el viento de la ventana abierta nos dé en la cara.

La tía Luna se parece mucho a Mami, con su rápido español, pero los ojos no se le arrugan en las comisuras como los de Mami y tiene las uñas demasiado limpias. Es pequeña y vivaz, pero no huele a cebollas. Sé que no es su culpa, pero eso hace que extrañe a Mami aún más. No encuentro palabras que decir. Me invaden demasiados sentimientos. La luz del sol es tan brillante aquí que me ciega.

La casa de la tía Luna es bastante agradable. Es una casa de huéspedes de una sola habitación en el patio trasero de otra persona, con una puerta mosquitera que golpea el marco tan fuerte que me estremezco. Ernie ya está dormido cuando llegamos y la tía lo lleva dentro de la casa como a un recién nacido envuelto, lo acuesta en su cama y se cierne sobre él.

Me doy una ducha que se siente milagrosa: el agua caliente me resbala por la cara, los brazos, el estómago. La barra de jabón de la tía Luna se vuelve de un color óxido mugriento por toda la suciedad y la sangre acumulada en mi piel. Me palpita la muñeca y me arde. Me quedo bajo el grifo hasta que se me empiezan a cerrar los ojos. Entonces la tía Luna me dice que tome una toalla limpia y venga a comer el arroz con frijoles que acaba de preparar.

La comida está tan caliente que me pongo a llorar.

Muchas cosas aquí me hacen llorar.

La tía Luna dice que eso es bueno. Que necesito sentirlo todo y contarles mi historia a todos. En voz alta. Todavía no sé cómo. Siento que camino por ahí con todas las terminaciones nerviosas al descubierto. Incluso una brisa suave me estremece.

También me asombran tantas cosas.

Las majestuosas palmeras que extienden sus hojas como bailarinas y los pájaros carpinteros moteados que teclean su propio código morse. Los limones que cuelgan de un árbol frente a la ventana de la tía Luna como adornos brillantes. El sabor de una hoja de lechuga crujiente.

Sí, eso es lo último que pensé que apreciaría. Después de que Ernie y yo nos quedamos en cama casi veinticuatro horas seguidas, la tía Luna nos preparó una comida enorme con pollo, arroz, frijoles y ensalada tan fresca que mi boca dio volteretas de alegría. Y luego, por supuesto, empecé a llorar otra vez. O, mejor dicho, a berrear tan fuerte que cayeron mocos y lágrimas sobre mi plato de verduras brillantes.

—Lo sé, mija. Lo sé —susurra la tía Luna.

Pero ¿cómo puede saberlo, de verdad?

No hay suficientes formas de nombrar este nudo doloroso que siento en la garganta. Sigo sin saber cómo confiar en que estamos a salvo o siquiera vivos. No sé cómo explicar que cuando veo una hoja de lechuga, también veo el balón de fútbol verde neón en las manos muertas de Tomás. Veo un tupido nopal y a Ernie vomitando en el polvo. Sobre todo, veo a Mami rogándome que me coma mis verduras. Cuando vivíamos en Southboro, solo podíamos permitirnos comprar maíz enlatado y algún que otro pimiento marchito que ella regateaba en la granja. Ella los freía o los mezclaba con huevos para que Ernie y yo obtuviéramos más nutrientes, nos gustara o no. Si no comía verduras, decía, se retrasaría mi crecimiento.

Lo cual es chistoso. Porque sí, solo mido 1,67 metros, pero eso ya me hace 2,5 centímetros más alta que Mami, dondequiera que esté.

Le describo esas carpas en el desierto a la tía Luna y le digo que, por muy loco que suene, creo haber visto a Mami en una de esas. La tía Luna niega con la cabeza y se aguanta las lágrimas. Me cuenta lo que sabe de esas carpas. No ha visto ninguna de cerca, solo fotos satelitales. Son campos de trabajo forzado y son brutales. El presidente creó esos campos para que "los inmigrantes ilegales paguen su deuda con Estados Unidos". Esto significa que ya no hay más deportaciones. En cambio, las FD encierran a los inmigrantes indocumentados en jaulas y los obligan a trabajar sin pago y sin un final a la vista.

—¿En qué trabajan?

—Nadie lo sabe. Nadie ha escapado todavía, entonces solo podemos adivinar qué está pasando ahí dentro —me dice.

—Tenemos que ayudarlos.

La tía Luna asiente y me dedica una sonrisa de lo más triste.

—No podemos hacerlo ahora mismo, mija. No es seguro —dice—. Pero ojalá... algún día.

Con ese *nosotros*, supongo que se refiere a todos los diferentes grupos de acción a los que se ha unido. La noche después de llegar a la casa de la tía Luna, ella había organizado una reunión con los comités de acción a los que se había unido. Hablan de todo lo que quieren hacer para ayudar a la gente de los 49 Otros, así es como todos aquí llaman al resto de Estados Unidos. Todos en la reunión de la tía están comprometidos y son razonables con su trabajo, y estoy agradecida, pero también quiero saltar y gritar: *¡Tenemos que HACER algo! ¡YA!*

Algún día no es suficiente para un plan de acción. *Algún día* es como pedirle un deseo a una estrella. No sé cómo sentarme aquí y esperar a que algo cambie. Siento picor e impaciencia al escuchar a todos estos organizadores repartir bocadillos y hacer agendas.

Al menos físicamente, estoy mucho mejor.

En nuestro segundo día aquí, la tía Luna nos lleva a Ernie y a mí al médico, quien me da antibióticos para el brazo porque tengo una ligera infección. El médico también me dice que tengo mucha suerte de no haberme cortado ningún nervio. Quiero agradecerle a Malakas por eso. Busco el número de su hogar comunitario y hablamos esa noche.

—¿Cómo estás? —me pregunta.

—Bien, supongo. ¿Y tú?

—Igual...

Le pido que describa el lugar donde vive. Es una casa vieja llena de literas y niños en cada habitación. El rango de edad es de entre dos y veintidós años. Todos caminan como aturdidos, preguntándose cuándo o si algún día se reunirán con su familia. Tienen una escuela improvisada en el sótano donde leen libros de texto donados. Y un parque infantil con un solo columpio.

—Guau. Eso suena...

Sombrío, pero no lo digo.

—¿Y tú? —pregunta.

Le cuento sobre la tía Luna. De sus reuniones, planes y el olor a limones en su patio trasero.

—Ojalá pudieras quedarte aquí —le digo.

Pero es diminuto. Solo tiene espacio para una mesa, una cómoda y una cama en esta casa de huéspedes. Y, para ser sincera, no he podido dormir desde que llegué. Paso la mayoría de las noches mirando al techo o dando vueltas porque cada vez que intento cerrar los ojos, siento que vuelvo a estar en ese río. Solo que esta vez, en lugar de llegar a la orilla, estoy jadeando, tratando de aferrarme a algo, ahogándome.

—Encontraremos la manera de vernos pronto —dice Malakas.

Extraño a Malakas más de lo que pensaba. Extraño quiénes éramos cuando teníamos un propósito, cuando luchábamos por nuestra vida. Ya no estoy segura de quiénes somos el uno para el otro.

Quiero preguntarle si todavía mira la luna cada noche, como le enseñó su madre. Quiero saber si ha oído algo sobre su lola o si ha estado en contacto con alguien en Filipinas, pero no le pregunto nada. Me da demasiado miedo tocar esos recuerdos. Entre nosotros dos hay tantas cosas rotas y perdidas, entretejidas en nuestros huesos y en nuestras cicatrices iguales. Quiero conocerlo en otro tiempo o lugar. Pero estamos aquí y ahora.

Tal vez el lugar más mágico, emocionante, surrealista y confuso para estar.

CAPÍTULO 29

El país de California está tratando de recopilar información sobre lo que está pasando exactamente en los 49 Otros. Ha creado una base de datos con nombres, números de teléfono, direcciones e historias personales de miles de personas que lograron llegar. Forma parte de un esfuerzo por reunir a familias separadas. Cuando se cumple una semana de nuestra llegada a California, la tía Luna nos lleva a Ernie y a mí en un viaje de cuatro horas a San Diego para que podamos responder algunas preguntas sobre nuestro viaje y formar parte oficial de la base de datos.

Mi entrevistadora es lo suficientemente amable. Tiene el pelo castaño sedoso y la piel color marfil, una sonrisa exagerada y un ligero ceceo. Me dice que se llama Kelly y que tiene unas pocas preguntas que la ayudarán a recopilar información. Dice que no me dolerá en lo absoluto.

Excepto que una hora después, seguíamos hablando sobre mi país de origen.

—Entonces, además de haber nacido en Colombia, ¿has estado fuera de los 49 Otros antes?

—No.

—Y mientras vivías en los 49 Otros, ¿alguna vez participaste en una audiencia judicial?

—No.

—¿Alguna vez te internaron en un centro de detención?

—No.

—Y, según tu relato, saliste de Vermont el 4 de mayo, lo que significa que viajaste durante… ¿cuarenta y siete días?

—¿Viajé? Más bien arañé, agarré, me escondí, hui.

—Sí.

—*Okay*, repasemos todas las direcciones en las que viviste, empezando por tu fecha de llegada.

—*Okay*, pero ¿qué tiene esto que ver con recuperar a mi mami?

Kelly hace una pausa y se muerde el labio. Interrumpí su diálogo. Estaba mucho más contenta tecleando que mirándome y hablando.

—O sea, esto es…

¿Necesario? ¿Significativo? ¿Solo un ejercicio para fingir que estamos haciendo algo para ayudar a la gente que sigue atrapada en los 49 Otros cuando en realidad no estamos haciendo nada?

—Entiendo que tú también tienes algunas preguntas —dice Kelly. Habla despacio y su sonrisa ya no es tan entusiasta—, pero necesito archivar esta información en la base de datos del Santuario. ¿Podemos… retomar?

—Sí.

No entiendo qué es esta base de datos del Santuario. No logro ver la pantalla de su su computadora no sabe qué está haciendo. Bien podría estar jugando videojuegos o enviando correos. Me siento tan inútil y desprotegida en esta pequeña habitación.

—Genial. ¿La primera dirección en la que residiste fue...?

Es un ambiente muy estéril. La tía Luna me contó que esto solía ser el consultorio de un dentista. Hay un escritorio y dos sillas plegables, una pequeña ventana que no abre y un ducto de ventilación que expulsa aire caliente con olor a antiséptico. Las paredes son de un beige claro, y hay elegantes archivadores plateados que bordean la pared detrás de Kelly. También hay una estantería metálica con algunos libros infantiles, un muñeco de Batman todavía en su empaque de plástico y un rompecabezas de mil piezas que promete parecer la imagen de un gato en una taza de té. No sé quién se quedaría aquí lo suficiente como para completar un rompecabezas de mil piezas. Este parece ser el tipo de lugar donde nadie se quedaría mucho tiempo.

Ni siquiera Kelly. Golpea el pie contra la pata de su escritorio metálico con un ritmo rápido. Supongo que es para recordarme que sigue esperando la respuesta a su última pregunta.

—¿Puedes repetir eso, por favor?

—No pasa nada. Omítelo y lo retomamos más tarde —dice.

—Bueno, lo siento.

No sé por qué me disculpo. Esta mujer me está robando toda esta información sin darme nada a cambio. No quiero retomar esto más tarde. Quiero saber quién recopila estos detalles sobre mi vida, quién los va a analizar y cómo esto puede traducirse en encontrar a todas las personas que siguen desaparecidas. ¿Cómo pueden mis antiguas direcciones impedir que esos drones recojan gente con redes o abrir esas jaulas relucientes en el desierto? ¿Cómo pueden mis registros judiciales hacer desaparecer estos sueños de ahogamiento?

Después de que se acaba la entrevista, la tía Luna nos lleva a cenar a un restaurante de carnes. Sé que no tiene mucho dinero y que le cuesta gastarlo en chuletas y papas al horno. Entonces no le digo que el olor de la carne, incluso cocinada, me hace pensar en agacharme detrás de una vaca descuartizada en un camión. O que cada gota de agua que deja en su vaso podría salvar a alguien que cruza gateando el desierto de Sonora.

Cuando volvemos a la casa de la tía Luna en Cactus, empiezo a escribirle cartas a Mami, aunque no tengo dónde enviarlas.

Querida Mami, ¡hoy hicimos guacamole fresco!

Querida Mami, ¡fuimos a un parque natural y un pájaro me cagó en el pelo!

Son actualizaciones tontas, como las que le daba a Papi cuando estaba en el centro de detención y no podíamos decir nada más. Espero y rezo para que Mami esté en un centro de detención como el de Papi, con un baño, una manta o incluso un tazón de sopa tibia. Porque la alternativa es...

Esas carpas.

Hago que la tía Luna me muestre las fotos satelitales de esas carpas y se me retuercen las entrañas en un nudo feroz. Hay mujeres, hombres, niños, bebés. Están encadenados por el cuello y los golpean con porras. Quiero meter la mano en esas carpas y sacar a todos esos prisioneros de ahí. Quiero destruir todas esas fotos pixeladas, borrar su posibilidad, pero ahora esas imágenes están grabadas en mi mente. Están conmigo cuando me pongo medias limpias por la mañana, cuando me sirvo un tazón de cereal, cuando estoy acostada en la cama entre Ernie y la tía Luna por la noche. Hundiéndose en el fondo del río Colorado conmigo.

La tía Luna nos manda a Ernie y a mí a la escuela otra vez. Son solo cinco horas al día y podemos ir vestidos como queramos. Ernie se une al equipo de fútbol, claro y se queda corriendo y haciendo pases de balón con las mejillas sonrojadas hasta el atardecer, lo que me da alivio.

La verdad es que la escuela me parece medianamente interesante, pero no tengo muchas ganas de socializar. Hice una amiga, Isabel. Es de Honduras y me recuerda un poco a Kenna: escandalosa y flacuchenta como un palo. Cuando Isabel se ríe, abre la boca tan grande que podría tragarse el sol, pero no es Kenna. Kenna está en algún lugar de ese vacío en mi pecho. Me abraza con sus gritos resonantes cada vez que me detengo. Y Mami está en el canto de los pájaros afuera de mi ventana por la mañana. Volcanoman podría estar escondido detrás del contenedor de basura afuera de la cafetería de la escuela...

—¿Me estoy volviendo loca? ¿Tú también ves gente? —le pregunto a Malakas una noche por teléfono.

Hablamos cada pocos días, lo cual es emocionante, pero también desconcertante. Su voz me devuelve a una sensación de desesperación que temo que me absorba por completo. A la vez, es el único que parece oírme y tranquilizarme.

—Totalmente —confiesa—. Juro que vi a mi lola la semana pasada en un autobús. Incluso me acerqué a ella y casi la abrazo.

Reímos y lloramos a la vez.

—¿Qué fue eso? —pregunta la tía Luna cuando cuelgo.

—No... nada.

No sé cómo compartir estos sentimientos con ella. No creo que lo entienda así lo intente.

Mi intención no es ser desagradecida ni desagradable con nuestra nueva vida aquí. Es increíble tener a mi tía y a mi hermano, y el aroma a limones que inunda la casa 4512 de la calle North Alma, este lugar que ahora llamamos hogar. La tía Luna tiene un jardincito que me encanta. Un arbusto con hojas grandes y cerosas, y algunos tallos flexibles junto a la puerta principal que han perdido las flores que alguna vez tuvieron. Paso los largos días del fin de semana haciendo jardinería. O, mejor dicho, excavando.

No sé qué busco exactamente mientras me arrodillo y empiezo a escarbar en la tierra. Los tallos se desprenden rápidamente y dejan raíces cortas y fibrosas. Las ramas me pinchan y me arañan mientras intento excavar. Arranco matas de hierba y maleza. Abro nudos de raíces retorcidas y secas. Cuando golpeo una piedra, excavo aún más fuerte. Mis uñas pronto se cubren de barro y las yemas de los dedos se desgarran, pero sigo adelante. Solo necesito sentir algo afilado, frío o sucio. Me siento tan fragmentada, desplazada. Sé que suena extraño, pues he estado literalmente huyendo y sin hogar durante un mes y medio. Pero ahora todos esperan que me quede aquí, que me enfrente a las cosas con normalidad y, que esté contenta con esta nueva vida.

Y no puedo.

Para conmemorar el 4 de julio, la tía Luna ayuda a organizar una gran reunión de activistas del Santuario en un centro de convenciones de Los Ángeles. Para llegar, viajamos cuatro horas en su auto y nos alojamos en un hotel. Nos dice que, si queremos, podemos quedarnos en la habitación y pedir hamburguesas en lugar de ir a la reunión, pero tengo curiosidad por saber qué van a decir. Ernie se encoge de hombros y añade:

—Claro. ¿Por qué no?

Hay una presentación de diapositivas larguísima sobre la historia de la independencia de Estados Unidos y los diferentes retos que enfrenta California como país en formación. Alguien está de pie detrás de un podio y nos lee todas estas cifras:

Desde que California se separó hace dos meses, quince mil inmigrantes indocumentados han cruzado sanos y salvos al Santuario. Se estima que hay otros diez millones de inmigrantes indocumentados aún desaparecidos en los 49 Otros. No se sabe con certeza cuántas personas hay en los campos de trabajo. Las imágenes satelitales muestran que se han erigido diez nuevas carpas en las últimas dos semanas, lo que podría significar miles de nuevos cautivos. Hasta donde saben, nadie ha podido escapar de los campamentos, por lo que la poca información disponible no ha sido verificada. Se prevé que el nuevo muro del presidente alrededor de California se completará el próximo año. Tendrá siete capas de espesor y estará fortificado con 2,258 minas terrestres; Alaska (el cuadragésimo noveno estado) ha optado por alinearse con Estados Unidos, pero Hawái (el quincuagésimo) ha anunciado que está en proceso de intentar separarse.

Todos en el centro de convenciones empiezan a aplaudir por Hawái. Por "el proceso de intentar". Yo también quiero aplaudir, pero me parece tan ineficaz. Sé que esta gente tiene buenas intenciones. Inventa cánticos y lemas, declaraciones de misión y planes de acción, solo que estoy muy nerviosa y tengo todo tan a flor de piel como para celebrar. Todos los que suben a ese podio tienen al menos veinte años más que yo. Ninguno ha visto cómo son las cosas realmente en los 49 Otros. Ninguno ha oído el zumbido de drones ni ha intentado enterrar a un niño delante de su madre. Incluso las estadísticas que difunden suenan demasiado simplistas. No cuentan toda la historia. No reconocen que uno de esos números podría ser mi mami.

—Emocionante, ¿verdad? —pregunta la tía Luna mientras nos lleva de vuelta a Cactus al día siguiente.

—Sí. Completamente.

Quiero hacer algo real, pero no sé qué puedo hacer, al menos no desde aquí. Me volteo hacia Ernie para ver qué dice él, pero tiene los ojos entrecerrados mientras mira por la ventana del carro. Intento cerrar los ojos también, pero sé que no podré dormir. Siempre que caigo en la inconsciencia, las imágenes del río invaden mis sueños. Me tiemblan las piernas, se me encoge el corazón, mis brazos intentan sacarme de esas aguas de nuevo. Veo a Ernie y a Malakas ahogándose en la oscuridad. Siento a mi mami arrastrándome hacia las corrientes frías, sus gritos diciéndome que le fallé. Le fallé a Ernie. Le fallé a Papi. Me fallé a mí misma.

—Cierra los ojos, mija —dice la tía Luna desde el asiento del conductor.

—No necesito dormir —le digo.

Necesito estar despierta. Necesito abrir los ojos más que nunca. Necesito encontrar a mi mami. La tía asiente y no dice nada, como hacen los adultos cuando no entienden o no les creen a los niños. Excepto que ella no tiene ni idea de lo que soy capaz.

CAPÍTULO 30

Anoche Mami estuvo en mis sueños. Empezó de la misma manera en que han comenzado tantos otros de mis sueños últimamente...

Salto al río Colorado. El frío del agua me deja sin aliento. Intento respirar, pero no puedo. Busco a Ernie y lo veo demasiado lejos. Intento llamarlo, pero me entra agua por la boca. Veo que un agente de las FD persigue a Ernie. Miro hacia abajo y veo que Mami se hunde. Nado hacia ella. Está fuera de mi alcance. Intento desesperadamente agarrarle los dedos, el pelo, cualquier cosa. Pero no puedo. Se me escapa.

Y aquí es donde este sueño es diferente de todos los demás. Esta vez, justo antes de que Mami desaparezca en las turbias profundidades, se voltea hacia mí y me dice: *Vuelve al río*.

Me despierto sudando y jadeando. Mi mente está a mil por hora. Han pasado veintiocho días desde que llegamos a California y llevo veintiocho noches revolcándome en el río Colorado. Estoy tan agotada y destrozada por estos sueños que ya ni siquiera siento alivio cuando llega la mañana. La tía Luna quiere que vuelva al médico y le diga cómo me siento, tal vez incluso me dé algún medicamento para relajarme. Solo que no necesito relajarme. Necesito *hacer* algo.

Y ahora sé lo que tengo que hacer. Necesito volver al río y ver qué hay.

Llamo a Malakas y le pregunto si puede acompañarme. También han pasado veintiocho días desde que lo vi, lo que me parece imposible. Será un viaje de tres horas para él, pero ni siquiera lo duda antes de decir que sí.

—Prometo que volveré para la hora de la cena —le digo a Ernie.

No nos hemos separado desde que salimos de Southboro y siento que me aferro a él al despedirme. Asiente y me despide con la mano desde la puerta, pero noto que frunce el ceño para no llorar.

Hay un servicio de transporte compartido que va hacia el este.

—¿Adónde vas? —me pregunta el conductor.

Es un hombre blanco mayor con barba entrecana. Sus ojos también son grises, pero amables.

—A Bond. Saliendo de la Ruta Diez, por favor —le indico fingiendo normalidad.

—¿Te importa si te pregunto qué hay allá? —pregunta el hombre.

—Voy a... visitar a un amigo —le digo.

Bond es un pueblo que no tiene nada, en realidad. Hay un restaurante, una sola tienda y algunos grupos de casas. Malakas y yo nos encontramos junto a la caseta de rescate. Ahí fue donde nos envolvieron en esas mantas y nos dijeron que estábamos a salvo y protegidos por el país de California. Malakas me abraza y noto que está más alto, porque mi barbilla solo alcanza su axila. Siento que se me llenan los ojos de lágrimas otra vez, un temblor intenso florece en mi interior. Nuestras muñecas desnudas se tocan; ambas tienen cicatrices, pero sanan.

¿Todavía te duele?, quiero preguntar. Pero todavía no logro romper el silencio.

Caminamos hacia la orilla, que tiene un halo de niebla justo encima. Ya casi es otoño, pero todavía hace un calor sofocante, unos 32 grados. Aun así, no suelto la mano sudorosa de Malakas. Ninguno de los dos ha dicho una sola palabra todavía. Sigo sin saber qué decir. Percibo lo diferentes que somos respecto a hace apenas un mes.

No somos fugitivos que están huyendo y luchando por su vida.

No estamos hambrientos, deshidratados ni desmayados por el dolor.

No estamos apretujados dentro de un tronco en descomposición, tan apretados, saboreando el sabor de una sola almendra.

Quiero preguntarle: *¿Te acuerdas cuando...?* o *¿De verdad nosotros...?*, porque muchas veces desde que llegamos, me he sentido como loca. No estoy segura de que mis recuerdos de aquellos días que pasamos juntos sean fiables. Se sienten tan ruidosos y cargados dando vueltas en mi cabeza. Y ahora se supone que estamos al otro lado de todo, sin obligaciones el uno con el otro ni con el mundo. Tenemos techo sobre nuestra cabeza, comida en nuestros platos y la libertad de caminar por esta playa y sumergir los pies en el agua. Podemos hacer lo que queramos, en general.

Y eso no se siente bien.

No cuando hay tanta gente que aún extraña a sus madres, padres, hermanas, hermanos, lolas, tías. No puedo simplemente inventar esta nueva vida aquí mientras Tomás flota en ese pantano. Cuando su madre y su hermanita están atrapadas como fieras en una red. No puedo memorizar reglas de álgebra cuando hay gente hacinada en camiones de carne o encadenada por el cuello. Cuando una chica con una camiseta de Mickey Mouse y cola de caballo ha explotado y Mami está inmovilizada en el suelo gritando, gritando.

x

HAY UN MURO DE ROCA donde Malakas y yo nos sentamos y dejamos nuestras cosas. Miramos las olas y siento su mano encontrar la mía. Una punzada de esperanza me recorre. Estamos juntos en este precipicio.

—No sé qué es —le digo—. Siento que estoy eternamente en esa agua. Como si no pudiera salir.

—Mmm —dice. No parece preocupado, sino más bien fascinado y me pregunta—: ¿Sabes qué es lo que más me gusta del agua?

—¿Qué?

—Siempre parece tan aleatoria e impredecible, ¿verdad? Pero, de cierta forma, la luna la dirige.

—¿Te refieres a la gravedad? —por las clases de ciencias del colegio sé vagamente a qué se refiere.

—Sí. La atracción es tan fuerte que también hace que la tierra se hinche. O sea, la mayor parte del tiempo no nos damos cuenta porque estamos girando y todo eso. Pero está pasando, todo el tiempo. Todo está… pasando.

Al igual que ahora, alguien probablemente está siendo golpeado afuera de una jaula en el desierto. Ahora mismo, alguien se está poniendo su AK-47 o recitando el juramento a la bandera. Ahora mismo, alguien está naciendo. Todo, sin parar.

Malakas sigue maravillándose con el río frente a nosotros. Me cuenta más sobre cómo la luna atrae toda el agua de la Tierra y la fricción que debe superar. También me cuenta historias sobre las aguas turquesas del estrecho de Luzón, cerca de donde creció. Cómo las crestas de las olas podían alcanzar tanta altura que parecían montañas espumosas. Aun así, le encantaba. Pasaba cada segundo que podía en el agua.

—Mi papi también era así —le digo—. Te lo juro, era mitad pez.

Le cuento a Malakas que después de que deportaran a mi papi a su muerte, me negué a acercarme al agua durante mucho tiempo. Simplemente no podía estar en la playa sin que él también estuviera. Antes de subirnos al avión a Vermont, Mami insistió en que fuéramos a despedirnos del océano Pacífico. Era un día brillante y soleado. Ernie reía y chapoteaba en una pequeña piscina de marea.

Mami notó lo preocupada que yo estaba todavía. Me tomó de la mano y me llevó al agua, lenta y deliberadamente. Dejamos que la marea nos subiera hasta los dedos de los pies, haciéndonos cosquillas en las puntas. El océano estaba helado. Empecé a temblar, abrumada por sollozos profundos porque extrañaba mucho a mi papi, pero también tenía la poderosa sensación de que ahora era parte del agua. Podía sentirlo ascender con cada cresta. Se dejaba llevar por la corriente, chocando con el rocío.

—Qué hermoso —dice Malakas.

—Gracias —le digo—. Simplemente es... lo que sentí.

Y al decir esas palabras, lo siento de nuevo. Papi está en el agua. Mami también.

Me quito las zapatillas y meto el pie en la arena caliente. Malakas hace lo mismo. Solo hay unos treinta pasos para llegar al agua. Intento no contar. Quiero dejar que nuestros pies se hundan en los granos ásperos sin medir la distancia. Cuando el agua se desliza sobre nuestros dedos, la siento fresca, pero no fría. El agua se extiende por millas y millas, en tantas direcciones. Lame las orillas de los 49 Otros, se extiende hacia el cielo cuando siente esa atracción, conectándonos quizás con todos nuestros seres queridos.

—¿Piensas a veces... en volver? —pregunto.

Malakas ríe suavemente.

—Mmm, ¿a qué parte? ¿Al desierto en calma? ¿A las románticas vistas desde el tren?

—No, hablo en serio —le digo.

Tal vez sea algo gravitacional, como las mareas que la luna dirige. Tal vez es más primitivo. Creo que es la atracción que Rosa, Tomás, Guadalupe, Volcanoman ejercen sobre nosotros. Es la atracción de la lola de Malakas, de mi mami y mi papi. Somos nosotros, de pie en este pedazo de tierra llamado Santuario, sabiendo que no podemos ser libres hasta que ellos también lo sean.

—Sí —dice Malakas, apretándome la mano—. Sí lo pienso. Mucho.

Volvemos a mirar el agua entrar y salir. Entrar y salir. El agua, que nos llama de vuelta.

NOTAS DE LAS AUTORAS

De Paola:

La idea de *Santuario* surgió durante un período muy oscuro de la historia de nuestra nación. En la primavera de 2018, el gobierno de Trump comenzó a separar familias en nuestra frontera sur. En respuesta a esta horrible y vergonzosa política, ayudé a organizar marchas por todo el país para poner fin a la separación familiar. Cientos de miles de personas inundaron las calles exigiendo el fin de las separaciones. Nuestras voces, nuestros reclamos, nuestra presencia fueron tan contundentes que el gobierno no pudo ignorarnos. Trump se vio obligado a poner fin a su odiosa política. Nuestra victoria fue agridulce. Los defensores y activistas fueron los únicos que ayudaron a las familias a recuperarse tras las separaciones y los desgarradores reencuentros. Los niños quedaron traumatizados, al igual que sus padres. El gobierno de Trump no detuvo su incesante campaña de detenciones, deportaciones y continuas separaciones familiares. Personalmente, sentía que me ahogaba en la desesperación mientras intentaba luchar contra todas las injusticias que sufrían mis amigos, mis vecinos y mi comunidad.

En medio de todo, me permití imaginar el peor futuro posible para nuestro país. Hice realidad los miedos de los miles de inmigrantes indocumentados que había entrevistado durante la última década. Recordé las historias que me contaron las madres de la caravana mientras caminábamos por México intentando llegar a Estados Unidos. Recordé las lágrimas de madres y padres que habían sido deportados sin sus hijos y a países que los perseguían como presas. Contemplé la oscuridad de nuestras pesadillas colectivas. Vi un futuro lleno de injusticia. Pero lo que más me asustó fue que esta realidad imaginaria fuera una posibilidad real.

Al observar cómo podría ser nuestro futuro, me pregunté: ¿Cómo evitamos que esto suceda? Mi respuesta fue clara: Vali. Vali nació del fuego de las mujeres con las que llevo años organizándome. Estas mujeres me han enseñado que ser activista es ser eternamente optimista. Las activistas creen que el cambio es posible, aunque todo a su alrededor les diga que es imposible. Las activistas luchan, contra viento y marea, durante años, décadas y siglos. Creo que lo que guía a las activistas en su difícil búsqueda de la equidad es una profunda fe en la posibilidad de un mundo justo y un amor incondicional por sus comunidades. Son estos mismos principios de amor y justicia los que guían mi trabajo como narradora. Cuento historias de migrantes porque soy una migrante orgullosa. Las historias que me esfuerzo por contar son las historias de amor de madres y sus hijos.

Al comienzo de *Santuario*, Vali es una adolescente que lucha por tener una vida normal. No es ingenua ante el mundo que la rodea. Es indocumentada en Estados

Unidos. Vive con el temor de que su vida cambie en cualquier momento. Este miedo constante la ha fortalecido más allá de su edad. Cuando las Fuerzas de Deportación finalmente se llevan a su madre, debe tomar una decisión. Puede derrumbarse o puede sobrevivir. Vali hace lo que millones de inmigrantes han hecho antes que ella: forja un camino de la nada. Vali no se derrumba porque derrumbarse no es una opción para ella; tampoco se limita a sobrevivir. Vali crea una comunidad amada. Lucha contra la injusticia. Se deja guiar por el amor. A lo largo de la historia, Vali se transforma en una luchadora por la libertad. Se convierte en la respuesta a nuestro presente.

Una de mis frases favoritas, del dramaturgo alemán Bertold Brecht, es: "El arte no es un espejo que muestra la realidad, sino un martillo para moldearla".

Santuario es mi martillo.

De Abby:

Quería que este libro fuera distópico. Quizás, incluso, una alegoría. Cuando Paola y yo empezamos a trazar el camino de Vali, me entusiasmaba inventar un nuevo mundo en la página, uno que sirviera de advertencia. Pero cada vez que incluíamos un nuevo giro en la trama o terminábamos un capítulo, las noticias de última hora nos atrapaban. Cada vez que pensaba que habíamos creado este futuro demasiado sombrío o bárbaro, los titulares nos demostraban lo contrario.

Durante el año que Paola y yo escribimos este libro, fuimos testigos del fallo de la Corte Suprema que le permitía a Estados Unidos rechazar a los solicitantes de asilo; de la historia de Oscar Alberto Martínez y su hija de veintitrés meses, Angie Valeria, ahogados en el Río Grande; supimos que la selva amazónica estaba ardiendo, Australia ardiendo, California ardiendo. Y mientras me sentaba a escribir esta última nota antes de la publicación, la mayor parte del mundo estaba en cuarentena, desesperada por detener la propagación de una nueva pandemia mortal.

Este año también ha generado una belleza y un heroísmo asombrosos. Las coaliciones de beneficiarios de DACA uniéndose y desafiando a la administración actual; las protestas de Lastesis extendiéndose por todo el mundo; una activista global de dieciséis años despertando nuestra conciencia; y cada una de las narrativas personales de la caravana, contadas por Paola Mendoza.

Conocer a Paola y colaborar con ella ha sido uno de los mayores honores de mi vida. Paola es una visionaria feroz, que lidera el camino para que se nos trate a todos los seres humanos con el amor y el respeto que merecemos. Ella enciende e inspira, y hace que el arte y el activismo sean inseparables. Me ha enseñado que todos estamos intrincadamente conectados y, a la vez, somos inconscientes los unos de los otros. Somos vulnerables, poderosos y responsables de todo lo que sucede en esta tierra.

Escribimos este libro juntas y no es distópico. No es una alegoría. Es simplemente unos pasos hacia un "¿Y si…?". Es a la vez sombrío y esperanzador. Un llamado a la acción. Me emociona traerlo al mundo y ver qué sucede.

Porque trata sobre nuestro potencial humano para amar, u odiar, o iniciar una revolución.

GRACIAS

Hay tantas personas a quienes agradecer.

De parte de Paola:

A mi mamá, te estoy eternamente agradecida por enseñarme a ser una inmigrante orgullosa. Tus sacrificios y amor incondicional guían todo lo que hago.

A Mateo, tu curiosidad es la chispa que alimenta mi imaginación.

A Michael Skolnik, no podría ser la artista, activista y madre que soy sin ti a mi lado. Soy porque tú eres.

A mis hermanas en el movimiento, Sarah Sophie Flicker, Nelini Stamp, Jenna Arnold, Becky Morrison, Alida García, Linda Sarsour, Eisa Davis, Mona Chalabi, Linda Rivas, Jess Morales, Zakiyah Ansari y Ginny Suss, luchar junto a ustedes ha sido el honor más grande de mi vida. Cada una de ustedes está presente en estas páginas. Vali, sin duda alguna, nació de su pasión

A José Antonio Vargas, gracias por siempre contestar el teléfono, por guiarme y por amarme incondicionalmente. Me mejoras.

A Tony Choi Tolulope Aleshinloye, por leer un borrador inicial y asegurarse de que quedara perfecto.

A Abby Sher, por ser mi hermana en el arte.

A los miles de personas que compartieron conmigo sus historias de inmigrantes, las celebro cada día. Las honro en cada momento. Son mi inspiración.

De parte de Abby:

A todos mis amigos y familiares que leen estas páginas: Brian Schwartz, Roger Rosen y Katherine Dykstra.

A mis queridos amigos y gurús de la escritura que me ayudaron a descubrir la verdad: Joselin Linder, Gabra Zackman, Sara Moss, Samantha Karpel, Susan Shapiro, V. C. Chickering, Tara Benigno, Cynthia Kern, Sandra Sampayo y Marvi Lacar.

A mi increíble familia, que me mantuvo la mente conectada con el corazón: Jason, Sonya, Zev, Sam, Lucy, Peggy, Gene, CK, Elisabeth, Jon y Antoinette.

A Semyon, quien me llenó de *dumplings* y esperanza mientras me hablaba de su tierra natal.

Y, sobre todo, a Paola, quien me inspira cada día a ser fuerte, honesta y valiente.

De parte de las dos:

Gracias a nuestra increíble editora Stacey Barney, a Caitlin Tutterow y a Jen Klonsky de Putnam, por ver esta historia con tanta claridad y animarnos a seguir adelante.

Gracias a Mollie Glick y a Lola Bellier de CAA por creer en nosotros desde el principio. Gracias a Dana Ledl por nuestra extraordinaria portada y a Maria Fazio por el hermoso diseño.

Y gracias a ustedes, nuestros queridos lectores, por acompañarnos en este camino y encontrar un *Santuario*.